ANNE-LAURE BONDOUX / JEAN-CLAUDE MOURLEVAT

Hilft auch bei Liebeskummer

GOLDMANN
Lesen erleben

Buch

Als der berühmte Schriftsteller Pierre-Marie Sotto ein dickes Kuvert in seinem Briefkasten findet, hat er, im Glauben, es handle sich um ein Manuskript, zunächst nur eines im Sinn: zurück damit an die Absenderin! Doch anstatt Adeline, »groß, brünett, dick« (wie sie sich selbst beschreibt), und ihre mysteriöse Sendung so schnell wie möglich wieder loszuwerden, kommen sich die beiden – per E-Mail – schon bald so nahe, dass einer ohne die Nachrichten des anderen nicht mehr sein kann. Bis das ominöse Paket seine Überraschung preisgibt …

Autoren

Anne-Laure Bondoux, geboren 1971, liebt die Landschaft, die an einem Zugfenster vorbeizieht, englische Popmusik und die Filme der Coen-Brüder.

Jean-Claude Mourlevat, geboren 1952, geht gerne auf Reisen und kommt gerne zurück, liebt alles von Bach, echte Brombeermarmelade, Rugbyspiele und die Filme der Coen-Brüder.

Anne-Laure Bondoux/
Jean-Claude Mourlevat

Hilft auch bei Liebeskummer

Roman

Aus dem Französischen
von Ina Kronenberger

GOLDMANN

Die Originalausgabe erschien 2015 unter dem Titel
»Et je danse, aussi« im Verlag Fleuve Éditions, Paris.
Die deutsche Hardcover-Ausgabe erschien unter dem Titel:
»Lügen Sie, ich werde Ihnen glauben«, im Deuticke Verlag, Wien.

FSC
www.fsc.org
MIX
Papier aus verantwortungsvollen Quellen
FSC® C014496

Verlagsgruppe Random House FSC® N001967

1. Auflage
Taschenbuchausgabe Juli 2018
Wilhelm Goldmann Verlag, München,
in der Verlagsgruppe Random House GmbH,
Neumarkter Str. 28, 81673 München
Lizenzausgabe mit Genehmigung des Paul Zsolnay Verlages, Wien

Umschlaggestaltung: UNO Werbeagentur, München
Umschlagmotiv: GettyImages/Colormos; FinePic®, München
mb · Herstellung: kw
Satz: KompetenzCenter, Mönchengladbach
Druck und Bindung: GGP Media GmbH, Pößneck
Printed in Germany
ISBN: 978-3-442-48565-9
www.goldmann-verlag.de

Von: Pierre-Marie Sotto
An: Adeline Parmelan *24. Februar 2013*

Liebe Madame Parmelan,
bei meiner Rückkehr von einer Reise am gestrigen Samstag finde ich in meinem Briefkasten einen voluminösen Briefumschlag vor, der auf der Rückseite Ihre E-Mail-Adresse trägt. Ich nehme an, es handelt sich um ein Manuskript. Sollte dem so sein, danke ich Ihnen für das mir entgegengebrachte Vertrauen, muss Sie jedoch darüber in Kenntnis setzen, dass ich keine mir zugesandten Texte lese. Diese Aufgabe fällt gemeinhin den Verlegern zu. Ich selbst bin nur ein einfacher Schriftsteller und habe mehr als genug mit meiner eigenen Schreiberei zu tun, um mir anmaßen zu wollen, anderer Leute Texte zu beurteilen.

Folglich habe ich Ihren Briefumschlag nicht geöffnet. Gern sende ich den Brief am Montag an Ihre Postanschrift zurück, wenn Sie mir diese mitteilen wollen. Ich hoffe, Sie nehmen es mir nicht allzu übel.

Herzliche Grüße
Pierre-Marie Sotto

Von: Adeline Parmelan
An: Pierre-Marie Sotto *24. Februar 2013*

Lieber Monsieur Sotto,
ich bin Ihnen sehr dankbar, dass Sie sich die Mühe gemacht haben, mir gleich nach Ihrer Rückkehr zu schreiben, auch wenn mich Ihre Antwort etwas aus dem Konzept bringt. Um ehrlich zu sein, war ich davon überzeugt gewesen, Sie würden meinen Briefumschlag öffnen. Nach einigem Nachdenken kann ich Sie jedoch verstehen: Ihre Berühmtheit wird Ihnen allerlei ärgerliche Anfragen einbringen, und Sie tun gut daran, sich davor zu schützen. Da Sie die Liebenswürdigkeit besessen haben, mir eine Nachricht zu schicken, erlaube ich mir, ergänzend hinzuzufügen, dass der Inhalt des Umschlags eher außergewöhnlicher Natur ist. Und obwohl ich zum Kreis Ihrer großen Bewunderinnen gehöre, glaube ich, behaupten zu können, dass ich keine Leserin bin wie jede andere.

In der Hoffnung, Ihre Neugier geweckt zu haben und nicht zu aufdringlich zu erscheinen, verbleibe ich

in grenzenloser Bewunderung

Adeline Parmelan

Von: Pierre-Marie Sotto
An: Adeline Parmelan *25. Februar 2013*

Liebe Madame Parmelan,
wenn ich Ihren Briefumschlag nicht geöffnet habe, so liegt das daran, dass ich über meine Lektüre gern selbst bestimme. Des Weiteren habe ich mit der Zeit gelernt, mich nicht zu ver-

zetteln. Es ist nur ein einziges Mal vorgekommen, dass ich mit einer Leserin einen Briefwechsel begonnen habe, und, verzeihen Sie mir meine Offenheit, es besteht kein objektiver Grund, weshalb ich diese Erfahrung mit Ihnen wiederholen sollte.

Vielen Dank, dass Sie meine Bücher lesen.

Herzliche Grüße

Pierre-Marie Sotto

Von: Adeline Parmelan
An: Pierre-Marie Sotto *25. Februar 2013*

Lieber Monsieur Sotto,
ich bin es nicht gewohnt, Berühmtheiten zu schreiben, und Sie können sich nicht vorstellen, wie sehr ich vor der Versendung des Briefs gezögert habe und welche Anstrengungen ich unternommen habe, um Ihre Anschrift ausfindig zu machen. Anscheinend hatte die Leserin, mit der Sie seinerzeit korrespondiert haben, gewichtigere Argumente als ich, um Ihnen etwas Zeit zu stehlen. Ich frage mich nun natürlich, wie sie es angestellt hat!

Der nüchterne Ton Ihrer Nachricht ist eher entmutigend, trotzdem will ich mein Glück noch einmal versuchen: Vielleicht ruft das im Anhang beigefügte Foto in Ihnen Erinnerungen wach.

Ergebenst

Adeline Parmelan

Von: Pierre-Marie Sotto
An: Adeline Parmelan *25. Februar 2013*

Liebe Adeline Parmelan,
verzeihen Sie den *nüchternen Ton*, ich hatte keineswegs die Absicht, Sie zu kränken. Ich stelle mich gelegentlich ungeschickt an, vor allem im Moment.

Besagte junge Frau hatte mich zunächst anlässlich meines Romans über eine Gehörlose angeschrieben. Da sie selbst gehörlos und Mutter zweier tauber Kinder war, hatte das Thema sie sehr angesprochen. Wir haben uns jahrelang geschrieben. Ganz entspannt und ohne Erwartungen an den anderen zu haben. Ihre Mails hingegen lösen bei mir ein leichtes Unbehagen aus, das muss ich zugeben. Inwiefern sind Sie eine Leserin, die anders ist als andere?

Hinsichtlich des angehängten Fotos muss ich Sie bedauerlicherweise enttäuschen, es löst rein gar nichts in mir aus. Haben Sie es geknipst? Wohnen Sie in dieser Gegend?

Herzliche Grüße
Pierre-Marie Sotto

Von: Adeline Parmelan
An: Pierre-Marie Sotto *25. Februar 2013*

Lieber Pierre-Marie Sotto,
wenn dieses Foto keine Erinnerungen in Ihnen weckt, vergessen Sie es, aber lassen Sie mich meine Verwunderung in einer Sache zum Ausdruck bringen: Für Menschen, die sich nichts zu sagen haben, schreiben wir uns sehr viel! Im Übrigen ehrt

mich Ihr zeitlicher Einsatz! Muss ich daraus schließen, dass Sie gerade nicht sehr intensiv am Schreiben sind? Oder haben Sie möglicherweise kürzlich einen neuen Roman abgeschlossen? Das wäre die beste aller Neuigkeiten, und ich habe rein gar nichts gegen gute Neuigkeiten, die in meinem Leben seit längerem Mangelware sind.

Ihre Ungeschicklichkeit verzeihe ich Ihnen gern. Sie haben mich nicht gekränkt. Dafür ist leider sehr viel mehr vonnöten.

Adeline Parmelan

Von: Pierre-Marie Sotto
An: Adeline Parmelan *26. Februar 2013*

Liebe Adeline Parmelan,
in der Tat schreiben wir uns sehr viel, aber es besteht keine Ebenbürtigkeit zwischen uns: Sie wissen viel über mich, und ich weiß nichts über Sie. Sie brauchen nur ins Internet zu gehen und meinen Namen in eine Suchmaschine einzugeben. Dort finden Sie mein Geburtsdatum (o ja, ich bin sechzig), meine Biografie, Fotos, die mich in jedem Alter zeigen, die letzten gnadenlos mit beginnender Kahlköpfigkeit. Sie können meine Stimme hören. Kurzum, ich bin Ihnen schutzlos ausgeliefert. Ungeschminkt. Sie hingegen können sich bequem hinter Ihrer Anonymität verstecken. Und die spärlichen Angaben, die Sie zu Ihrer Person machen, sind nicht sehr aussagekräftig.

Es freut mich, dass Sie einen neuen Roman von mir als gute Neuigkeit einstufen, aber leider werden Sie darauf noch lange warten müssen, fürchte ich.

Ich wiederhole noch einmal mein Angebot bezüglich Ihres Manuskripts. Eine einfache Postanschrift genügt, und ich schicke es Ihnen zurück. In der Zwischenzeit deponiere ich es auf dem untersten Regalbrett meiner Bibliothek, wo es geduldig neben Ordnern mit Bankauszügen und Autorenverträgen warten kann.

Herzliche Grüße

Pierre-Marie Sotto

Von: Adeline Parmelan

An: Pierre-Marie Sotto *26. Februar 2013*

Lieber Pierre-Marie Sotto,

groß, brünett, dick.

34 Jahre alt.

Stimme: Alt. (Ich singe in einem Laienchor.)

Kahlköpfigkeit: noch nicht erreicht.

Mir ist bewusst, dass ein solches Porträt nichts Einladendes an sich hat und dass ich jener Gehörlosen in *Endlose Stille* (wenn mich meine Erinnerung nicht trügt) nicht das Wasser reichen kann. In diesem Zusammenhang und da die taube Frau Sie sehr berührt hat, meine Frage: Warum haben Sie die Korrespondenz beendet? Ist zwischen Ihnen etwas vorgefallen?

Es war vielleicht nicht richtig von mir, Ihnen diesen Brief zu schicken, und ich möchte Ihr Bücherregal nicht länger mit Beschlag belegen.

Meine Adresse:

1, Impasse Marc-Bloch, 72727 Le Cloître

(Vielleicht können Sie mir den Brief recht bald zurückschicken, denn ich plane in Kürze einen Umzug. Ich erstatte Ihnen die Portokosten.)

Ihre weiterhin treue Leserin
Adeline Parmelan

PS: Sie scheinen Probleme mit Ihrem nächsten Roman zu haben, aber seien Sie versichert, dass ich ihn dennoch mit Ungeduld erwarte. Und ich bin nicht die Einzige!

Von: Pierre-Marie Sotto
An: Adeline Parmelan *27. Februar 2013*

Liebe Adeline,
natürlich ist *Endlose Stille* gemeint.

Ich weiß nicht, ob es eine gute Idee ist, trotzdem muss ich es Ihnen erzählen: Nach Ihrer zweiten Mail bin ich in der Nacht um drei Uhr aufgewacht. Kennen Sie das? Mitten in der Nacht haben Sie plötzlich eine Eingebung: *Mein Sohn hasst mich … Mein Vater liegt im Sterben … Ich bin alt …* oder etwas in der Art. Wie dem auch sei, Ihre Nacht ist gelaufen. Diesmal handelt es sich nicht um etwas derart Dramatisches, es ist nur ein Gedanke zu Ihrer Person, der sich in wenigen Worten zusammenfassen lässt: *Diese Frau ist ein harter Knochen. An ihr werde ich mir die Zähne ausbeißen.*

Ich weiß nicht, was der Briefumschlag enthält, aber ich muss zugeben, dass ich ihn jetzt mit anderen Augen sehe. Gestatten Sie mir, ihn noch eine Weile zu behalten?

Die junge Frau und ich haben aufgehört, uns zu schreiben,

als sie mit ihrem Mann nach Irland zog. *Wenn es Sie mal nach Dublin verschlägt*, hat sie mir geschrieben, *kommen Sie mich besuchen*. Ich bin natürlich nie nach Dublin gereist. Im Grunde war ich derjenige, der als Erster die Lust an ihren Texten verloren hat. Sie klebte einfach zu sehr an der Realität. Dabei hätte ich es ihr bereitwillig nachgesehen, wenn sie ein wenig geflunkert hätte. Ich selbst hielt mich da nicht zurück!

Ich beneide Sie, dass Sie singen. Welches Repertoire? Ich selbst bin dafür zu sehr Verstandesmensch. Ich singe falsch und tanze wie ein Trampeltier.

Und danke für das nichts beschönigende Porträt, das Sie in groben Zügen von sich zeichnen. Es verleiht Ihnen etwas Menschliches, das mich berührt. Ob es zutreffend ist oder nicht, interessiert mich letztlich wenig. Es ist wie im Roman: Wichtig ist, dass man Interesse entwickelt, finden Sie nicht auch?

Ich wünsche Ihnen einen schönen Tag!

Pierre-Marie

PS: Sackgasse, Kloster … O ja, ziehen Sie bloß bald um!

Von: Adeline
An: Pierre-Marie *27. Februar 2013*

Lieber Pierre-Marie,

man kann Ihnen nicht absprechen, dass Sie empfänglich für Doppeldeutigkeiten sind! Übrigens bin ich heute Morgen mit einem dicken Schnupfen aufgewacht. Es gibt keine Zufälle. Das soll keineswegs heißen, dass ich Ihnen die Schuld in die

Schuhe schieben will: Die Gegend, in der ich in »klösterlicher Abgeschiedenheit« wohne (ich sehe, dass Ihnen meine Adresse und die damit verbundene Bürde nicht entgangen ist, und ich bedaure es, nicht über Ihren Weitblick verfügt zu haben, als ich vor neun Jahren hier eingezogen bin), ist ausgesprochen feucht. Kennen Sie Sarthe? Mir ist aufgefallen, dass Sie das Departement in Ihren Romanen nie erwähnen, mir ist aber ebenso aufgefallen, dass Sie auch Ihre eigene Region nicht beschreiben, als müsste sich Ihre Phantasie von der Umgebung lösen, um sich entfalten zu können. Ich beneide Sie um diese völlige Freiheit, sich dem Alltag zu entziehen.

Nach allem, was Sie schreiben, werden Sie meinen Briefumschlag also nicht so bald an mich zurückschicken? Ich weiß nicht, was ich noch sagen soll. Das heißt, doch: Im Moment wäre es mir lieber, er bliebe dort, wo Sie ihn deponiert haben.

Ihr Bild von dem harten Knochen hat mich laut auflachen lassen. Bisher hat mich noch nie ein Mensch mit einem Knochen verglichen. Das Porträt, das ich von mir gezeichnet habe, ist leider nur allzu zutreffend ... Meine ganze Jugend hindurch habe ich unter den grausamen Blicken meiner (Klassen-)»Kameraden« gelitten.

Nach allem, was ich über Sie gelesen habe, nehme ich an, dass das auf Sie nicht zutrifft, aber ich vertraue auf Ihre Vorstellungskraft, um sich in ein junges Mädchen in einer Stadtrandschule einzufühlen, das nicht dem gängigen Schönheitsideal entspricht. Die Zurückweisung und die Demütigungen hätten mich fertigmachen können. Doch ich habe es geschafft abzustumpfen. Mich zu betäuben. Nun haben mich gewisse Ereignisse der letzten Zeit aus dieser Lethargie herausgeholt, und ich will das Leben künftig in vollen Zügen und ohne Einschränkung genießen.

Und ja, ich singe! (Das Repertoire unseres Chorleiters reicht von Gospels über Volkslieder bis hin zu christlich-orthodoxen Chorälen, er ist ein feiner Mensch.) Und stellen Sie sich vor, ich tanze auch! Und es ist mir schnurzegal, wenn ich dabei wie ein Trampeltier oder ein Nilpferd aussehe. Sie sollten es versuchen. Auch wenn man die verlorene Zeit nicht aufholen kann, kann man dafür sorgen, keine mehr zu verlieren: Das ist auch der Grund, weshalb ich meinen Umzug plane. Die Kisten sind noch nicht gepackt, aber ich habe schon angefangen, alles zu sortieren, im wörtlichen wie im übertragenen Sinne, und der Briefumschlag, den ich Ihnen geschickt habe, hat direkt mit dieser Sortierarbeit zu tun.

Sollten Sie ein weiteres Mal an Schlaflosigkeit leiden, lassen Sie es mich wissen: Ich stelle wunderbare Kräutertees zusammen, die mehr oder weniger alles heilen können.

Ihr »Knochen«
Adeline Parmelan

Von: Adeline
An: Pierre-Marie *27. Februar 2013*

Ich bin's noch mal. Nach einem kurzen Ausflug in den Nachbarort (mit dem bezeichnenden Namen »Mouron«, »Sorgen« – ich lüge nicht) kamen mir plötzlich Bedenken bezüglich meiner Mail. »Zu lang! Und vor allem zu persönlich!«, habe ich überlegt. Nur um Sie zu beruhigen: Ich habe im wahren Leben durchaus Freunde, Männer wie Frauen. Das war's.

Ich wünsche Ihnen einen schönen Tag, und denken Sie an meine Kräutertees!

Von: Pierre-Marie
An: Adeline *27. Februar 2013*

Liebe Adeline,
packen Sie Ihre Bedenken getrost wieder weg. (Kann man das sagen?) Sie stören mich überhaupt nicht. Ihre Mail war nicht zu lang. Wenn ich gerade an meinem besten Roman säße, ja, dann würde ich mich vielleicht ärgern. Ich habe es schon öfter erlebt und träume davon, dass es wieder losgeht, dass ich so sehr in die Arbeit vertieft bin, dass ich alles andere als unerträgliche Zeitverschwendung empfinde! Wenn es beim Schreiben flutscht, dann ist das eine unvergleichliche Freude, das schwöre ich Ihnen. Doch leider bin ich davon im Moment weit entfernt. Ich stecke in keinem literarischen Projekt. Es herrscht totale Flaute. Und auf die *völlige Freiheit*, um die Sie mich beneiden, würde ich liebend gern verzichten, ich hasse sie. Ich würde es bei weitem vorziehen, von mir selbst verzaubert zu werden, von einer atemberaubenden Geschichte gefesselt zu sein, die ich mir gerade ausdenke. Aber nichts da, absolute Stille. Nicht einmal ein leises Lüftchen. Doch Schluss jetzt. Ich will Sie nicht mit meinen Sorgen langweilen. Lieber sage ich Ihnen (ja, ich wage einen Vorstoß!), dass ich mich freue, wenn Ihr Name in meinem Postfach auftaucht.

Nein, das Departement Sarthe kenne ich nicht. Sollte ich es kennen? Und nein, ich siedle meine Romane tatsächlich nie in der Region an, in der ich lebe. Dabei ist es sehr hübsch hier in

Drôme. Aber daraus die Kulisse für meine Romane zu machen kommt nicht in Frage! Ich weiß nicht, warum. Ich kann solche Fragen nicht beantworten. Fragen, die mit *warum* beginnen, bringen mich auf die Palme. Im Allgemeinen halten mich die Leute für viel intelligenter, als ich es bin. Am liebsten würde ich ihnen sagen: Ich habe es geschafft, ein paar lesbare Romane zu verfassen, okay, aber bitte fragen Sie mich nicht, wie ich es anstelle! Wenn es einfach wäre, den Akt des Schreibens zu erklären, wäre es auch einfach, ihn auszuführen, dabei ist es eher schwierig. Verdammt schwierig.

Ich kann mich in die andersartige Jugendliche, die Sie waren, gut hineinversetzen, kann mir Ihren Kummer und Ihre verzweifelten Tränen mühelos vorstellen. Halbwüchsige können sich wie fiese kleine Faschisten verhalten, wenn sie wollen. Ich selbst war nicht dick. Ich war vielmehr übertrieben schrecklich verzweifelt unleugbar … schüchtern. Vor allem bei Mädchen. Ich fürchtete mich nicht vor einem Nein (ich war alles andere als hässlich), ich hatte eine Heidenangst vor ihrem Ja. Darum gab ich mich uninteressiert. Manchmal stelle ich sie mir in einer Reihe vor, all die hübschen Mädchen, die ich hätte haben können und die ich nicht hatte, die ich umarmen, auf den Mund küssen, streicheln und ins Bett hätte kriegen können: all die Brünetten, die Blonden, die Rundlichen und die Schlanken, die mit heller Haut und die Gebräunten. Stattdessen verging ich vor Einsamkeit. Mir wird schwindlig, wenn ich daran denke. Tja. So hat jeder sein Päckchen zu tragen, nicht wahr?

Ich bezweifle nicht, dass Sie die Freunde haben, die Sie verdienen. Ich selbst habe nicht viele. Die besten sind weit weg oder tot. Tut mir leid, dass ich mit diesen Worten schließe.

Ich muss zum Ende kommen. Will gleich ins Kino. Ich werde berichten.

Ich habe Sie nicht nach diesen *Ereignissen der letzten Zeit* gefragt. Ein andermal. Wir haben keine Eile, stimmt's? In der Zwischenzeit: Tanzen Sie, singen Sie, küssen Sie, wen Sie wollen.

Pierre-Marie

Von: Adeline
An: Pierre-Marie *28. Februar 2013*

Lieber Pierre-Marie,
mein Schnupfen ist seit gestern schlimmer geworden, und meine berühmten Kräutertees (dabei sind sie im ganzen Süden der Sarthe bekannt) bleiben ihre Wirkung schuldig. Ich schreibe Ihnen daher zwischen zwei Tränen, zwei Taschentüchern, den Kopf in einem Nebel, der dichter ist als der vor meinen Fenstern. Es spielt keine Rolle, da ich keinerlei Verpflichtungen habe: Ich kann sogar den ganzen Tag im Bett verbringen, wenn mir danach ist. Ich hoffe nur, über ausreichend graue Zellen zu verfügen, um Ihnen ein paar zusammenhängende Zeilen zu schreiben.

Zunächst wiederhole ich noch einmal meinen Wunsch: Bitte lassen Sie meinen dicken Briefumschlag zwischen Ihren Bankauszügen und Verlagsverträgen liegen. Es ist absurd und widersprüchlich, ich weiß: Ich zerbreche mir stundenlang den

Kopf darüber, wie er in Ihre Hände gelangen könnte, und jetzt bereue ich es, dass er sich dort befindet. O wie so trügerisch sind Weiberherzen, wie es so schön heißt … Aber die Wahrheit ist, dass es mir unerwartet Vergnügen bereitet, mit Ihnen zu korrespondieren, und ich fürchte, dass das Vergnügen endet, sobald Sie feststellen, was ich Ihnen geschickt habe.

Ich habe keine Ahnung von kreativer Tätigkeit. Sie ist eine geheimnisvolle Domäne, einer Kategorie von Menschen vorbehalten, zu der ich nicht gehöre. Ich sehe mich selbst auf der anderen Seite, im Saal, nicht auf der Bühne. Darum verstehe ich nicht, warum Sie die Freiheit hassen, die Sie genießen. Entschuldigen Sie bitte, Pierre-Marie, aber es kommt mir vor wie das Gejammer eines verwöhnten Kindes. Ihnen fehlt die Inspiration, okay, aber ist das ein Grund zu hassen, worum die meisten Menschen Sie beneiden? Sie haben sich entschieden, Schriftsteller zu sein, oder? Dann stellen Sie sich der Herausforderung! Seien Sie ein Schriftsteller im Moment des Schweigens und der Verwirrung, seien Sie ein Schriftsteller ohne Worte, ohne Punkt und Komma. Leben Sie diese schwere Zeit mit derselben Intensität wie die berauschenden Momente, nach denen Sie sich sehnen: Das ist der Preis!

Sie finden mich knallhart? Schieben Sie die Hartherzigkeit auf meinen Schnupfen: Er enthemmt mich wie ein Vollrausch und stachelt mich an zur Provokation. Also, hochwürdiger Schriftsteller, sagen Sie mir, was Sie davon abhält, die Zügel loszulassen! Sagen Sie mir, was Ihnen Angst einjagt! Und wenn Ihnen meine Fragen auf die Nerven gehen, dann schlagen Sie zurück, reagieren Sie sich ab, nur zu, ich bin gut gepolstert! Sie traurig zu wissen macht mich traurig, wenn ich darüber nachdenke, sind Sie mir wütend lieber. Sagen Sie nicht, Sie hätten keinen Grund, wütend zu sein, das nehme ich Ihnen nicht ab.

Sie beschreiben sich als schüchternen Teenie, das überrascht mich nicht. Schriftsteller sind von Natur aus schüchtern, wie mir scheint, sonst wären sie Rocksänger oder Schauspieler geworden. Allerdings fällt es mir sehr schwer, Sie mir im Umgang mit jungen Mädchen so unbeholfen vorzustellen, wie Sie es mich glauben machen wollen! Habe ich nicht irgendwo gelesen, dass Sie dreimal verheiratet waren?

Um großzügig zu sein, da über mich keinerlei biografische Hinweise im Netz zu finden sind, werde ich mich meinerseits entblößen: Auch ich war verheiratet. Ein einziges Mal mit einem grässlichen Typen. Ich hatte so sehr unter der Ablehnung in meiner Jugend gelitten, dass ich mich dem Erstbesten an den Hals geworfen habe, der mich haben wollte, das Ganze endete in einer Katastrophe. Aber das sind alte Geschichten, damit habe ich abgeschlossen. Heute habe ich begriffen, dass ich mich zuerst selbst lieben muss, bevor ich geliebt werden kann, für diese Erkenntnis habe ich dreißig Jahre gebraucht. Anstatt also stumpf auf den Märchenprinzen zu warten, pflege ich Freundschaften, Begegnungen und Beziehungen zu Menschen, die mir guttun. Ich plaudere mit den alten Leutchen, die im Dorf auf der Bank sitzen und sich langweilen, ich trage ihre Einkäufe nach Hause, helfe ihnen, eine Glühbirne auszuwechseln oder Bettwäsche aufzuhängen. Halten Sie mich jetzt ja nicht für eine Heilige! O nein! Ich habe bloß eine neue, wunderbare Erfahrung gemacht: Anderen Zeit zu opfern, Aufmerksamkeit zu geben, zur Hand zu gehen erfüllt mich mehr (und besser) als alle Chipstüten oder Kekspackungen, die ich verschlungen habe, um meine Ängste zu ersticken. Ob Sie es glauben oder nicht, seit ich andere mit Aufmerksamkeit bedenke, nehme ich ab! Nicht genug bisher, um beim Miss-Sarthe-Wettbewerb anzutreten, aber so viel Ehrgeiz habe ich auch nicht …

Um zum Ende zu kommen, lieber Pierre-Marie, ich verspreche Ihnen, Sie nie mehr zu fragen, »warum« oder »wie« es Ihnen gelingt, uns mit Ihren Romanen zu entzücken. Großes Ehrenwort! Da Sie mir allerdings (noch) nicht untersagt haben, Sie zu fragen, warum und wie Sie in diese schriftstellerische »Sackgasse« geraten sind, werde ich Sie zu diesem Thema weiterhin belästigen. Und ich werde Ihnen erzählen, sofern Sie mich danach fragen, wie es gekommen ist, dass ich selbst in einer Sackgasse wohne. Und dort seit neun Jahren vor mich hin vegetiere … Machen Sie es wie ich: Sortieren Sie Sachen aus, packen Sie alles, was Ihnen wichtig ist, in einen Karton, schmeißen Sie den Rest weg und ziehen Sie um!

Alle Achtung, ich merke gerade, dass sich der Nebel in meinem Kopf, der mich vor Beginn dieser Mail beeinträchtigt hat, allmählich lichtet: Ihnen zu schreiben lässt mich genesen. Sind Sie womöglich wirksamer als ein Kräutertee?

In furchtloser Erwartung Ihrer ausgefahrenen Krallen, Ihrer Faustschläge … und Ihrer Filmkritik zum gestrigen Kinobesuch.

Ihre Wichtigtuerin

Adeline

Von: Pierre-Marie
An: Adeline *1. März 2013*

Liebe Adeline,
Donnerwetter! Welch Rhythmus! Welch Elan! Chapeau! Und Sie haben mit kreativer Tätigkeit nichts am Hut? Von wegen! Wissen Sie, dass es auf der Welt zahlreiche Schriftsteller gibt, deren einziges Versäumnis darin besteht, niemals etwas geschrieben zu haben? Ich bin davon überzeugt, dass wir täglich – jedenfalls fast – irgendwelchen Prousts, Kafkas oder Faulkners begegnen, die davon selbst nichts wissen und daher Immobilienmakler, Judotrainer oder Fahrlehrer bleiben. Ich übertreibe nicht. Umgekehrt kenne ich viele Schriftsteller, die sich nur selbst für Schriftsteller halten, aber das ist ein anderes Thema.

Die Filmkritik? Tja, leider bin ich nach wenigen Minuten eingeschlafen. Das wäre mir früher nicht passiert. Machen Sie sich jetzt nicht über die Alten und Reichen lustig, Sie könnten es früher sein als gedacht (vor allem alt). Dem Schlaf kann man sich nicht widersetzen, man kann sich nicht dagegen wehren, außer man ohrfeigt sich brutal und stößt dabei selbststimulierende Schreie aus, aber inmitten der Zuschauer eines Kinosaals kommt das nicht gut an. Ich wurde mehrmals kurz wach und bin dann wieder weggedöst. Von dem Film habe ich daher nichts mitbekommen.

La donna è mobile – O wie so trügerisch sind Weiberherzen, in der Tat. Und jetzt, wo Sie nicht mehr wollen, dass ich den Umschlag öffne, verspüre ich eine unbändige Lust, es zu tun, es ist verrückt! Ich bin wie die junge Frau im Märchen vom Blaubart, die den Schlüssel zu der kleinen Kammer in der

Hand hält. Aber seien Sie unbesorgt, ich öffne ihn nicht ohne Ihr Einverständnis. Zu groß ist meine Angst vor möglichen Toten, die an Fleischerhaken hängen.

Ich komme vom Hölzchen aufs Stöckchen. Glauben Sie nicht alles, was Sie über mich lesen. Dreimal verheiratet? Das stimmt nicht, viermal ist richtig. Und ich habe sechs Kinder. Eins mit meiner ersten Frau. Zwei mit meiner zweiten. Drei mit der dritten. Alle Frauen, mit denen ich zusammen war, wollten Kinder von mir haben, weiß der Himmel, warum, und sie waren versessen darauf, den Rekord der Vorgängerin zu brechen. Ich habe immer in großen chaotischen Häusern gelebt, um mich herum meine lärmenden Kinder (ich selbst bin friedlich und ruhig, aber ich habe nur plärrende Kinder gezeugt) und die Kinder meiner Frauen, die sie mit anderen Männern hatten. Okay, Ihnen zuliebe werde ich etwas Freches tun: Ich werde jede meiner Ehen in wenigen Zeilen zusammenfassen. Möge das zu Ihrer Erheiterung beitragen. Ich lege los.

Meine erste Frau. Sie hat mich vollkommen mit Beschlag belegt, so wie Sie es möglicherweise mit Ihrem *grässlichen Typen* gemacht haben, der Sie gern genommen hat. Sie hat ihre Rolle mit großem Talent gespielt: hübsch, kochfreudig, neugierig, kokett. Als ich dann den Ring am Finger hatte, erfolgte die Verwandlung. Ende der Vorstellung. Kein Applaus.

Meine zweite Frau. Ich kann mich nicht erinnern, warum ich sie geheiratet habe, aber ich weiß noch sehr genau, warum ich mich von ihr getrennt habe. Überall, wo ich mich wohlfühlte (Buchhandlungen, Abendeinladungen bei Freunden), sagte sie nur: *Wollen wir los, Schatz?* Acht Jahre habe ich durchgehalten.

Meine dritte Frau war Norwegerin (und ist es immer noch). Kulturschock. Wir haben uns in bestem Einvernehmen getrennt. Unsere drei Kinder sind zweisprachig aufgewachsen. Ihre Mutter sehe ich von Zeit zu Zeit.

Über meine vierte Frau will ich nichts sagen, sie ist die einzige, mit der ich keine Kinder habe (sie war über das Alter hinaus). Ein andermal vielleicht. Sobald ich von ihr erzähle, ist es so, als würde jemand einen Knopf drücken, ich … Nein, ein andermal.

Einige Ihrer Fragen sind unbeantwortet geblieben. Meine literarische Flaute? Ich werde Ihnen die Wahrheit sagen, schonungslos, wie ich es in der Öffentlichkeit nicht tun kann. Sind Sie bereit? *Ich interessiere mich nicht mehr für das, was ich schreibe.* Rums! Was gibt es dazu noch zu sagen? Ich glaube nicht mehr an meine Figuren. Sie gehen mir auf den Geist, kaum dass ich sie mir ausgedacht habe. Und ich hasse mich selbst, weil ich ihnen und ihrer armseligen Geschichte hinterherrenne. Die Leute können sich die Verzweiflung nicht vorstellen, die ein Autor darüber empfinden kann. Der einzige vergleichbare Moment für einen Mann ist vielleicht der Augenblick in seinem Leben, in dem er erkennt, dass er keinen Sex mehr haben kann. Oje! Oje! Jetzt geht es mit mir durch! Langsam, Pferdchen! Ihre ungestüme Art ist ansteckend, wirklich wahr! Das Lustige ist: Während ich Ihnen schreibe, spüre ich wieder ein wenig von der Freude am Schreiben, die ich seit Monaten vermisse. Es ist nicht viel, halb Erinnerung, halb Versprechen. Aber es tut gut. Darum danke ich Ihnen, liebe verschnupfte Nordfranzösin, was auch immer aus unserer Korrespondenz wird.

Ja, ich würde gern mehr über Sie erfahren, über das, was

Sie in diese feuchte Höhle verschlagen hat. Bitte sagen Sie es mir. Und wohin ziehen Sie jetzt, nachdem Sie ein ganz neuer Mensch geworden sind? Nach Barcelona?

Das Telefon klingelt. Ich muss für heute Schluss machen.

Ihr berühmter Schriftsteller

Pierre-Marie

Von: Adeline
An: Pierre-Marie *1. März 2013*

Lieber Pierre-Marie,
ich finde Sie eher gut in Form für einen »Alten«, der im Kino wegsackt! Und ich freue mich, dass mein Elan Sie ansteckt: Er ist eine wunderbare Mikrobe.

Ich bin weder Ärztin (noch Fahrlehrerin oder Judotrainerin, ha! ha! ha!), aber beim Lesen Ihrer Mails diagnostiziere ich eine baldige Genesung von Ihrer Krankheit. Glauben Sie mir, ich bin ein instinktgetriebener Mensch, und wenn ich Ihnen aus der Ferne wieder in den Sattel helfen kann (um im Pferdejargon zu bleiben …), ehrt mich das sehr. Widmen Sie mir Ihr nächstes Buch? Zum Beispiel mit einem vorangestellten Satz im Stil von »Der dicken Nordfranzösin, die mit ihrem dicken Briefumschlag in mein Leben geplatzt ist«? Das würde die Neugier Ihrer Fans wecken und sie zugleich eifersüchtig machen: Ich würde mir dieses kleine Vergnügen nicht entgehen lassen.

Seit wann sind Sie von Ihren Figuren genervt? Wann haben Sie Ihr Feuer eingebüßt? Brauchen Sie ein Feuerzeug? Ich beabsichtige, mit dem Rauchen aufzuhören (neben weiteren künftigen Neuerungen). Sobald es geschafft ist, schicke ich Ihnen ein Päckchen voller Streichholzschachteln und lege noch ein altes Zippo bei, das mir mein Vater hinterlassen hat.

Ach ja, nachdem Sie mich mit den Porträts Ihrer Exfrauen (was für eine Ansammlung! Darauf komme ich noch zurück!) amüsiert haben, ist es an mir, Sie mit einer Familiengeschichte zu unterhalten. Just gestern Abend habe ich alte Fotos ausgegraben, die in einer Kellerecke vor sich hin gammeln, und dabei bin ich unverhofft auf einen Geist gestoßen: den meines Vaters eben. Ja, ich glaube an Geister, zumindest glaube ich, dass wir alle von irgendetwas oder irgendjemandem heimgesucht werden, und um Ihr Bild von der Kammer aus dem Märchen *Blaubart* aufzugreifen, so hing er da im Dunkeln an einem Fleischerhaken. Brr …

Wie alle Mädchen war ich ganz verrückt nach meinem Vater. Bis er in meinem dreizehnten Lebensjahr an einem Abend im April meine Liebe verriet. Damals wohnten wir in einer Pariser Vorstadt (die Gemeinde hieß Deuil-la-Barre – wenn Sie glauben, ich sei mit einem Fluch belegt, gießen Sie etwas Weihwasser über Ihren Rechner), und ich fuhr nach der Schule mit dem Bus nach Hause. Ich saß ganz vorne, drückte die Nase an der Scheibe platt, um mich dem Lärm der anderen zu entziehen, als ich plötzlich unterhalb von mir in einem Auto, das vor der Ampel wartete, eine Gestalt sah, die ich unter Tausenden erkennen würde.

Mein Vater saß nicht in *unserem* Wagen, sondern auf dem Beifahrersitz eines kleinen blauen R5. Neben ihm am Steuer saß eine Person, von der ich nur das Knie und ein Stück der Jeanshose erkennen konnte. Das Knie hat sich bis heute in mein Gedächtnis eingebrannt. Wissen Sie, warum? Weil mein

Vater es streichelte, befummelte und begrapschte, wie Männer es gerne tun, wenn sie erregt sind. Obwohl ich damals nur eine sehr vage Vorstellung von Sexualität hatte, fühlte ich mich mit meinen dreizehn Jahren plötzlich so schlecht, dass meine Nase anfing zu bluten.

Der Bus fuhr weiter, das Auto auch, und es entführte meinen Vater in den Straßenverkehr. Das Blut strömte nur so aus meiner Nase, die anderen Schülerinnen fingen an zu schreien, jemand hielt mir ein Päckchen mit Papiertaschentüchern hin, und als ich an meiner Haltestelle ausstieg, stand ich völlig neben mir und konnte mich kaum noch auf den Beinen halten.

Da ich meinem Vater am Abend nicht in die Augen schauen konnte, stellte ich mich krank und blieb in meinem Zimmer.

An den folgenden Tagen versuchte ich mein Unbehagen zu verscheuchen und dieses Knie zu vergessen. Ich versuchte mir einzureden, ich hätte geträumt, bis ich meinen Vater eines Tages in seiner Gärtnerei besuchte und entdeckte, wem der R5 und das Knie gehörten.

Seine Flamme hieß Estéban. Ein junger, hübscher Spanier, der powackelnd zwischen Geranien und Petunien herumlief. In seiner Gegenwart war mein Vater ein anderer Mensch. Ein Blinder mit Krückstock konnte sehen, wie verliebt er war. Was macht ein Mädchen von dreizehn Jahren mit einer derart offensichtlichen Erkenntnis?

Ich erspare Ihnen meine seelische Verfassung, meinen Ekel und die zahllosen Kilos, die ich zugenommen habe, um das Geheimnis, das mich verzehrte, zuzudecken.

Mein Vater brauchte noch zwei Jahre, bis er sich traute,

meine Mutter zu verlassen. Er verließ sie nicht für Estéban, sondern für Pierre, Paul oder Jacques, keine Ahnung. Ich habe ihn nie wiedergesehen. Er starb an Aids, als ich 22 war. Er hatte so ein kaputtes Leben, dass er fast nichts hinterließ. Als meine Mutter, mein Bruder und ich seine Wohnung leerräumten, habe ich sein Zippo an mich genommen, ich weiß nicht, warum.

Wie Sie sehen, habe ich erfolgreich ein Ablenkungsmanöver gefahren: Sie haben mich gefragt, wie ich in meiner feuchten Sackgasse gelandet bin, und ich erzähle Ihnen etwas völlig anderes. Aber das Leben kennt viele Verknüpfungen, und alles hängt irgendwie zusammen, wie in Ihren besten Büchern! Davon erzähle ich ein andermal.

Wenn ich jetzt die Stimmung etwas gedämpft habe, tut es mir leid. Ihre Mail hatte einen leichten Ton, der mir sehr gut gefallen hat. Ich strebe nach Leichtigkeit (in jeder Beziehung!), das kann ich Ihnen versichern, aber noch erreiche ich sie nicht.

Ich versuche Sie mir in Ihrem großen chaotischen Haus vorzustellen mit sechs Kindern an Ihren Rockschößen und verfolgt von Ihren verschiedenen Frauen! Wie konnten Sie unter solchen familiären Gegebenheiten schreiben?

Über Ihre zweite Frau musste ich lauthals lachen! Es ist sehr komisch, sich einen Schriftsteller wie Sie in Begleitung einer Schlafmütze vorzustellen … oder einer grässlichen Kastratin … entscheiden Sie selbst. Sie haben gut daran getan, die Flucht zu ergreifen, auch wenn es mir stets schwerfällt, mich auf die Seite der Männer zu schlagen, die eine Frau verlassen – Sie wissen jetzt, warum.

Ihre Norwegerin macht einen besseren Eindruck, auch

wenn ich keine Ahnung von Norwegen habe. Ich nehme an, Ihre drei Kinder sind blond, kühl und fahren Ski.

Mich interessiert natürlich vor allem Ihre vierte Frau. Ich brenne vor Neugier. Aber ich möchte Sie nicht in Verlegenheit bringen, ich nehme an, dass Sie immer noch mit ihr zusammenwohnen, und ich bin nicht Ihre Vertraute. Wobei.

Jedenfalls steht im Internet viel Schwachsinn, das werde ich mir merken. Vier Ehen! Gibt es weitere Irrtümer zu Ihrer Person? Ich habe beispielsweise gelesen, dass Sie für den Nobelpreis gehandelt werden, ist das richtig? (Vielleicht sitzt Ihre Ex-Norwegerin in der Jury? Vetternwirtschaft?)

Nach all dem Gesagten möchte ich Ihnen nun für die Komplimente danken, mit denen Ihre letzte Nachricht begonnen hat. Ich fühle mich gebauchpinselt, dass Sie mir eine »stilistische Eleganz« bescheinigen, wie es so schön heißt. Aber ich verwahre mich dagegen, als Kreative zu gelten. Alles, was ich Ihnen erzähle, ist der Realität entnommen, das macht es leichter. Ich bin unfähig, mir eine Situation, Figuren etc. auszudenken. Wenn meine Sätze nicht allzu holprig klingen, dann liegt es ganz einfach daran, dass ich eine Leseratte bin und beruflich Zugang zu Orten gefüllt mit Worten habe. Aber für heute Abend lasse ich es dabei bewenden. Ich gehe nachher noch aus und muss mich vorher »hübsch machen«. Mit anderen Worten: Ich habe alle Hände voll zu tun!

Wenn Sie brav sind, werde ich berichten.

Freundschaftliche Grüße (wenn Sie gestatten)

Adeline

Von: Pierre-Marie
An: Adeline *2. März 2013*

Liebe Adeline,
etwas Technisches vorab: In Ihren Mails verwandeln sich alle Auslassungszeichen in ein großes S. Das ist nicht weiter störend, ich kann es mir nur nicht erklären. Und Gott sei's gedankt, greifen Sie selten auf Auslassungszeichen zurück, was ich sehr begrüße. Ich mag diese Pünktchen nicht, und ich bin mir sicher, auch wenn Sie alle meine Bücher zusammennehmen, finden Sie keine fünfzehn Exemplare. Menschen, die sie verwenden, erinnern mich an Typen, die so tun, als wollten sie sich prügeln, und die einen zwingen, sie am Ärmel zurückzuhalten, indem sie brüllen: Haltet mich fest, oder ich polier dem Arsch die Fresse! In Wahrheit hätten sie ein ziemlich großes Problem, wenn man sie in den Kampf ziehen ließe. Ebenso scheinen einem all diejenigen, die von Auslassungszeichen besessen sind, zu sagen: Tja, wenn man mich nur machen ließe, dann würden Sie sehen, was für eine wunderschöne Beschreibung ich mit groben Pinselstrichen aufs Papier werfen könnte und was für einen perfekten Dialog und welch brillante Analyse. Alles steckt mir schon in den Fingern, aber ich halte mich zurück. Ausnahmsweise! Am liebsten würde man ihnen ins Ohr flüstern: Lass dich ruhig gehen, mein Lieber, leg dem Genie in dir, das nur danach trachtet, sich entfalten zu können, keinen Maulkorb an. Sei locker, und die literarische Welt steht unter Schock, garantiert.

Und Ihr Abend? Alles gut gelaufen, trotz Ihres Schnupfens? Hat er sich denn verzogen? Ja, natürlich, dank Ihrer Wundertees. Haben Sie schon mal versucht, sich den Oberkörper mit

Lavendelextrakt einzureiben? Auch wenn man dadurch nicht gesund wird, riecht es gut und lindert die Beschwerden.

Ihre Geschichte hat mich sehr berührt. Tja, Töchter und ihre Väter … (Asche auf mein Haupt! Gerade habe ich, ohne darüber nachzudenken, Auslassungszeichen gesetzt! Aber Sie müssen zugeben, wenn man sie hier nicht setzt, nach *Tja, Töchter und ihre Väter*, wann dann? Niemals. Eigentlich sollte man Schriftstellern raten: Verwendet niemals Auslassungszeichen außer – und dies ist die einzig akzeptierte Ausnahme – nach dem Satz *Tja, Töchter und ihre Väter …*)

Zu Beginn Ihrer Erzählung habe ich mich gefragt, inwiefern der Mann Ihre Liebe verraten hat. Dass er diesen Estéban geliebt hat, hat der Liebe, die er Ihnen, seiner Tochter, entgegengebracht hat, keinen Abbruch getan. Und außerdem sagen Sie selbst: Bis zum Alter von dreizehn Jahren waren Sie ganz verrückt nach ihm, und er bestimmt auch nach Ihnen. Er hatte doch das Recht, seine Leidenschaft auszuleben, oder? Wäre es Ihnen lieber gewesen, er wäre einer ungeliebten Frau treu geblieben, unglücklich, innerlich erloschen? Doch dann schreiben Sie: Er ist gegangen, und ich habe ihn nie mehr wiedergesehen, und in dem Moment hat natürlich kein einziges Argument mehr Bestand, zurück bleibt nur noch ein großer Schmerz, bleiben all die Chips und Kekse (die Sie schon vor diesem Ereignis bis zum Exzess in sich hineingestopft haben, wenn ich Sie richtig verstanden habe. Ein Bösewicht ist, wer, anstatt mitzufühlen, sich lediglich auf die äußere Chronologie der Ereignisse stürzt! Es tut mir leid). Bewahren Sie Ihr Zippo sorgfältig auf. Eines Tages verzeihen Sie Ihrem Vater vielleicht das Unverzeihliche, und Sie werden glücklich sein, Ihr Zippo zu haben.

Sie glauben an Geister? Ich nicht. Dabei sollte ich, ich habe nämlich schon mal einen gesehen. Gut, ich erzähle Ihnen die Geschichte, da es um meinen Vater geht und Sie mir von Ihrem erzählt haben.

Mein Vater ist 1987 an einem Herzinfarkt gestorben. Ein schöner Tod, wie man gemeinhin sagt. Und tschüss! Keine lange Krankheit, kein Krankenhausaufenthalt, keine Remission, kein Rückfall, kein Hemd, das hinten offen ist und den Blick auf den Po freigibt, keine OP bei Vollnarkose, kein Aufwachen mit blasser abgemagerter Hand, die man in der eigenen hält, *es ist gut verlaufen, alles bestens, Papa*. Nein, nichts davon. Mein Vater ist langsam in sich zusammengesackt, die Nase am Schaufenster eines Schuhladens in Dieulefit (Departement Drôme) an einem Nachmittag im Winter 1987. Er ist auf die Knie gesunken. Und seine Brille ist heruntergefallen. Meine Mutter, die dabei war, hat zuerst die Brille aufgehoben, ein Reflex, bevor sie sich um ihn gekümmert hat, deswegen hat sie sich ihr ganzes Leben lang Vorwürfe gemacht: *Und ich kümmere mich um seine Brille! Wie dumm von mir! Mein Gott, wie dumm!* Sie haben ihr hundertmal erklärt, das sei ganz normal. Sie habe bestimmt auf der Stelle den Ernst der Lage erkannt, und ihr Gehirn habe einen Abwehrmechanismus in Gang gesetzt, wie wenn man ohnmächtig wird, um großen Schmerzen zu entgehen. Ihr Gehirn habe ihr gesagt: Es ist nicht schlimm, es ist nur eine Brille, und so hat sie die Brille aufgehoben, das ist ganz normal, Mama. *Mag ja sein, trotzdem, wie dumm von mir!* Mein Vater war 75, ich 35. Ich war ganz traurig, ich habe ihn sehr gemocht, nicht so bedingungslos wie meine Mutter, aber ich mochte ihn gern, alles in allem war er ein anständiger Kerl. Nur konnte ich nicht heulen, weder als ich von dem Drama erfuhr noch als die Verwandtschaft eintraf, nicht in der Kirche und auch nicht auf dem Friedhof.

Monate sind vergangen. Jahre.

Und eines schönen Tages, ich bin in Paris, gehe die Rue du Cherche-Midi entlang. Es regnet, und die Erinnerung an meinen Vater taucht in mir auf, einfach so. Vor allem jene an einen Winterabend, als er mich durch den Schnee trug. Okay, ich muss noch etwas weiter ausholen, sonst kommen Sie nicht mit.

Ich war sieben oder acht Jahre alt und hatte mir das Bein verbrüht, als meine Bettflasche mit heißem Wasser platzte. Es war Winter, es war Abend, es schneite heftig. Mein Vater nimmt mich auf den Arm und trägt mich zu seinem kleinen Lieferwagen, um mich zu einer Bäuerin in den Bergen zu fahren, die Verbrennungen durch Besprechen heilen kann. Unterwegs nimmt er einen Kumpel mit, den Tischler, und weiter geht's, ich sitze zwischen den beiden Männern. Scheibenwischer. Flüche. *Das schaffen wir nie!* Ich weine viel, es brennt ganz fürchterlich, im Bein, am Bauch. Der Hof vor dem Bauernhaus ist völlig zugeschneit. Mein Vater trägt mich durch den Schnee. Drinnen ist es dunkel, die Alte schickt mich nach oben. Ich lasse die Hose herunter, und sie beginnt zu beten, zu flüstern. Ihre Finger bewegen sich über meine Haut. Als wir aufbrechen, habe ich aufgehört zu weinen. Nach zweihundert Metern halten wir im Dorf, die Kneipe hat noch geöffnet, hinter den Fensterscheiben brennt Licht. Warte hier, sagt mein Vater, wir trinken noch einen Schluck, dann kommen wir wieder. Sie gehen zusammen weg. Ich warte brav im Wagen, aber nach höchstens einer Minute kommt mein Vater allein zurück. Komm, sagt er, und zum dritten Mal nimmt er mich auf den Arm. In der Kneipe sitzen sechs, acht Männer und trinken Wein, vor allem aber gibt es auf einem Regalbrett ganz oben, direkt unter der Decke, einen Fernsehapparat. Dort läuft eine ZIRKUSGALA. Ich schreibe das Wort groß, weil wir zu Hause keinen Fernseher hatten, und diese Zirkusgala war für mich das Taj Mahal plus der Karneval in Rio plus das Polarlicht plus alles andere, was einen Jungen begeistert. So habe ich mir mit meinem verbrannten Oberschenkel, mit dem ganzen Schnee draußen und den Armen meines Vaters diese Zirkusgala angeschaut und eine Orangenlimo getrunken.

Kurz und gut, ich gehe die Rue du Cherche-Midi entlang und denke an diesen Abend. Und plötzlich kommen mir die Tränen, die vorher nicht kommen wollten. Ich bitte ihn um Verzeihung, ich weiß nicht genau, wofür. Dass ich nicht früher geweint habe? Dass ich ihn nicht genug geliebt habe? Dass ich es ihm nie gesagt habe? Dann ist er plötzlich da, läuft neben mir. Er sagt, es sei nicht schlimm, alles sei gut, ich sei *ein guter Junge*. Seine physische Präsenz ist unglaublich, seine Brille, sein Geruch, seine Stimme. Er fragt, ob es mir gutgeht. Ich sage ja. Und ihm? *Gut, gut*. Gern würde ich ihn in die Arme schließen, aber ich fürchte, für verrückt gehalten zu werden, wenn ich nur Luft umarme. Wir laufen beide die ganze Rue du Cherche-Midi hinunter, die ziemlich lang ist. Mit der Zeit wird seine Präsenz schwächer. Bevor er vollends verschwindet, verabschiede ich mich von ihm. Bei meiner Ankunft im Hotel fühle ich mich unglaublich ruhig.

Ich meine es ernst, bewahren Sie Ihr Zippo gut auf.

Meine Mutter ist mittlerweile ebenfalls verstorben. Die Folge: Ich bin ein großer Waisenjunge (ich habe Ihnen doch schon gesagt, dass ich 1,92 Meter groß bin? Das war ich schon mit siebzehn), der vier Frauen gehabt hat, sechs Kinder und abends allein ins Kino geht. Und dort bisweilen einschläft.

Erneut bleiben jede Menge Fragen offen, die Sie stellen und auf die ich nicht geantwortet habe. Das kommt noch.

Ihre freundschaftlichen Grüße nehme ich gerne entgegen, liebe Adeline, und biete Ihnen im Gegenzug meine eigenen an.

Ihr großer Schriftsteller (1,92 Meter, vergessen Sie das nicht)
Pierre-Marie

Von: Adeline
An: Pierre-Marie *2. März 2013*

Da Sie mir die Ehre erweisen, beginne ich den Brief mit Lieber Freund.

Lieber Freund,
wie leichtsinnig Sie sind! Sie ahnen nicht, worauf Sie sich einlassen! Ich will Sie sogleich mit folgender Aufforderung auf die Probe stellen: Nennen Sie mir zehn gute Gründe, warum das Leben schön ist.

Nur zehn, das reicht für heute. Ihre Aufgabe ist es, mich nach dem gestrigen Abend, der komplett in die Hose gegangen ist, wieder aufzubauen. Nein, warten Sie, ich bin ungerecht! Nennen Sie mir neun gute Gründe, denn der erste ist bereits gefunden: dass ich Ihre Freundin sein und Ihre Mails lesen darf.

Als ich die letzte in meinem Posteingang vorgefunden

habe, ist meine Stimmung sofort nach oben geschnellt. Da sie gestern Abend gegen 22 Uhr aber auf unter Meereshöhe gerutscht war, reicht das noch nicht. Ich setze daher auf Ihre Rettungsbojen.

Im Gegenzug verspreche ich Ihnen, auf die Verwendung jeglicher Auslassungszeichen zu verzichten, außer wenn ich Ihnen erneut von meinem Vater erzählen sollte …! Von Ihren Erinnerungen war ich sehr ergriffen. Ich muss zugeben, ich habe sogar Tränen vergossen. Und daran war keinesfalls der Schnupfen schuld, er scheint geheilt. Schuld waren Ihre Worte, oder sollte ich eher sagen, Ihren Worten habe ich es zu verdanken: die Verbrennungen, der Schnee, die Arme Ihres Vaters, die Heilerin, die Zirkusgala, schon war es um mich geschehen. Daraus ließe sich doch ein Romananfang stricken, oder?

Und kommen Sie mir nach der mystischen Erfahrung in der Rue du Cherche-Midi bloß nicht mehr damit, dass Sie nicht an Geister glauben. Sie sind ganz sicher weniger vernunft- und kopfgesteuert, als Sie behaupten. Dazu könnte ich allerhand sagen, aber dafür fehlt mir heute die Kraft. Stellen Sie sich vor, wie ich an einem morschen Stück Holz hänge und mitten auf dem Atlantik treibe, dann haben Sie eine ungefähre Vorstellung von meiner Situation. So morsch wie das Stück Holz.

Wenn Ihnen keine neun Gründe einfallen, denken Sie sich welche aus. Lügen Sie, ich werde Ihnen glauben.

Ich ende an dieser Stelle: Hungrige Haie beginnen um mich zu kreisen.

Ihre Katastrophen-Freundin

Adeline Titanic

Von: Pierre-Marie
An: Adeline *3. März 2013*

Liebe Schiffbrüchige,
ich verspreche Ihnen noch vor Mitternacht Rettung. Klammern Sie sich bis dahin fest an Ihre Planke, und sagen Sie den Haien, Sie kämen aus Sheffield, die Tiere hassen englisches Fleisch.

Halten Sie durch!

Pierre-Marie (auf dem Weg in den *Schnee*)

Von: Pierre-Marie
An: Adeline *3. März 2013*

Ich habe versprochen, Ihnen zu schreiben, also schreibe ich Ihnen auch. Über diese Qualität, die neben all meinen Unzulänglichkeiten fast verblasst, verfüge ich noch: Auf mich ist Verlass. Das ist meine treudoofe Seite.

Leben Sie noch? Ich muss zugeben, dass ich an diesem heutigen Reisetag nicht wenig an Sie gedacht habe und mich danach gesehnt habe, zur Ruhe zu kommen, um Ihnen den gewünschten Trost zu spenden (oder es zumindest zu versuchen). Was kann Ihnen am gestrigen Abend, für den Sie sich herausgeputzt haben, um 22 Uhr so Verhängnisvolles widerfahren sein? Nebenbei bemerkt, ich finde es immer rührend, wenn eine Frau darum bemüht ist, sich hübsch zu machen, unabhängig von der Ausgangslage ihrer Bemühungen und unabhängig vom Ergebnis. Es berührt mich, ob es sich um ein kleines Mädchen, eine Erwachsene oder eine Großmutter handelt. Ich sehe zu, wie sie sich kämmt, wie sie sich schminkt, wie sie sich zurechtmacht, ich sehe ihren fragenden Blick im Spiegel. Und wenn sie nicht hübsch ist, berührt es mich umso mehr.

Ja, was haben Sie gestern Abend erlebt? Eine Enttäuschung in Liebesdingen? Sollte dies der Fall sein, ist der Typ ein Trottel, gestatten Sie mir meine Direktheit (oder vielleicht eine Trotteline). Sie sind zu gut für ihn (oder sie). Hat jemand *Die Dicke* gesagt, woraufhin alle im Lauf der Jahre errichteten Mauern eingestürzt sind wie die Strohmauern des ersten der drei kleinen Schweinchen? Oder waren Sie schlicht einem dieser tückischen Anfälle von Tristesse ausgesetzt, die uns bisweilen ohne nachvollziehbare Gründe heimsuchen? Ich kenne das seit meiner Kindheit, es begann mit den Patronatsfesten in meinem Dorf (ach, dieser verfluchte Bommel, den man hätte fassen müssen, um eine Freifahrt Autoscooter zu gewinnen), fand seine Fortsetzung in den Überraschungspartys meiner Jugend, in denen ich voller Verzweiflung meine eins zweiundneunzig und meine Unbeholfenheit ausgeführt habe, und endete mit den wenigen Hochzeitsfesten, zu denen ich als Erwachsener gegangen bin – großer Fehler. Eines Tages werde ich Ihnen erklären, warum mir Beerdigungen hundertmal lieber sind. Sollte ich es vergessen, erinnern Sie mich daran, versprochen?

Ja, ich frage mich, was Sie gestern Abend so sehr verletzt hat, und alles, was ich mir vorstelle, trifft es natürlich nicht. Ist Ihnen übrigens aufgefallen, dass das Leben mehr Phantasie hat als wir? Sie verwahren sich gegen die Unterstellung, ein kreativer Mensch zu sein, da Sie angeblich nichts als die Realität erzählen, wohingegen ich über derlei erhaben sei, weil ich

Fiktives ersinne. Aber ist Ihnen bewusst, dass sich der Leser um die Realität einen feuchten Kehricht schert, er will nur lesen, was ihn interessiert. Und was Sie schreiben, interessiert mich.

Neun Gründe, das Leben schön zu finden? Würde ein einziger nicht genügen? Ich will nicht kneifen. Ich könnte Ihnen sehr poetische und sehr erfrischende nennen, das ist mein Job. Es wäre von der Natur die Rede, von gutem Essen, von der Literatur, von Mozart, Shakespeare, Cervantes und den Rolling Stones. Aber sollte ich nur einen einzigen Grund anführen dürfen, weshalb es sich lohnt, noch ein wenig weiterzuleben, bevor ich Sie diesen vermaledeiten Haien überlasse, dann ist es folgender: Ich verspreche Ihnen Gekicher, Gelache, Gepruste, das besser ist als alles Lexomil, Prozac und Temesta dieser Welt, Lachanfälle, die Ihnen vor lauter Anstrengung den Atem rauben. Glauben Sie mir?

Ich muss jetzt Schluss machen. Es ist Zeit für den Digestif in unserer Hütte, gleich kreuzen die Nachbarn auf, ich werde berichten (oder auch nicht, irgendwie habe ich das Gefühl, dass wir ständig Fragen und Antworten zurückstellen und sich alles ziemlich staut, und ich weiß nicht einmal, was für einen Beruf Sie ausüben, wenn er Sie zu Orten gefüllt mit Worten führt. Sind Sie Rechtsanwältin? Logopädin? Grundschullehrerin?). Ich wünsche Ihnen eine süße Nacht. Die Engländer sagen: *Sleep tight, don't let the bedbugs bite.* So soll es sein, lassen Sie sich nicht von diesen gemeinen Biestern beißen! Zerquetschen Sie sie!

Ihr in Höhenlagen weilender Schriftsteller
Pierre-Marie

Von: Adeline
An: Pierre-Marie *4. März 2013*

Mein Retter in den Bergen,
nur ein kurzes Lebenszeichen, bevor ich mir die Zeit nehme, Ihnen ausführlicher zu antworten: Ich habe die Haie überlebt und bin gestern mit den Hühnern schlafen gegangen. Heute früh habe ich einen Termin. Einen wichtigen. Ich düse durch die Landschaft in die große Stadt. Auch ich werde berichten. Bis nachher und vor allem: DANKE

Adeline

Von: Adeline
An: Pierre-Marie *4. März 2013*

Lieber Pierre-Marie,
endlich zurück aus der großen Stadt. Auch ich konnte es kaum erwarten, meine Verpflichtungen hinter mich zu bringen, um den Faden unserer Unterhaltung wiederaufzunehmen. Es ist merkwürdig: Vor zwei Wochen haben wir uns noch nicht einmal gekannt, und plötzlich nehmen wir uns die Zeit, aneinander zu denken. Ich finde das erstaunlich. Aber Sie sind natürlich an Briefwechsel gewöhnt. Ich erinnere an jenen, den Sie jahrelang mit der gehörlosen jungen Frau geführt haben. Gab es noch andere? Haben Sie parallel zu unserem Austausch drei oder vier weitere Leserinnen (ich vermute, es reizt Sie weit weniger, mit Ihren Lesern einen Austausch anzustreben, habe ich recht?), mit denen Sie vom Hölzchen aufs Stöckchen kommen? Bin ich eine von Tausenden?

Halten Sie mich für eifersüchtig?

Mist, Sie haben recht, ich bin eifersüchtig! Vergessen Sie meine indiskreten Fragen und korrespondieren Sie, mit wem Sie wollen, solange Sie mir ein kleines Plätzchen einräumen.

Nein, vergessen Sie auch das. Wenn ich nach einem Platz in Ihrem Leben verlange, wirke ich wie eine besitzergreifende Menschenfresserin oder ein launisches Mädchen.

Ihr Leben kommt mir einfach nur so ausgefüllt, ja so abwechslungsreich vor! Sie erzählen von Ihren Reisen, Ihren vielen Frauen, Ihrer Kinderschar, nicht zu vergessen Ihren Bewunderern, Ihren Büchern und jetzt von einer Hütte, in der sich die Nachbarschaft zum Digestif versammelt: Wo findet eine stinknormale Frau wie ich in dieser Menge noch Platz?

Ach ja, ich habe Ihre Durststrecke ganz vergessen …

Sind Sie ein gläubiger Mensch?

Ich selbst habe keine religiöse Erziehung genossen und kenne die Bibel kaum, aber manche Bilder sprechen mich an. Sie kennen *Ihre* Durststrecke, ich meine. Wir leiden jeder für sich, kämpfen gegen unsere Dämonen, und gerade unsere Einsamkeit bringt uns näher zusammen.

So, Schluss jetzt mit all den Bildern und Gleichnissen: Ich will Ihnen nun erzählen, was am Freitagabend passiert ist.

Nachdem ich die Mail an Sie beendet hatte, habe ich mich, wie angekündigt, hübsch gemacht. Für mich ist das eine schwere Prüfung, warum ich mich hässlich fühle, auch wenn mir der eine oder die andere das Gegenteil einreden will. Ich höre ihnen nur mit halbem Ohr zu, und der Spiegel ist unerbittlich. Seit einiger Zeit lerne ich jedoch, weniger hart mit mir ins Gericht zu gehen, und akzeptiere das Anbringen von

Korrekturen an Stellen, die ich früher für hoffnungslos gehalten habe.

Also arbeite ich an meiner Frisur: Ich löse den unförmigen Pferdeschwanz, der meine Haare die meiste Zeit über gefangen hält, und nehme einen Lockenstab zur Hand, um ihnen etwas Volumen zu verleihen. Für diese Operation können Sie schon mal eine Viertelstunde rechnen. Anschließend zupfe ich mir die Augenbrauen, die bei mir sehr üppig geraten sind wie bei den meisten Brünetten. Dafür können Sie fünf Minuten veranschlagen – ich bin sehr augensinnig! Anschließend creme und öle ich meinen gewichtigen Körper ein und trage Parfüm auf: Veranschlagen Sie dafür weitere fünf Minuten und eine ganze Dose Feuchtigkeitscreme. Der Schminkvorgang stellt den schwierigsten Part dar: Puder, Mascara, Lidschatten, Kajal, Lippenstift. Da ich keine Expertin bin, brauche ich dafür eine weitere Viertelstunde und bin trotzdem nie ganz zufrieden. Zum Schluss schlüpfe ich in Strumpfhosen, einen schwarzen Rock und ein Paar schicke Pumps. Versuchen Sie mal, Größe 41 in ein Prinzessinnenschühchen zu zwängen!

Kurzum, nach einer Stunde bin ich so weit. Wenn auch nicht hübsch, so doch gepflegt und weiblicher als sonst.

Ich verlasse mein Kloster und steige ins Auto, um zu der Feier zu fahren, von der ich Ihnen erzählt habe. Sie ahnen es sicher schon, dahinter steckt natürlich eine Männergeschichte. Und bevor ich weitererzähle, bin ich Ihnen eine kurze Erklärung schuldig. In einer früheren Mail habe ich Ihnen erzählt, dass ich einen Haken unter die Liebe gemacht habe und meine Zeit lieber den alten Leuten im Dorf widme. Das ist zwar die Wahrheit, aber was soll ich sagen: Das Fleisch ist schwach. Denn auch wenn ich nicht mehr vom Märchenprinzen träume, träume ich doch davon, mich von Zeit zu Zeit in die Arme eines Mannes zu schmiegen. Widerspricht sich das? Es gibt nichts Zärtlicheres als die Arme eines Mannes. Sich ihnen hinzugeben, sich darin einzurollen, willkommen zu fühlen. Ich rede gar nicht von sexuellen Eskapaden (das würde den Rahmen unseres Mailwechsels sprengen), sondern von Zärtlichkeit.

An diesem Freitagabend hatte ich nun wirklich die Hoffnung auf ein wenig Zärtlichkeit. Eine Freundin von mir gab anlässlich ihres Geburtstags eine kleine Feier, zu der etwa zwanzig Personen kommen sollten. Zu den Eingeladenen gehörte ihr Bruder, den ich bereits drei- oder viermal gesehen habe. Ein Junggeselle, etwas älter als ich, charmant, aber kein Frauenheld, kinderlos, Direktor einer ländlichen Bankfiliale in unserer schönen Region. Wir waren »auf einer Wellenlänge«, wie man so schön sagt, und er hatte meiner Freundin anvertraut (seiner Schwester, kommen Sie noch mit?), dass er sich freuen würde, mich wiederzusehen. Woraufhin ich ihr gegenüber durchblicken ließ, dass ich für die schönen Augen dieses Mannes nicht unempfänglich sei. Sie wiederum hat es ihm sofort gesteckt und hat diese Geburtstagsfeier organisiert in der Hoffnung, uns zu verkuppeln. Ihrer Meinung nach war die Sache geritzt.

Ich also hektisch, herausgeputzt, aufgeregt beim Gedanken daran, dass Hände mich berühren könnten, dass mich jemand im Evakostüm mit meinen Fettpolstern, meinen Falten, meinen Unzulänglichkeiten sehen würde, aber bereit für ein Abenteuer!

Als ich ankam, war der Bruder meiner Freundin schon da. Natürlich habe ich ihn nicht gleich angesprochen. Zuerst habe ich ein bisschen am Büfett gepickt, mit den Mädels geschwätzt und vor allem: dem Champagner zugesprochen. Noch ein Glas und noch ein Glas etc. Es gab Musik, ein paar Pärchen tanzten, ich stellte mir vor, wie er auf mich zukommen würde, um mich zum Tanzen aufzufordern, und je mehr ich es mir vorstellte, umso mehr trank ich.

Um 22 Uhr bin ich nach oben ins Badezimmer meiner Freundin gestürmt, um mich zu übergeben.

Ich brauche Ihnen nicht zu sagen, dass all meine Bemühungen beim Schminken und Frisieren mit einem Schlag zunichtegemacht worden waren. Ich habe alles wieder ausgekotzt, doch selbst danach konnte ich mich kaum auf den Beinen halten. Die Wände tanzten, die Decke drehte sich, es war der Horror. Ohne auch nur einem Menschen etwas davon zu sagen, habe ich mich ins Kinderzimmer geflüchtet (die Kinder waren übers Wochenende zur Oma verschickt worden). Ich bin auf ein kleines Bettchen geplumpst und habe umgeben von Mickymausfiguren und Teddybären geschlafen. Als ich wieder aus dem Koma erwacht bin, war es drei Uhr morgens, die Feier fast zu Ende. Ohne mich zu verabschieden, habe ich mich diskret davongeschlichen. Ich bin nach Hause gefahren und habe gebetet, dass mich die Bullen nicht anhalten, dann habe ich mich erneut ins Bett gelegt.

Wie Sie sehen, hat mich kein Trottel misshandelt: Die Trotteline bin ich.

Folglich habe ich das restliche Wochenende damit verbracht, mir Vorwürfe zu machen, mich zu hassen und meine Scham und meinen Rausch auszuschlafen. Das war mir noch nie passiert, und jetzt passiert es mir ausgerechnet in diesem Alter, bin ich bescheuert! Und alles nur, weil ich Angst hatte.

Gelähmt war vor Angst, den Augen eines Bankdirektors ausgesetzt zu sein! Das ist echt jämmerlich, sagen Sie es nur.

Zu Recht werden Sie daraus schließen, dass ich mich mit Ihnen wohler fühle, Sie sind weit weg, in den Bergen und vollkommen immateriell. Es besteht null Risiko, dass Sie mich zu Gesicht bekommen: Also kann ich mich zeigen. Bringen Sie mir, nachdem Sie jetzt gesehen haben, wie ich wirklich bin, noch etwas Achtung entgegen? Oder schlimmstenfalls ein wenig Mitleid?

Heute Morgen dann doch noch ein Lichtblick: Die wichtige Angelegenheit, die mich in die große Stadt geführt hat! Ich verkünde sie Ihnen mit Freude: Mein feuchtes Haus, mein Kloster in der Sackgasse, ist endlich VERKAUFT. Ich habe den Vertrag beim Notar unterzeichnet und werde mich in wenigen Monaten vom Acker machen. Puh! Das nimmt mir eine Last von den Schultern, wenn Sie nur wüssten.

Ich habe mir dieses Haus nicht selbst ausgesucht. Ich habe es von meiner Mutter geerbt. Nichts ist erdrückender als ein Erbstück, wenn man versucht, sich in die Luft zu schwingen: Es ist schlimmer als ein Seil, mit dem man sich erhängt. Ich hatte geglaubt, es meiner Familie schuldig zu sein, und habe mich hier vergraben, habe mein Leben geopfert. Damit ist es jetzt vorbei. Den Engländern, die meinen Platz einnehmen werden, wünsche ich alles Gute. Jetzt muss ich mich nur noch entscheiden, zu welchen neuen Ufern ich aufbrechen will. Sie haben Barcelona vorgeschlagen: Warum? Ich spreche nicht einmal Katalanisch (und auch sonst keine Fremdsprache), und was meine Berufstätigkeit angeht, wäre das Ausland alles andere als günstig. Es sei denn, ich wechsle auch noch den Job, warum eigentlich nicht?

Und Sie ganz nebenbei? Haben Sie schon mal an eine Umschulung gedacht? Ich kann Sie mir bestens als Schwertschlucker, Bärendompteur oder Rennfahrer vorstellen. Vergessen Sie nicht, dass Sie mir versprochen haben, mich zum Lachen zu bringen!

Mein Chorleiter (ich habe heute Abend Chorprobe, das wird mir guttun) empfiehlt uns, so oft wie möglich zu lachen, das entspannt das Zwerchfell, und man singt viel befreiter. Sie haben recht: Lassen Sie uns lachen!

Lieben Gruß

Ihre Brieffreundin, so klein mit Hut

Adeline

PS: Mozart, Shakespeare und Cervantes sind bestimmt ganz nett, aber sie haben noch nie auf meine Mails geantwortet. Daher gebe ich Ihnen den Vorzug!

Von: Pierre-Marie
An: Adeline *5. März 2013*

Liebe Adeline,
ich komme gerade von einer sechsstündigen Schneeschuhwanderung zurück. Daher schreibe ich Ihnen mit lädiertem Rücken, aber einer Überdosis Sauerstoff im Gehirn. Sie Arme! Vielmehr, Sie Ärmste, wie es in der Fabel *Die Ziege des Herrn Seguin* heißt. Ich sehe Sie vor mir, inmitten Ihrer Stofftiere in diesem Kinderbett, und ich bedaure Sie. Ja, es ist fast schlimmer, als hätte man Sie abgewiesen, Sie haben sich selbst abgeschossen! Letztendlich ist es aber besser so, seien wir trotz

allem optimistisch, so bleibt uns die Hoffnung auf eine zweite Chance. Sehen Sie, ohne darüber nachzudenken, habe ich *seien wir optimistisch* geschrieben, ich habe die erste Person Plural verwendet und nicht die zweite, als müssten wir diesen Kampf gemeinsam ausfechten. Ich werde Sie noch an den Mann bringen, meine Liebe! Schließlich hat der Bruder Ihrer Freundin, dieser Bankdirektor, nichts von Ihren vorübergehenden Ausfällen mitbekommen. Meine Güte, sehen Sie doch das Positive an der Sache! Still und heimlich gebe ich mir die Kante, still und heimlich schleiche ich mich zur Toilette, nach wie vor inkognito halte ich ein Nickerchen mit Mickymaus, und schwuppdiwupp bin ich mal weg. Es ist nichts passiert, nichts kaputtgegangen, lediglich ein kleiner Aufschub. Diese Freundin, wenn sie eine ist, wird in Kürze für eine zweite Gelegenheit sorgen, und dann ziehen Sie alle Register! Sie ersetzen den Dom Pérignon durch einen Aprikosensaft und blasen zum Angriff! Vielleicht ist der Banker etwas schüchtern. Das sind viele Männer, man muss sie fast mit Gewalt nehmen, um an sein Ziel zu gelangen, ihnen die Krawatte ausziehen, das Hemd und den ganzen Rest, man muss ihre Hand nehmen und sie zu der gewünschten Stelle führen. Ich weiß, wovon ich spreche, meine erste Freundin musste mir regelrecht die Hose vom Leib reißen. Entschuldigen Sie, ich weiß gar nicht, was mit mir los ist, das muss die Bergluft sein.

Sie gehen davon aus, dass ich neben Ihnen noch weitere Brieffreundinnen habe und mit ihnen jongliere wie ein virtuoser Liebhaber mit seinen Geliebten, ohne danebenzugreifen? Dass Sie das überhaupt nur denken, trifft mich, aber ich schiebe es auf Ihr mangelndes Selbstvertrauen. Die Wahrheit ist nämlich: Nein, ich pflege keine weiteren Brieffreundschaften, und unser Mailkontakt bedeutet mir sehr viel. Er ist mit nichts vergleichbar, was ich bisher ausprobiert habe. Meine Irin? Kein Vergleich. Mir gefiel ihre Treue, ihre unkomplizierte Art, aber unsere Briefe waren äußerst kurz. Haben Sie gesehen, was für Romane wir uns schreiben? Sie hat mir kurz von sich berichtet und ich ihr von mir. Wir hielten uns auf dem Laufenden. Ich nahm Anteil an den Krankheiten ihrer Kindheit. Sie beglückwünschte mich zu neuen Büchern.

Mit Ihnen ist es etwas ganz anderes. Es bereitet mir wahre Freude, Ihnen zu schreiben, und ich werde von Ungeduld erfasst, wenn ich den Moment des Schreibens hinausschieben muss. Verstehen Sie? Wenn ich einen Roman schreibe, bemühe ich mich um Kohärenz, um eine Struktur. Bei Ihnen hingegen kann ich mich je nach Stimmung – meiner oder Ihrer – verlustieren, ich kann meine Küken getrost zurücklassen und sie beim nächsten Mal wieder einsammeln oder es lassen. Es ist eine berauschende Freiheit. Das Schreiben geht in alle Richtungen, und die damit verbundene Beschleunigung, das Chaos gefallen mir.

Auch gefällt mir die Zurückhaltung, mit der Sie mir gegenüber auftreten. Ich kenne Ihren Beruf nicht, habe noch nie Ihr Gesicht gesehen, aber ich weiß, was Sie in der Freitagnacht des 1. März erlebt haben. Wer außer mir weiß das? Was werden Sie mir noch erzählen? Wie weit werden Sie gehen? Und wie weit werde ich selbst gehen, wo ich Ihnen sogar schon von meiner Zirkusgala erzählt habe?

Ich möchte Sie bitten, nie mehr mein Leben mit Ihrem zu vergleichen in der Annahme, meines sei zwangsläufig tausendmal aufregender als Ihres. Ich hatte zwar vier Frauen, aber nicht gleichzeitig! Meine Kinder sind alle erwachsen und ausgezogen. Seit dem 28. Oktober 2010 lebe ich allein in meinem Haus, jetzt wissen Sie es. Ich habe nicht einmal einen Hund. Nur eine herablassende Katze. Das pralle Leben, das Chaos um mich herum gehören der Vergangenheit an. Ich lehne fast alle Journalistenanfragen ab, weil ich nichts Neues zu sagen habe und es mir peinlich wäre, mich zu wiederholen. Es ist mir peinlich zu erklären, wie und warum, ausgelöst durch wen, in welchem Zimmer und zu welcher Tageszeit ich schreibe, wo ich gar nicht mehr schreibe. Früher lag zwischen meinen Büchern jeweils ein Jahr, dann waren es zwei, schließlich drei. Schauen Sie in meine Biografie, Adeline, und sehen Sie sich das Datum meiner letzten Veröffentlichung an. Ich bitte Sie darum, meine Berühmtheit, mein ach so erfülltes, reiches Leben außen vor zu lassen. Es bedeutet mir nichts.

Tja, das Restaurant, in dem ich Ihnen schreibe, hat sich gerade mit gut zwanzig fidelen Gästen gefüllt, die sich den Hals verrenken, um sich besser lachen zu hören, wie Brel singt. (Ich beneide ihn um Sätze wie diesen!) Es wird nicht leicht sein, an dieser Mail weiterzuschreiben. Die Hütte, in der wir wohnen, ist ein riesiges Gebäude mit mehreren Wohnungen, und im Erdgeschoss gibt es diesen Gemeinschaftssaal, den einzigen Ort mit Internetzugang. Das war's, sie lachen nicht mehr, sie wiehern jetzt. Ich mache Schluss.

Und auch ich, ja, schicke Ihnen liebe Grüße.

(Ob ich gläubig bin? Ich glaube nicht.)

Pierre-Marie (dessen Pulli mächtig nach Raclette zu stinken beginnt)

Von: Adeline
An: Pierre-Marie *7. März 2013*

Lieber Pierre-Marie,
Sie geben schon einen seltsamen guten Freund ab! Sie bauen mich auf, trösten mich, und jetzt wollen Sie auch noch den Heiratsvermittler spielen! Meine Freundinnen könnten es nicht geschickter anstellen. Ich nehme daher stark an, dass Sie nicht zu der Sorte Mann gehören, die ihre weibliche Seite ums Verrecken nicht akzeptieren wollen, das habe ich mir übrigens schon gedacht. Ein Mann, der seine Schüchternheit zugibt, ein Mann, dessen Hand man ergreifen muss, um sie »an die gewünschte Stelle zu führen«, und der mitten auf der Straße weint, während er zu seinem Vater spricht, ohne sich um die Blicke der Passanten zu scheren, kann kein Macho sein. Ich bin vielleicht naiv, aber ich habe den Eindruck, Schreiben erfordert eine gewisse Demut und Schriftsteller müssen ihre Schwächen, ihre Fehler, ihre Wunden früher oder später offenlegen. Von dort muss der Rohstoff des Schriftstellers kommen, oder? Von diesen Löchern in der Seele, aus denen unser Schmerz quillt.

Oje! Gebieten Sie mir Einhalt, sonst werde ich ganz poetisch! Als ob Ihre Bergluft mir aus der Ferne die Sinne durcheinanderwirbeln würde.

Da Sie mich regelrecht dazu aufgefordert haben, habe ich mir Ihre Bibliografie angeschaut, lieber Freund. Und ich kann ein allmähliches Nachlassen Ihrer Veröffentlichungen erkennen: Sie haben die Wahrheit gesagt. 1984, das Jahr, in dem Ihr erster Roman erschienen ist, haben Sie außerdem noch Artikel veröffentlicht und an einer Anthologie mit Erzählungen mitgewirkt. 1985 zwei Romane! 1986 einen einzigen, aber was für ein Juwel! Ihr *Schloss im Nebel* ist eins meiner Lieblingsbücher, das gebe ich gerne zu, denn es hat mir den Zugang zu Ihrem Universum eröffnet. Ich erinnere mich an das wunderbare Gefühl, das die Lektüre begleitet hat, insbesondere beim Lesen der berühmten Schlachthofszene. Sie jagt mir heute noch Schauer über den Rücken!

Anschließend haben Sie über einen Zeitraum von zehn Jahren regelmäßig publiziert. Dann ein »Loch«, zwischen 1997 und 2000: nichts. Das macht mich neugierig. Was war in diesen drei unproduktiven Jahren mit Ihnen los? Wenn es sich um einen einmaligen Ausfall gehandelt hätte, wären Sie heute bestimmt nicht so besorgt, denn anschließend haben Sie wieder einen angemessenen Schreibrhythmus angenommen, bis zur Goncourt-Preisverleihung 2005. Wenn man sich die Daten anschaut, könnte man meinen, der Preis hätte Sie heruntergebremst. Lasten die Lorbeeren doch schwerer auf einem Menschen, als man denkt?

Was mir jedoch vor allem ins Auge springt, ist das Datum, das Sie mit beeindruckender Präzision erwähnen: der 28. Oktober 2010. Ich bin mir sicher, Sie erinnern sich noch an den Wochentag und die Stunde, als Sie allein in Ihrem großen Haus zurückgeblieben sind … Einen Mann, der allem Anschein nach immer in einer trubeligen Familie gelebt hat, muss diese brutale Einsamkeit wie eine Bombe getroffen haben, oder? Tatsächlich haben Sie seither so gut wie nichts mehr veröffentlicht! Lieber Pierre-Marie, ist es abwegig anzunehmen, Ihre Durststrecke falle mit einem Wendepunkt in Ihrem Gefühlsleben zusammen? Sie äußern sich sogar abfällig über Ihre Katze, was zeigt, dass Sie mitten in einer existenziellen Krise stecken!

Wie gut ich Sie verstehen kann!

Ich selbst musste mich längere Zeit krankschreiben lassen, um mich meiner eigenen Krise zu stellen. Totalausfall. Seit Monaten mache ich nichts aus meinen Tagen, sortiere lediglich Erinnerungsstücke meiner Mutter. Mein Leben verläuft in Zeitlupe, es ist erbärmlich. Während ich auf das Geld aus dem Verkauf meines Klosters warte, sind die Mitgliedschaft in diesem Chor und mein Tanzkurs der einzige Luxus, den ich mir gönne. So entkomme ich zwei Tage pro Woche meiner Einsamkeit und bringe meinen Körper zum Schwingen. Das reicht mir im Moment.

Nach dem bedauerlichen Vorfall an diesem Abend im Vollrausch habe ich nicht einmal mehr auf die Nachrichten geantwortet, die meine Freundin mir hinterlassen hat. Sie macht sich Sorgen. Ich will mich gleich zusammenreißen und sie zurückrufen, aber ich werde ihr sagen, dass ihr Bruder mich nicht interessiert. Ganz offensichtlich bin ich für eine Liebesnacht noch nicht bereit. Finden Sie mich feige? Ich bin wie ein verletztes Tier, das sich in seinen Bau zurückzieht, um seine Wunden zu lecken. Warum sollte ich Risiken eingehen, solange die Narbe noch nicht verheilt ist? Und außerdem, wenn ich ehrlich bin, habe ich etwas gegen Banken. Mit einem Banker zu schlafen wäre keine gute Idee, das hat mir mein Körper deutlich signalisiert.

Umgekehrt macht es mich, wie Sie sehen, wirklich glücklich, Ihnen zu schreiben und Ihre Antworten zu lesen. Vor allem, nachdem Sie mir schreiben, dieser Mailverkehr sei für Sie von Bedeutung (danke!). Von unseren jeweiligen Rückzugsgebieten aus – Ihres stinkt nach Raclette, meines nach Schimmelpilzen – gewähren wir uns gegenseitig einen Raum vollkommener Freiheit, herrlich! Im Moment brauche ich nichts anderes außer meine alten Leutchen.

Stellen Sie sich vor, heute Morgen auf dem Weg zum Bäcker bin ich Odette Pardessus begegnet. Der Name stimmt, ich schwör's: Ich wäre unfähig, mir einen Namen auszudenken, der so gut zu ihr passt. Denn Odette Pardessus trägt das ganze Jahr über denselben zerschlissenen und nicht sehr sauberen Herrenmantel, dessen Gürtel herunterhängt und auf dem Boden schleift. Sie ist leicht verkalkt, die gute Odette, kramt ständig die alten Geschichten hervor, läuft kilometerweit durch die Gegend und liest verlorene Gegenstände auf. Sie ist Lumpensammlerin, aber auch Künstlerin. Bei ihr stapelt sich der ganze Plunder, und sie baut daraus bizarre Skulpturen unter Zuhilfenahme von reichlich Gummikleber. Die Skulpturen sind nicht schön, und doch habe ich noch nie etwas derart Ergreifendes gesehen. Heute Morgen also hat sie mich zu sich nach Hause eingeladen. Ich habe ihr beim Auspacken ihrer Tagesausbeute geholfen: Zeitungen, Plastikflaschen, Blechdosen, Bustickets, Chipstüten, Zigarettenstummel, brrr. Und während wir alles auf dem Küchentisch verteilt haben, fängt sie plötzlich an, mir von meiner Mutter zu erzählen. Ich wusste, dass sie sie als kleines Mädchen gekannt hat, wie auch den Rest meiner Familie, denn das Haus hat meinen Großeltern gehört und davor meinen Urgroßeltern. Tja, ich dachte, sie würde mir Sachen erzählen, die ich schon weiß, aber weit gefehlt. Odette hat mir von einer Sache erzählt, die sich vor 54 Jahren hier ereignet hat, in diesem Haus. Darum stehe ich seit heute Morgen etwas neben mir. Ich erwähne es erst am Ende meiner Mail, weil ich, bevor ich Ihnen sage, worum es sich handelt (falls Sie das überhaupt interessiert), im Stadtarchiv und in der Bibliothek noch ein paar Recherchen anstellen muss, die Odettes Geschichte bestätigen. Diese Recherchen will ich morgen in Angriff nehmen. Es sind Nachforschungen, wie man sie für einen Roman tätigt!

Mit diesem Cliffhanger schließe ich und füge noch das Rezept für einen Wundertee gegen den Muskelkater bei, der Ihren Körper derzeit plagt: Schachtelhalm, Schwarze Johannisbeere, Eschen- und Kamillenblätter, je fünfzig Gramm, Sie vermischen das Ganze und übergießen es mit kochendem Wasser. Probieren Sie es aus, hinterher sind Sie ein neuer Mensch! Und sollten Sie gläubig sein, garnieren Sie das Ganze mit einem Gebet an die heilige Adeline, Schutzpatronin schneeschuhtragender Schriftsteller, es wirkt garantiert!

Lieben Gruß und Hals- und Beinbruch!

Ihre Freundin

Adeline

Von: Pierre-Marie
An: Adeline *10. März 2013*

Liebe bemerkenswerte Adeline,
heute Morgen schneit es hier. Wunderschöner Neuschnee, der ganz gerade und lautlos herabrieselt. Übrigens, er wäre ein guter Grund, das Leben schön zu finden! Ich werde sie Ihnen tröpfchenweise verabreichen, die neun Gründe, die noch fehlen. Sagen wir, das hier ist der dritte, der erste war, wenn ich Sie daran erinnern darf, dass Sie mich zum Freund haben (das haben Sie gesagt!), der zweite, dass Sie sich im Leben noch gut zweihundertmal vor Lachen ausschütten werden (apropos,

ich habe Ihnen nie versprochen, dass *ich* Sie zum Lachen bringe, das wäre reichlich vermessen!). Der dritte wäre also dieser Schnee, der uns heute Morgen überrascht hat und die Landschaft vor dem Fenster, den Bürgersteig, die Bäume, die Fabrikdächer, was auch immer, weiß malt. Genau so ist es: Ein Grund, das Leben schön zu finden, besteht darin, eines Morgens demjenigen, derjenigen, denjenigen, die noch nicht aufgestanden sind, in drei Worten verkünden zu können: *Es hat geschneit.*

Sie haben recht, ich erinnere mich: Der 28. Oktober 2010 war ein Donnerstag. An diesem Tag blieb ich um 21 Uhr 15 allein in meinem großen Haus zurück und bin es immer noch. Aber ich sollte von vorne anfangen, wenn ich schon davon erzähle.

Im Herbst 2002 wurde ich zur Buchmesse nach Brive eingeladen. Gerade war mein achter Roman erschienen, *Die Drift*, nicht mein bester, nebenbei bemerkt (falls Sie ihn noch nicht gelesen haben, lassen Sie es bleiben), aber da ich mich in den Jahren zuvor rargemacht hatte (das haben Sie ja selbst schon festgestellt), herrschte großes Gedränge an meinem Stand. Ich weiß noch, wie peinlich es mir vor meinem Nachbarn war, der hinter dem kleinen Stapel seines Debütromans saß. Die Leute ignorierten ihn ganz einfach. Ich habe bei Signierstunden beides erlebt, überlaufene Sitzungen wie wenig besuchte, und ich weiß nicht, was davon unangenehmer ist. Am späten Nachmittag beruhigt es sich ein wenig, und eine Frau hält mir ein Exemplar von *Schloss im Nebel* hin, die großformatige Ausgabe in sehr ramponiertem Zustand, mehrmals gelesen, das konnte man sehen. Ich hebe den Kopf und sehe die Sonne.

Ein Lächeln erstreckt sich über die gesamte untere Gesichtshälfte. Sie ist brünett. Ich mag Brünette, so wie Hitchcock Blondinen mochte, ausschließlich (sogar meine Norwegerin war brünett!). Sie erklärt mir genau wie Sie, es sei ihr Lieblingsroman. Ich bedanke mich, frage sie nach ihrem Vornamen, sie heißt Vera. Sie hat einen leichten ausländischen Akzent, aber aus welchem Land? Ich schreibe *Für Vera und ihr Lächeln, mit einem herzlichen Gruß in Erinnerung an unsere Begegnung in Brive*. Und signiere. Halte ihr das Buch hin. Sie fragt mich: *Wann sind Sie hier fertig?* Und ich antworte, das wisse ich nicht genau, gegen neunzehn Uhr vermutlich. Ich gehe davon aus, dass sie für eine Freundin fragt, die auch noch eine Widmung haben möchte, aber von wegen. Sie sagt: *Ich lade Sie zu einem Kaffee ein oder zu einem Bier oder was immer Sie wollen*. In solchen Fällen antworte ich normalerweise, ich sei leider schon verplant. Doch in ihrem Fall höre ich mich antworten: *Warum nicht?* Sie nennt mir eine Kneipe in der Nähe und geht. Während ich die nächste Person begrüße, sehe ich zu, wie sie sich entfernt, und ich finde sie von hinten genauso attraktiv wie von vorne (ich bin sehr Po-fixiert). Um 19 Uhr 15 sitzen wir uns in der angrenzenden Kneipe an einem kleinen runden Tisch gegenüber. Anfangs reden wir über die Literatur, über *Schloss im Nebel*. Sie erwähnt natürlich die berühmte Schlachthofszene, aber auch noch eine weitere, weniger spektakuläre, den Dialog zwischen dem Pfarrer und der alten Frau im Nachtbus, und witzigerweise bin ich genau auf diese Stelle im Roman besonders stolz. Nach einer halben Stunde weiß sie, dass ich sechs Kinder habe und von meiner Norwegerin getrennt lebe, und ich weiß, dass sie drei Kinder hat, 45 ist, in Toulouse wohnt und *immer noch verheiratet ist, aber was soll's.* Wir gönnen uns ein zweites Getränk, ein drittes, ich weiß nicht mehr, was sich in unseren Gläsern befand. Ich hätte selbst lauwarmes Wasser getrunken, um mehr Zeit mit ihr zu verbringen. Von 21 Uhr an werde ich mit Anrufen bombardiert, doch bitte zu dem vorgesehenen Abendessen mit meinem Verleger und ein paar Schriftstellerkollegen dazuzustoßen. Ich schlage Vera vor, mich zu begleiten, ich könnte einfach sagen, sie sei eine alte Bekannte, die ich zufällig wiedergetroffen hätte. Sie lacht. *Müssen wir uns dann duzen?* Na klar duzen wir uns. Es gab jetzt keinen Weg mehr zurück. Wir zogen die Sache durch. Wir mussten uns eine gemeinsame Vergangenheit ausdenken. Es war irre lustig und aufregend. Je später es wurde, je mehr wir uns unserem Spiel hingaben, je mehr ich sie betrachtete und ihr zuhörte, umso mehr hörte ich eine spöttische innere Stimme: *Mein Lieber, dich hat's erwischt.*

Ich habe vergessen zu erwähnen, dass ihre Augen eine kleine Fehlstellung hatten. Zu behaupten, sie würde schielen, wäre übertrieben, aber zu behaupten, sie würde nicht schielen, wäre glattweg falsch. Überhaupt habe ich (neben dem Po der Frauen) immer solche geliebt, die – wie soll ich sagen? – einen kleinen Makel hatten. Sei es, dass sie hinkten, sei es, dass sie eine Behinderung, eine Narbe, eine sichtbare Verbrennung oder einen Sprachfehler aufwiesen. Warum? Das kann ich nicht erklären. Außerdem fühlte ich mich immer zu Ausländerinnen hingezogen. Und Vera vereinigte beides auf sich: Sie hatte diesen Silberblick, und sie war Italienerin. Aus Parma. Tja, sagen wir es, wie es ist: Im Alter von fünfzig Jahren war ich bis über beide Ohren verliebt.

Am nächsten Abend lagen wir zusammen im Bett; eine

Woche später stieg sie in den Zug, um mich in Drôme zu besuchen; in der Woche darauf düste ich nach Toulouse. Im Herbst 2003 zog sie endgültig bei mir, bei uns ein, als geschiedene Frau. Als Übersetzerin konnte sie überall wohnen. Sie kam mit ihren drei Kindern im Gepäck, zwei Jungen von zwölf und vierzehn Jahren und einem Mädchen von fünfzehn. Damals teilte ich mir das Sorgerecht für meine drei »norwegischen« Kinder, das heißt für die zwölfjährigen Zwillinge und ihren elfjährigen Bruder, und für meine siebzehnjährige Tochter Laura, die ich mit meiner zweiten Frau hatte *(Wollen wir los, Schatz?)*, mit den Müttern. Übrigens bin ich diese Woche mit ebendieser Laura, ihrem Mann und ihrem Sohn in den Bergen, aber machen wir die Sache nicht unnötig kompliziert. Nicht zu vergessen die häufigen Besuche (Wochenenden und Ferien) meiner anderen Kinder, von denen der Älteste, der aus der Ehe mit meiner ersten Frau hervorgegangen ist (nennen wir sie *Metamorphose*), selbst schon wieder ein kleines Kind hat. Blicken Sie noch durch? Der Durchblick kann einem schon bei weniger komplizierten Beziehungsgeflechten abhandenkommen. Ich will Ihnen daher eine Schnellzusammenfassung geben: Vera und ich haben uns in diesem Herbst 2003 in einem Haus wiedergefunden, das von sieben unterhaltsberechtigten Kindern bewohnt wurde: einem Elfjährigen, drei Zwölfjährigen (!), einem Vierzehnjährigen, einer Fünfzehnjährigen und einer Siebzehnjährigen.

Die folgenden Jahre waren die verrücktesten meines Lebens. Wir haben alle Stadien durchlaufen: Erschöpfung, Euphorie, Kränkung, vor allem aber waren wir glücklich. Was haben wir in diesem unglaublichen Tohuwabohu gelacht, in diesem Ferienlagergewimmel, diesem ewigen Zoo. Es gab

Streitereien, Krisen, Beleidigungen, sogar Schläge, aber immer kam es zu Reue, Entschuldigungen, Versöhnungen und den dazugehörigen Tränen. Und hinter allem mächtige Wellen, die sich in unserem Lachen Bahn brachen und alles überrollten. Und über allem schwebte Veras sonniges, beruhigendes, schützendes Lächeln.

In diesen zwei wahrhaft chaotischen Jahren habe ich meinen Prix Goncourt geschrieben, liebe Adeline. Kein Mensch kann sich auch nur im Entferntesten vorstellen, in welcher Verfassung ich mir diesen Roman abgerungen habe, und auch nicht, wohin ich mich nicht überall zurückziehen musste. Ich habe ihn in Zügen geschrieben, in Hotelzimmern und vor allem (da mein Büro in ein Schlafzimmer verwandelt worden war) auf dem Küchentisch, darunter, im Bett liegend, auf dem Bett sitzend, in der Waschküche (häufig), im Badezimmer und, wenn es die Zeit zuließ, an schönen Tagen auf einem Baum oder im Auto, das im Schuppen stand, hinter dem Holzstapel sowie versteckt hinter den Mülleimern. Ich schwöre Ihnen: Ich habe ganze Kapitel auf der Toilette geschrieben mit Ohropax in den Ohren und einem Kopfhörer darüber. Ich habe mit dem Roman gegessen, geschlafen, gekocht, eingekauft. Zwei Jahre leidenschaftlicher Textarbeit. Vera las ihn, tröstete mich, redete mir gut zu. Ich habe diesen Preis verdient, verdammt! *Wir* haben ihn verdient!

Ach ja, da fällt mir ein, in einer Ihrer Mails handeln Sie mich für den Nobelpreis! Wie kommen Sie bloß darauf? Ich habe laut gelacht. Stellen Sie sich vor: 1929, Thomas Mann; 1954, Ernest Hemingway; 1970, Alexander Solschenizyn; 2014, Pierre-Marie Sotto. In die Liste hat sich ein Fehler eingeschlichen, finden Sie ihn. Und werfen Sie ihn hinaus!

Nein, ich werde mich mit dem Goncourt zufriedengeben, der mir im Übrigen nicht zu Kopf gestiegen ist. Ich war 53, und es wäre schon einiges mehr vonnöten gewesen, um mich aus der Bahn zu werfen. Nachdem sich die Aufregung gelegt hatte, von der ich Ihnen bei Gelegenheit noch berichten werde, das ist eine längere Geschichte (ich habe das Gefühl, schon mindestens dreimal geschrieben zu haben, dass ich Ihnen etwas *bei Gelegenheit* erzählen werde, das sind mittlerweile allerhand auf der Strecke gebliebene Küken), nachdem sich die Aufregung also gelegt hatte, stellte ich mir wieder die altvertrauten Fragen, die auf jede meiner Veröffentlichungen gefolgt waren: *Nicht schlecht, mein Lieber* (ich nenne mich gern mein Lieber), *und jetzt?* Es waren nicht mehr und nicht weniger als sonst.

Das Leben ging weiter. Die Kinder wuchsen heran und zogen eines nach dem anderen aus, um ein Studium aufzunehmen. Im September 2004 zog Laura nach Lyon. Die Auswirkungen waren enorm, denn sie war die große Schwester für alle. Gloria (Veras Älteste) ist ein Jahr später ausgezogen, 2005, ebenfalls nach Lyon. Autsch, beide Großen weg!

Im Herbst darauf begann Matéo (Veras ältester Sohn) in Valence zu studieren, und wir sahen ihn nur noch am Wochenende. Dann folgte eine Atempause von zwei Jahren, der Status quo hielt bis zum Herbst 2008. Erneuter Auszug, jetzt aber drei auf einmal: meine Zwillinge und Diego (Veras zweiter Sohn).

Nun war nur noch Jon da, mein Jüngster, an dem Vera sehr hing, und das Haus kam uns plötzlich riesengroß vor, das kann ich Ihnen sagen. Als er dann seinerseits im Herbst 2009 auszog, um eine Geigenbauschule in den Vogesen zu besuchen – für uns war das sozusagen Alaska –, versetzte ihr das den Rest. Mehr noch als mir.

Aber egal, wir haben etwas häufiger Musik aufgelegt, um die Stille zu übertönen, gingen öfter aus.

Allerdings hat Vera sich verändert. Sie hat sich

(Ich bin wieder daheim und nehme den Faden dort auf, wo ich ihn am Freitag in den Bergen zurückgelassen habe. Ich hatte die Mail am Morgen begonnen, am Restauranttisch mit diesem wunderschönen Schnee vor der Fensterscheibe, und am Abend auf dem Etagenbett weitergeschrieben, das ich mir die ganze Woche schon mit meinem fünfjährigen Enkel teile (Lauras Sohn), ich oben, er unten. – *Was machst du da, Opa? – Ich schreibe einen Brief. – Wem? – Einer Frau. – Machst du bald das Licht aus? – Mach ich, schon passiert. – Gute Nacht, Opa. – Gute Nacht, mein Schatz.)*

Vera hat sich in diesem Herbst verändert, und im Winter ging das so weiter. Nicht ihr Verhalten. Sie war wie immer: aufmerksam, großzügig, zärtlich und voller Elan. Aber oft hat sich etwas aufgelöst, meistens am späten Nachmittag. Hat sich eingetrübt. Besser kann ich es nicht ausdrücken: Ein Schleier hat sich über sie gelegt, über ihren Körper, über ihr Gesicht und über ihre Seele. Ein Schleier, der sich nicht mehr lüften ließ. Wie gern hätte ich ihn mit Daumen und Zeigefinger gepackt und weggezogen, aber das ging nicht. Wir lagen nebeneinander im Bett. Sie nahm meine Hand in ihre, führte sie an die Brust, behielt sie dort, schloss die Augen und sagte: *Erzähl mir was.*

Also erzählte ich. Was ich erzählte, war ihr ziemlich egal. Ich denke, sie wollte nur eine vertraute und geliebte Stimme hören. Ich erzählte aufs Geratewohl Geschichten aus meiner

Kindheit, meiner Jugend. Wenn sie lustig waren, verzog sie den Mund zu einem Lächeln, um mich für meine Mühe zu belohnen. Wenn sie wollte, dass ich schwieg, drückte sie ganz leicht meine Hand.

Sobald das Haus voller Menschen war, war sie fast wieder die Vera, die wir kannten. Waren wir dann allein, senkte sich der Schleier herab: *Erzähl mir was.* Ich hielt sie für krank, aber sie wollte weder zum Arzt noch zum Psychologen. Und wenn Vera etwas nicht wollte, war es aussichtslos, sie zu bedrängen.

Der Sommer verlief wie alle Sommer davor, das Haus leerte sich nicht. Bei den Mahlzeiten waren wir mindestens acht, manchmal sogar 24 Personen. Es kommt mir vor, als wäre rund um die Uhr jemand im Swimmingpool gewesen. Na ja, das Preisgeld des Goncourt ist symbolischer Natur (zehn Euro), aber die Verkäufe des ausgezeichneten Buchs schießen in die Höhe, und 2007 haben wir uns einen schönen Pool ausheben lassen. An die Vorstellung, dass er mir gehört, musste ich mich erst gewöhnen. In den ersten Monaten träumte ich häufig, ich läge am Beckenrand und jemand wollte mich hinauswerfen. Ich stammelte, es sei *mein* Pool und folglich hätte ich das Recht, mich auch nach den Schließzeiten noch dort aufzuhalten, und außerdem gebe es gar keine Schließzeiten, aber ich sagte es nicht laut genug, und plötzlich war ich mir nicht mehr sicher, ob er mir überhaupt gehört, dieser Pool. Gut, dieser Wahnsinn hat den Sommer über angehalten. Dann kam der Herbst. Wieder zu zweit, wieder Stille in den leeren Zimmern, wieder der Schleier, wieder meine Hand in ihrer, auf ihrer Brust. *Erzähl mir was.*

Am Donnerstag, dem 28. Oktober 2010, fuhr ich für eine Lesung an der Universität und eine Signierstunde nach Lyon.

Ich rief wie gewohnt ein Taxi. (Wir haben nur ein Auto, das ich Vera überließ, wenn ich verreiste.) Das Taxi brachte mich zum Bahnhof, wo ich am späten Vormittag in den Zug stieg. Ich aß mit den Buchhändlern in einem der typischen Bouchons in der Altstadt von Lyon zu Mittag, las am Nachmittag in der Universität und signierte in der Buchhandlung bis etwa neunzehn Uhr. Sie wollten mich zum Abendessen dabehalten, aber ich wollte lieber nach Hause. Also nahm ich den Regionalexpress nach Valence und bestieg ein Taxi, das mich nach Hause brachte. Bei meiner Ankunft war es 21 Uhr 15. Ich bezahlte, und das Taxi fuhr davon. Unser Auto stand an seinem gewohnten Platz. Im Haus brannte Licht, die Tür war nicht verschlossen. Ich trat ein und rief nach Vera. Sie war weder im Wohnzimmer noch im Schlafzimmer noch in einem der anderen Zimmer. Alles war wie immer. Sie hatte keinen Zettel hinterlassen, keinerlei Nachricht. Seither habe ich sie nicht mehr gesehen.

Wie es danach weiterging, erzähle ich Ihnen vielleicht ein andermal. Im Moment habe ich dazu nicht die Kraft. Es nimmt mich zu sehr mit. Das wollte ich in einer früheren Mail gesagt haben, als ich schrieb, es sei so, *als würde man auf einen Knopf drücken*. Sobald ich an Vera denke oder sobald ich jemandem von ihr erzähle, passiert automatisch Folgendes: Meine Stimme streikt, und die Augen der anderen werden feucht. So ist es nun mal … (Okay, ich gestatte mir drei Pünktchen.)

Die Mail hört überhaupt nicht mehr auf. Tut mir leid. Und außerdem ist sie völlig ichfixiert. Wie beschämend. Ich habe Sie Ihrer Einsamkeit überlassen, Ihrer Krise, Ihren mageren Einkünften und erzähle Ihnen von meinem Pool, meinem

Goncourt und meinem Unglück. Das nächste Mal kein Wort über mich selbst, versprochen!

Lieben Gruß

Pierre-Marie Sotto (der Schriftsteller, der nicht mehr schreibt außer an Adeline Parmelan)

(Ach ja, da Sie demnächst umziehen, versuchen Sie einen Ort zu finden, dessen Name Glück und Licht verheißt, bisher haben Sie mit großem Gespür danebengegriffen: Deuil-la-Barre, Le Cloître, Mouron. Würden Sie in den Großraum Paris ziehen, dann bestimmt nach Houilles!)

PS: Und noch etwas: Ich vergehe vor Neugier, was ist vor 54 Jahren in Ihrem feuchten Haus passiert?

Von: Adeline
An: Pierre-Marie *11. März 2013*

Lieber Freund,
vorweg etwas zum Schmunzeln: Heute Morgen musste ich mit meinem (uralten) Wagen zum TÜV, und als ich die Formulare ausfüllte, konnte ich mir ein Lachen nicht verkneifen. Bisher habe ich nicht darauf geachtet, aber raten Sie mal, mit welchen Buchstaben mein Nummernschild beginnt. Das erraten Sie nie: ND.

Keine Frage, alle Zeichen stehen auf Rot. Ich werde mir auch ein anderes Auto zulegen müssen, wenn ich aus meiner Sackgasse herauskommen will und mein Leben dort kein »En-De« finden soll. Und niemals werde ich nach Houilles ziehen (wie kommen Sie bloß darauf?), großes Ehrenwort!

Und auch nicht ins Quartier du Combat! Ich erwarte gerne Vorschläge mit ansprechenderen Zielen!

Abgesehen davon konnte ich mir, wie Sie bemerkt haben werden, ein Lachen nicht verkneifen. Mag sein, dass es ein etwas gequältes Lachen war, aber es zählt trotzdem, oder?

Doch kommen wir jetzt zum Wesentlichen: zu Vera.

Seit Sie von Ihrer vierten Frau gesagt haben, von ihr zu sprechen wäre so, als würden Sie »auf einen Knopf drücken«, war mir klar, dass zwischen Ihnen etwas Schlimmes oder Schmerzhaftes vorgefallen sein musste. Sie brauchen sich nicht dafür zu schämen, dass Sie mir derart intime Dinge erzählt haben. Überhaupt nicht! Ich sehe darin einen Vertrauensbeweis, der mich mehr berührt, als Sie ahnen, und auch wenn ich beim Gedanken daran zittere, hoffe ich, mich seiner würdig zu erweisen. Ich kann Ihnen versichern, dass ich großes Mitgefühl mit Ihnen habe.

Ich habe tausend Fragen zu Ihrer Vera: Haben Sie eine Vermisstenanzeige aufgegeben? Womöglich auch in Italien, ihrer Heimat? Was sagen ihre drei Kinder? Haben Sie noch Kontakt zu ihnen? Haben Sie die Krankenhäuser abtelefoniert? Sanatorien, in denen traurige Menschen bisweilen Zuflucht suchen?

Sie haben Ihre Muse verloren, und sicher ist aus Ihrem Herzen ein großes Stück herausgebrochen: Ich verstehe jetzt besser, wieso Sie nicht mehr schreiben können. Glauben Sie denn, Sie könnten auf Inspiration hoffen, auf die Flamme, die Sie am Leben erhält, wenn Sie eines Tages erfahren werden, was Vera dazu bewogen hat, mir nichts, dir nichts zu verschwinden?

In Erwartung dieses Tages, der sich vielleicht irgendwann

einstellen mag, kommt mir der Gedanke, dass Sie sich selbst überraschen sollten. Warum schreiben Sie nicht einfach Geschichten für Kinder? Sie sind allein in Ihrem leeren Haus mit Ihrem ebenfalls leeren Pool (um diese Jahreszeit gehe ich davon aus, dass er leer ist!), mit Ihrer verflixten Katze, Ihren Wunden, Ihren Zweifeln, Ihrem Blues als Sechzigjähriger und mit Ihrem fünfjährigen Enkel, der Sie Opa nennt, wenn Sie mit ihm in einem Etagenbett schlafen: Es ist alles da! Warum schreiben Sie nicht für ihn? Einen Abzählreim? Gedichte? Ein Bilderbuch? Ein Abc-Buch? Eine Geschichte vom bösen Wolf? Eine Häschengeschichte? Stellen Sie sich einmal vor, wie glücklich Sie wären, wenn Sie sehen könnten, wie Ihr Enkel seiner Lehrerin stolz ein Buch seines Großvaters zeigt!

Okay, ich schweife ab.

Aber das liegt daran, dass ich ganz gerührt bin, wenn ich an Kinder denke. Dass es mich aufwühlt. Dass ich vor Liebe vergehe und auch vor Schmerz.

Ich hatte nicht damit gerechnet, dass mir danach sein könnte, Ihnen davon zu erzählen, aber die Schilderung Ihrer Verzweiflung nach Veras Verschwinden konfrontiert mich notgedrungen mit meinen eigenen Dämonen.

Ich mache es kurz, bitte sehen Sie mir den Telegrammstil nach. Sie werden zwischen den Zeilen einiges herauslesen können.

Vor zwölf Jahren habe ich mit meinem Mann ein Kind bekommen.

Ich war 22 und hatte gerade meinen Vater beerdigt. Drei Monate und acht Tage später kam mein Sohn Philémon auf die Welt.

Damals liebte ich meinen Mann schon nicht mehr. Er

neigte zu Gewaltausbrüchen, ich glaube, das habe ich schon erzählt.

Philémon kam mit einem Herzfehler zur Welt. Er hat exakt siebzehn Tage gelebt.

Es hat mir den Boden unter den Füßen weggezogen. Ich habe Monate in einem Sanatorium verbracht. Mit Angstlösern vollgepumpt. Dann tauchte ich wie durch ein Wunder wieder aus der Versenkung auf.

Als ich die nötige Kraft dazu hatte, trennte ich mich von meinem Mann, und so musste ich hilflos und abgebrannt zu meiner Mutter ziehen, nach Le Cloître.

Meine Mutter und ich haben fast neun Jahre zusammengewohnt.

Ihr habe ich es zu verdanken, dass ich mich allmählich wieder aufgerichtet habe. Ich habe eine Psychoanalyse gemacht. Habe ein Fernstudium belegt, habe festgestellt, dass mein Herz für die Forschung schlägt, habe gelesen und mich für tausend Themen interessiert, die mir gestatteten, die heftigen Gefühle, die ich durchlebt hatte, hinter mir zu lassen. Ich bekam ein Diplom und konnte schließlich anfangen zu arbeiten. Zunächst in einem Verein, dann auf eigene Rechnung.

Letztes Jahr im Oktober verstarb meine Mutter völlig unerwartet unter Umständen, von denen ich Ihnen später noch erzählen werde. Ich hängte ein Schild an die Tür meiner kleinen Kammer: *Wegen eines Todesfalls geschlossen*, wie es in einem Lied von Brassens heißt (kennen Sie es?). Seither bin ich nicht mehr da gewesen.

Jetzt wissen Sie (fast) alles. Außer was den berühmten Umschlag angeht, den ich Ihnen vor knapp einem Monat geschickt habe. Danke, dass Sie ihn nicht geöffnet haben, und ich möchte Sie bitten, ihn weiterhin verschlossen zu lassen, im Namen dieser aufkeimenden Freundschaft, die uns beiden guttut.

Ich kann es kaum fassen, dass ich Ihnen von Philémon und meiner Mutter erzählt habe. Von meinen Toten. Ich bin sehr ergriffen.

Was ich in jedem Fall sagen kann, lieber Pierre-Marie, ist, dass ich mit meinem Bankdirektor nicht darüber sprechen könnte. Zu wenig Glamour. Das würde ihm alle Lust rauben!

Abgesehen davon gebe ich die Hoffnung nicht auf, eines Tages einen Mann zu finden, der sowohl meine Rundungen als auch meine Schwermut liebt. Sollte ich auf diese Perle stoßen, bevor es zu spät ist, würde ich meinem Philémon gern ein Brüderchen oder Schwesterchen schenken. Aber bis dahin habe ich alle Hände voll zu tun. Angefangen mit den Recherchen zu der Geschichte, die Odette mir erzählt hat! Darum werde ich mich diese Woche kümmern, ich halte Sie auf dem Laufenden.

Mir gefällt Ihr Bild von den auf der Strecke gebliebenen Küken, und wir haben offensichtlich einen ganzen Hühnerstall voll davon! Als Schriftsteller scheinen Sie sich das vorzuwerfen. Das sollten Sie nicht tun. Vergessen Sie jegliche Chronologie. Das wahre Leben ist chaotisch, das brauche ich Ihnen nicht zu sagen. Erzählen Sie mir weiterhin, was Ihnen durch den Kopf geht, ich liebe das!

Ich werde nun meinerseits noch einmal Ihren Goncourt lesen und nach den Spuren jener Frau Ausschau halten, die Sie so geliebt haben. Ich bin mir sicher, sie in jeder Zeile zu finden. Außerdem werde ich mir einen Spaß daraus machen, die Passagen aufzuspüren, die Sie auf der Toilette geschrieben haben könnten!!

Denken Sie über meine Vorschläge für Kinderbücher nach, und sagen Sie mir, was Sie davon halten. Natürlich können Sie dann Ihre Vorlieben für den weiblichen Po nicht ausleben, und ich verstehe Ihren Frust ... Wenn es so ist, tja, dann schreiben Sie doch einen erotischen Roman unter Pseudonym!

Ich schicke Ihnen einen lieben Gruß und stimme Ihnen zu, dass Schnee ein guter Grund ist, das Leben schön zu finden. Aber hier, vor meinem Fenster, fallen nur fiese Regentropfen, die meine ersten Narzissen zu Boden ringen. Diese Dummköpfe haben an den Frühling geglaubt, dafür wurden sie jetzt bestraft. In meinem nächsten Leben ziehe ich in die Sonne und pflanze Kakteen an. Nein! Passionsfrüchte!

Bis ganz bald, lieber Schriftsteller, der nicht mehr schreibt. Vergessen Sie nicht, mir zu schreiben!

Ihre aufgewühlte Adeline

Von: Adeline
An: Pierre-Marie *11. März 2013*

Pierre-Marie, ich bin sehr frustriert! Ich habe meine ganze Bibliothek auf den Kopf gestellt: Doch nirgendwo konnte ich Ihre *Melodie der Dämmerung* finden! Okay, ich muss mich jetzt wieder ein wenig beruhigen. Vielleicht habe ich auch nicht richtig gesucht. Was für eine Enttäuschung! Ich wollte es unbedingt noch einmal lesen, nach allem, was Sie mir erzählt haben. Pff ...

Von: Pierre-Marie
An: Adeline *12. März 2013*

Liebe Adeline,
Sie hatten mir nicht erzählt, dass Ihr Mann gewalttätig war, Sie hatten nur gesagt, er sei ein *grässlicher Typ* gewesen. Ein gewalttätiger grässlicher Typ also. Sie sind groß und stark, hätten Sie ihm nicht die Fresse polieren können? Das wäre gut gewesen. Wenn meine Kinder in der Schule Probleme mit einem gemeinen und niederträchtigen Kameraden hatten, gab ich ihnen immer folgenden Rat: Diskutier nicht, polier ihm die Fresse. Vera war stinkwütend. Sie behauptete, Verständnis, Argumente und Reden wären besser. Ich stimme ihr ja zu, die Vernunft sagt mir das auch, aber im Grunde meines Herzens sehne ich mich danach, diese Leute zu vermöbeln.

Was für ein Weg für Ihr junges Alter! Wenn ich richtig gelesen und nicht nur die großen Ereignisse abgespeichert habe, damit meine ich die, die Sie mir anvertraut haben, ist Ihr Leben bis zum heutigen Tag folgendermaßen verlaufen (habe ich recht?):

Sie sind 1979 geboren; von 1979 bis 1991 werden Sie größer und dicker (vor allem Letzteres); 1992 (Sie sind dreizehn Jahre alt) entdecken Sie das Doppelleben und die Homosexualität Ihres Vaters; 1993 werden Sie immer dicker; 1994 verlässt Ihr Vater die Familie; 1999 (Sie sind zwanzig) heiraten Sie einen grässlichen und gewalttätigen Typen; 2001 (Sie sind 22) erfahren Sie vom Tod Ihres Vaters und bringen ein Kind zur Welt (Philémon), das im Alter von siebzehn Tagen stirbt; von 2001 bis 2003 durchleben Sie eine Depression; 2003 (Sie sind 24 Jahre alt) ziehen Sie nach Le Cloître zu Ihrer Mutter; 2013 leiten Sie einen Mailwechsel mit dem Schriftsteller Pierre-Marie Sotto ein.

Jetzt sind Sie sauer auf mich, stimmt's? Sie haben recht. Es ist unverschämt, die tragischen Momente Ihres Lebens auf diese Weise aneinanderzureihen. Aber Sie geben mir nicht viel Erfreuliches an die Hand. Nun stellen Sie sich mal eine Sekunde lang vor, das Glück wäre auf Ihrer Seite gewesen, anstatt Sie im Stich zu lassen:

Sie werden 1979 geboren; von 1979 bis 1991 wachsen Sie in einer liebevollen harmonischen Familie auf; 1992 (Sie sind dreizehn Jahre alt) werden Sie in die Nationalmannschaft der französischen Turnerinnen berufen; 1993 (mit vierzehn Jahren) sind Sie die jüngste Abiturientin Frankreichs; 1999 (an Ihrem zwanzigsten Geburtstag!) lernen Sie Franck kennen, den Erben der Zementwerke Lafarge, die Liebe Ihres Lebens, und Sie heiraten ihn; 2003 (Sie sind 24) ziehen Ihre Eltern in ein Anwesen mit acht Hektar Grundstück im Hinterland von Nizza, das Sie ihnen besorgt haben; von 2003 bis 2008 bringen Sie vier Kinder zur Welt, zwei Jungs und zwei Mädchen (das perfekte Glück); 2013 kontaktiert Sie der Schriftsteller Pierre-Marie Sotto, um Ihre Biografie zu schreiben, Sie lassen sich nicht darauf ein.

Pardon, Adeline, das war idiotisch von mir, es muss eine Art Schutzreflex sein. Es gibt Dinge, die ertrage ich nicht, also kneife ich, mache Witze oder einen Touchdown, wie man beim Rugby sagt. Der Tod eines Kindes gehört zu diesen Dingen. Ich habe Ihnen schon gesagt, dass mir Begräbnisse lieber sind als Hochzeiten und ich Ihnen noch erklären werde, warum das so ist. Da ich jetzt weiß, was Sie erlebt haben, verzichte ich darauf.

Das Begräbnis eines siebzehn Tage alten Babys.

Dass Sie das überlebt haben, bewundere ich. Ich meine es ernst, ich mache mich ganz klein und verneige mich. Sie erzählen von einem Wiederaufrichten, einem Fernstudium, erworbenen Diplomen, Arbeit. Woher nehmen Sie diese unglaubliche Kraft? Ich wäre abgestürzt, glaube ich, mehr noch als Sie, und hätte mich nie mehr wieder aufgerichtet. Es sei denn, ich hätte versucht, meinen Schmerz in mein Schreiben zu integrieren. Kunst kann unseren Kummer, unseren Rohstoff, transzendieren und sublimieren. Für einen Schriftsteller ist eine glückliche Kindheit ein Fluch, heißt es! Und Sie? Wo sind Sie mit Ihrer Verzweiflung geblieben? Wie haben Sie sie überwunden? Mit Chemie, natürlich, und mit Ihrer Psychoanalyse vielleicht, aber vor allem, da bin ich mir ganz sicher, dank Ihrer Hoffnung, Philémon ein Brüderchen oder Schwesterchen schenken zu können. Das fand ich wirklich überwältigend. Und sollten Sie mir irgendwann einmal (für den Fall, dass unsere Mailfreundschaft andauert) die freudige Botschaft überbringen, werde ich mich unermesslich für Sie freuen.

Ja, natürlich bin ich dreimal nach Italien gefahren und habe nach Vera gesucht. Sie hatte Parma 25 Jahre zuvor den Rücken gekehrt, aber ich habe dort viele Menschen getroffen, die sich bestens an sie erinnern konnten, die meisten mit großer Sympathie und Zuneigung, was mich nicht überrascht hat. Ich habe auch Verwandte von ihr getroffen. Die Leute baten mich herein und boten mir etwas zu trinken an. Das Szenario war überall dasselbe: ein Lächeln, sobald ich mich als Veras Ehemann vorstellte. Schock und Trauer, sobald ich von ihrem spurlosen Verschwinden berichtete. In Italien gab es jedenfalls keine einzige Spur.

In Frankreich wurden die üblichen Ermittlungen eingeleitet. Ich habe mich sogar heimlich an Wünschelrutengänger gewandt. Einer hat sie *im Wasser* gesehen, ein anderer *in Spanien.* Ihre Kinder haben sich mutig und solidarisch gezeigt. Nur Gloria, die Älteste, die zum Zeitpunkt ihres Verschwindens 23 war, ist immer noch wütend. Sie kann nicht verzeihen. Auch bei mir dominiert bisweilen die Wut. Ich nehme es ihr übel, dass sie uns so viel Leid beschert hat. Monatelang habe ich nach einer Nachricht gesucht, die sie im Haus versteckt haben könnte. Ich habe überall nachgeschaut. Selbst heute kommt es manchmal vor, dass ich mitten in der Nacht aufstehe, weil ich überzeugt bin, die richtige Stelle zu kennen. Um drei Uhr morgens renne ich zu einem ausrangierten Waschkessel hinten in der Garage oder zu einem Buch, das wir beide geliebt haben und in das sie eine Nachricht gesteckt haben könnte, die mir endlich sagen würde … warum. Denn auch wenn die erste Frage lautet: Wo ist sie?, lautet die zweite, die quälende: Warum?

Ein Erotikroman? Geht's noch? Dafür bin ich zu wohlerzogen, Madame. In einer öffentlichen Gesprächsrunde habe ich einmal erklärt, dass ich mich lange Zeit geweigert habe, bestimmte Dinge zu beschreiben, vor allem sexuelle, weil ich befürchtet habe, mein Vater könnte sie lesen. Als mein Vater starb, hatte ich Angst, meine Mutter könnte sie lesen. Und als sie starb, dachte ich an meine Kinder: Was würden sie von ihrem Vater denken, wenn sie das lesen würden? In dem Moment rief mir eine Leserin zu: Und was würden Ihre Leser denken? Sie hatte recht. Mein Argument lässt sich leicht widerlegen. Das Problem liegt in mir selbst. Zu wohlerzogen, sage ich!

Was Geschichten für Kinder angeht, klingt die Idee verlockend, aber ich glaube, ich werde mich darauf beschränken, den Kleinen Geschichten zu erzählen, am Bett, einfach so, als eine Sache zwischen ihnen und mir.

Im Übrigen brenne ich darauf, mehr über Ihre Mutter zu erfahren. Werden Sie den Schleier bald lüften?

Ihr Lieblingsautor
Pierre-Marie Sotto

(Ich schicke Ihnen noch heute ein Exemplar von *Melodie der Dämmerung* mit Widmung.)

Von: Adeline
An: Pierre-Marie *12. März 2013*

Lieber Pierre-Marie,
Sie sind unverbesserlich! Nein, sehen Sie mich jetzt nicht so betreten an: Selbst in der größten kreativen »Flaute« betrachten Sie die Welt, das Leben, die Menschen durch den Filter eines Romans.

Das ist Ihr Karma, Ihr Kreuz, Ihre Bürde, aber Hilfe!, bitte bringen Sie nicht alles durcheinander! Sie werden mir vorwerfen, dass ich mich sträube, aber ich bin es nicht gewohnt, dass man mich wie eine Figur auseinandernimmt. Zuerst spulen Sie mein Leben wie ein Drehbuchautor ab, der sichergehen will, dass seine Pläne plausibel sind, und dann schlagen Sie mir ein Ersatzleben vor? Eine Ausweichroute? Einen Plan B? Also wirklich. Muss ich daraus schließen, dass mein Leben zu traurig ist, um glaubwürdig zu erscheinen? Dass ich Ihnen als

Romanfigur nicht gefalle? Hätten Sie mich erfunden, würde Ihr Verleger Sie bitten, den Text noch einmal zu überarbeiten, stimmt's?

Ja, Pierre-Marie, ich bin sauer auf Sie, und es fällt mir zunehmend leichter, es auszusprechen, seit ich lerne, dieses Gefühl nicht mehr zu unterdrücken. Wenn Sie meinen Blick sehen könnten, während ich das hier schreibe, würden Sie vor Schreck erstarren. Und da Sie es mir selbst nahelegen, würden Sie Gefahr laufen, dann einen Schlag ins Gesicht zu kriegen, rums!

Haben Ihre vielen Frauen Ihnen nie gesagt, dass zwischen Romanfiguren und echten Menschen ein Riesenunterschied besteht? Beim Schreiben haben Sie natürlich alle Möglichkeiten, keine Frage. Aber in der Realität haben Sie nicht mehr Macht als andere. Versuchen Sie bloß nicht, mir ein Traumleben mit dem Erben der Zementwerke Lafarge anzudichten – ein solches Leben wäre im Übrigen schwere Kost, wohingegen ich mich nach Leichtigkeit sehne! Und akzeptieren Sie mich so, wie ich bin: dick, bemitleidenswert vielleicht, aber LEBENDIG.

Nun gut, ich habe Ihnen jetzt lange genug die Leviten gelesen, nun düse ich zum Chor. Da ich Ihnen keine runterhauen kann, werde ich aus vollem Halse singen und mich dabei abreagieren!

(Am nächsten Tag, beruhigt.)
Fast hätte ich alles gelöscht, was ich geschrieben habe, aber nach längerem Nachdenken habe ich es stehen lassen.

Ich kann nicht auf der einen Seite behaupten, dass ich LEBENDIG bin, und auf der anderen dieses Leben ablehnen, das manchmal übersprudelt. Im Grunde meines Herzens habe ich die leise Hoffnung, schlank zu werden, sobald ich die Gefühle freilasse, die ich mein Leben lang in mich hineingestopft habe. Sie werden die Kosten für diese Diät tragen, Pierre-Marie, tut mir leid!

Wissen Sie, ich weiß selbst nicht, wie es mir gelungen ist, über den Tod meines kleinen Jungen »hinwegzukommen«. Aber ich bin darüber hinweggekommen, und das ist wichtig. Anschließend habe ich mich arrangiert. Und ich habe Trost in der Psychoanalyse gefunden und in einer Form von Spiritualität, keine Frage. Ich hänge keiner Religion an, aber ich habe in mir einen Raum für alles Unsichtbare entdeckt, für alles Heilige, das bringt mich zur Ruhe. Ich gehe nicht in die Kirche, aber neben dem Singen und Tanzen meditiere ich ein wenig. Das ist ein sehr persönliches Thema, mehr will ich dazu im Moment nicht sagen.

Was ich gestern sagen wollte, ist, dass ich keine Heldin bin, die einem Roman von Zola oder Dickens entsprungen ist: Ich bin wie Millionen anderer Menschen auch, die sich mit dem abfinden, was sie haben. Ich für meinen Teil habe, anders als Sie glauben, eher Glück! Das Glück, nicht auf der Straße zu leben und die Grundbedürfnisse befriedigt zu bekommen, das Glück, intellektuelles Rüstzeug zur Hand zu haben und über ein liebenswürdiges Umfeld und einen gesunden (dicken) Körper zu verfügen. Beim Rest mache ich Kompromisse.

Und Sie, Pierre-Marie? Was machen Sie, um Veras Abwesenheit zu ertragen? Was machen Sie, um die Leere zu füllen, das »Loch«? Welche Strategien machen Sie sich zunutze? Wie leben Sie mit der Wut, die Sie in der Nacht weckt und Sie zwingt, das Haus auf den Kopf zu stellen? Fühlen Sie sich zum ersten Mal in Ihrem hektischen Leben allein?

Sie sagen, Sie wären abgestürzt, wenn Sie ein Kind verloren hätten: Wer weiß?

Wer weiß, welche ungeahnten Kräfte in Ihnen stecken? Schauen Sie einfach mal in Ihren Stammbaum: Wie viele Großmütter, Urgroßväter, Großonkel und Tanten waren mit dem Verlust eines Kindes konfrontiert? Und wie viele haben sich anschließend auf den Beinen gehalten? Wie viele sind auf die Felder zurückgekehrt? In die Fabrik?

Ich habe es gemacht wie sie: Ich bin zurückgekehrt und habe mein Feld wieder bestellt.

Ich mag das alles in eher nüchternem Ton erzählen, aber diese Themen kann man nicht mit Feingefühl angehen, man muss direkt auf den Nerv zielen. Dass ich den Stammbaum als Beispiel gewählt habe, ist kein Zufall: Meine ersten Recherchen in den Archiven scheinen Odette recht zu geben, und sollten sich die Fakten bestätigen, werde ich Ihnen zeigen können, dass die Geister, die uns heimsuchen, tatsächlich von einer Generation auf die nächste übergehen.

Gestatten Sie mir in der Zwischenzeit zwei dicke Küsschen auf die Wangen eines (viel zu) wohlerzogenen Mannes.

Adeline

PS: Ich bin etwas enttäuscht, dass Sie nicht für Kinder schreiben wollen, und noch enttäuschter bin ich, dass Ihnen der Erotikroman widerstrebt. Ich selbst bin eine bereitwillige Abnehmerin, vorausgesetzt, der Stil ist gut. Wenn ich das so sagen darf!

PPS: Ein ganz großes Dankeschön an Sie, dass Sie mir *Melodie der Dämmerung* mitsamt Widmung zukommen lassen.

Von: Pierre-Marie
An: Max Vallardier *15. März 2013*

Lieber Max,
wie ist es dir seit letztem Sommer ergangen? Was macht dein Ischias? Was macht Josy?

Es ist verrückt, man verspricht sich ein rasches Wiedersehen, doch kaum hat man sich den Rücken gekehrt, sind acht Monate vergangen. Fast hätte ich eben zum Hörer gegriffen, aber für das, worum ich dich bitten will, passt eine Mail besser, du wirst gleich sehen, warum. Dass ich mich an dich wende und an niemanden sonst, hat zwei Gründe: Erstens bist du mein Freund, zweitens hast du das Privileg, in der schönen Stadt Le Mans zu leben! Und hier folgt die Erklärung, pass gut auf:

Stell dir vor: Obwohl meine letzte Veröffentlichung vier Jahre zurückliegt, schreiben mir meine Leser weiterhin nicht wenige Briefe. Sie sind sehr treu und sehr geduldig! Manchmal schicken sie mir auch Manuskripte, die ich lesen und begutachten soll, um ihnen Tipps zu geben. Du kannst dir denken, dass ich dazu keine Lust habe. So habe ich vor etwa drei Wochen von einer Leserin einen dicken Briefumschlag mit einem Manuskript erhalten. Ich antworte ihr mit aller mir zur Verfügung stehenden Diplomatie, dass ich es nicht lesen werde, und biete ihr an, es zurückzuschicken. Daraufhin insistiert sie, weigert sich, für die Rücksendung ihre Anschrift rauszurücken, und schickt mir ein Foto, das mich davon überzeugen soll – ich zitiere –, *dass sie keine Leserin ist wie jede andere.*

Ich antworte ihr daraufhin, dass mir das Foto nichts sagt (wobei es mir durchaus etwas sagt, dieses Foto, lieber Max, und wie!), informiere sie darüber, dass ich im Übrigen nicht die Absicht hätte, mit ihr eine wie auch immer geartete Korrespondenz einzugehen, und erkläre ihr auch, warum. Aber meine Antwort zieht eine Antwort von ihr nach sich, die wiederum eine von mir nach sich zieht, die eine von ihr nach sich zieht, die eine von mir nach sich zieht, und so weiter. Wie du verstanden hast, haben wir Gefallen an dem Spiel gefunden. Eine Vertrautheit hat sich herausgebildet, wie wenn du einem Menschen begegnest und nach wenigen Minuten weißt, dass du ihn magst.

Ich vertraue ihr Dinge an, die ich in meinem Leben bisher erst drei Menschen erzählt habe, das Gleiche gilt für sie. Es kommt nicht oft vor, dass zwischen unseren Mails mehr als zwei Tage liegen. Wir genießen es beide, warum sollten wir darauf verzichten?

Umso mehr, als sie – und das ist wichtig – richtig gut schreiben kann. Sie leugnet zwar jeglichen literarischen Ehrgeiz, aber ich kenne genügend Kollegen, die ihr nicht das Wasser reichen können. Ihr Stil ist schnörkellos und unprätentiös, was mir gut gefällt, wie eine Frau, die hübsch ist und es nicht zu wissen scheint, verstehst du? Manchmal geht es ein wenig mit ihr durch, sie ist fähig zu Äußerungen wie: *Mir scheint, der Rohstoff der Literatur liegt hier: in den Löchern der Seele, aus denen unser Schmerz quillt*, oder anderem Schwachsinn ähnlichen Kalibers. Aber das ist eher ein schlechtes Beispiel. Sie kann auch Dinge schreiben wie: *… vor meinem Fenster fallen nur fiese Regentropfen, die meine ersten Narzissen zu Boden ringen. Diese Dummköpfe haben an den Frühling geglaubt, dafür werden sie jetzt bestraft.* Das ist doch wunderschön, oder? Mit anderen Worten, sie hat eine natürliche, unverdorbene

Art. Ich bin eher derjenige, der mit gesenktem Kopf in die Falle schwerfälliger Sätze tappt, die nach Literatur stinken, zum Glück lese ich alles noch einmal durch und korrigiere mich!

Soso, wirst du sagen: Du korrespondierst mit einer Frau, die sich dir anvertraut und mit natürlicher Anmut schreibt, na und?

Aber irgendetwas ist faul an der Geschichte, lieber Max.

Was faul ist? Ich habe so meine Zweifel. Zweifel an ihrer Person.

Diese Adeline Parmelan (so heißt sie) erzählt mir offen ihre Geschichte, ihre Dramen (wenn du wüsstest, was sie alles durchgemacht hat!), ihre Hoffnungen. Sie erzählt von sich, von ihrer Familie. Das Ganze spielt in einer Gegend, die ich überhaupt nicht kenne (in den Randbezirken von Paris) oder nicht besonders gut (in Sarthe, wenn man mal von Le Mans absieht, wo ihr lebt). Alles klingt sehr authentisch. Man würde gern daran glauben, wie es so schön heißt, und … ich glaube daran.

Nun bin ich allerdings in einem ihrer Briefe auf folgenden Satz gestoßen: *Ich habe mich hübsch gemacht. Für mich ist das eine schwere Prüfung,* warum *ich mich hässlich fühle, auch wenn mir der eine oder die andere das Gegenteil einreden will.* Das ist ein Italianismus. Die Italiener machen diesen Fehler: Auf Italienisch werden *warum* und *weil* nicht unterschieden, beides heißt *perché*. Obwohl sie sich immer einen leichten Akzent bewahrt hat, sprach Vera einwandfrei Französisch, aber diesen Fehler hat sie manchmal gemacht, vor allem wenn sie wütend war oder sehr ergriffen. Zum Beispiel wenn ihr mitten in einem Streit die Argumente ausgingen, dann schrie sie manchmal: *Ach Scheiße, Mann! Es ist halt so, warum es so ist!* Wir haben uns oft über sie lustig gemacht, die Kinder und ich, aber sie hat diesen Fehler nie abgelegt, als wollte sie um jeden Preis dieses Stück Italien in ihrem Mund bewahren, einen Hinweis auf ihre Zeit vor Frankreich. Du kannst dir vorstellen, dass es mir einen Stoß versetzt hat, als ich unter der Feder meiner Mailschreiberin diese meinen Ohren so vertraute und vor allem untrennbar mit Vera verbundene Formulierung angetroffen habe.

Zufall, sagst du, und du hast sicher recht, nur dass ich letzte Nacht wie so oft hochgeschreckt bin mit einem klaren, präzisen, überzeugenden Gedanken: *Parmelan … Paar Melange …* Du weißt ja, dass Vera meine vierte Frau ist und drei Kinder mit in die Ehe gebracht hat. Eine schöne *Melange* zwischen verschiedenen Paaren, so hat sie es immer genannt. Und jetzt heißt diese Frau Parmelan. Ich kann nicht umhin, eine Verbindung zu erkennen: Und außerdem steckt irgendwie auch das Wort *Parma* darin!

Max, ich sehe keine Gespenster. Du musst mir helfen. Ich brauche Gewissheit. Bitte setz dich ins Auto, wenn du zwischendurch Zeit hast, und fahr in ein Dorf mit Namen *Le Cloître*, ich habe nachgeschaut, es liegt 27 Kilometer von Le Mans entfernt, und such die Hausnummer 1 in der Impasse Marc-Bloch. Würdest du das für mich tun? Betrachte es als ein Spiel! Als wärst du ein Privatdetektiv und dies dein Auftrag. Führ ihn aus und berichte mir. Sag mir, wer in dem Haus wohnt, welcher Name an der Tür oder auf dem Briefkasten steht, welcher Wagen davor parkt und welches Kennzeichen er hat. Sag mir, wie die Frau aussieht, die dort wohnt (falls es sie gibt und du sie zu Gesicht bekommst).

Und wenn alles in Ordnung ist, das heißt, wenn alles übereinstimmt mit dem, was sie schreibt, dann vergesse ich das Ganze und belästige dich nicht weiter damit.

Freundschaftliche und vor allem vertrauensvolle Grüße
Einen lieben Gruß auch an Josy
Pierre-Marie

PS: Wann kommt ihr mal nach Drôme? Ich würde mich freuen, euch hier zu sehen, das weißt du.

Von: Adeline
An: Pierre-Marie *16. März 2013*

Lieber Pierre-Marie,
dieses Mal habe *ich* einen Briefumschlag erhalten, und er stammt von Ihnen! Der Postbote hat das Buch in meinen Briefkasten gesteckt, und ich habe mich sofort darauf gestürzt! Danke, danke, danke!

Trotzdem muss ich sagen, dass mich die Widmung etwas überrascht hat. Warum diese Sätze auf Italienisch? Ich meine, Ihnen gesagt zu haben, dass ich keine Fremdsprache spreche. Darum habe ich auf eine Internetübersetzung zurückgegriffen, die ein ziemlich lustiges, aber unverständliches Kauderwelsch ausgespuckt hat. Wenn es nicht zu viel verlangt ist, könnten Sie mir vielleicht auf die Sprünge helfen? Handelt es sich um ein Literaturzitat? Ich muss leider passen.

Abgesehen davon bin ich sehr glücklich. Ich werde das Buch in Kürze gelesen haben und Ihnen meinen Eindruck mitteilen (falls es Sie interessiert), im Lichte unserer Geständnisse.

Entschuldigen Sie die kurze Mail, aber wissen Sie was? Wider Erwarten muss ich mich erneut der Badezimmerprozedur stellen!! Ich habe ja schon gesagt, »O wie so trügerisch sind Weiberherzen«, was sich auch in meinem Fall bestätigt. Der Bankdirektor ist plötzlich wieder auf der Bildfläche erschienen, sehr höflich und sehr freundlich: Darum esse ich heute mit ihm zu Mittag. In allen Ehren, aber wer weiß? Ich ziehe es vor, meine Dessous mit Bedacht zu wählen. Würden Sie sich an meiner Stelle für etwas Schwarzes entscheiden, Pierre-Marie, oder für etwas Neutrales, das in allen Lebenslagen passt, etwas Unschuldiges aus Baumwolle? Oje, was bin ich für ein Gänschen!

Also, einen lieben Gruß: Meine Enthaarungscreme wartet!

Ihre Adeline

Von: Max
An: Pierre-Marie *17. März 2013*

Lieber Pierre-Marie,
was für eine seltsame Mail! Ich will nicht um den heißen Brei herumreden: Ich habe das Gefühl, dass ich mir ernsthaft Sorgen machen muss, Alter. Als wir uns das letzte Mal gesehen haben, hast du ruhiger gewirkt, und ich war ganz unbesorgt, als du gefahren bist. Josy allerdings hat das anders gesehen. Du kennst sie ja: Sie riecht Probleme zehn Meter gegen den Wind. Auf dem Rückweg hat sie zu mir gesagt: »Der Schein trügt, wir befinden uns im Auge des Zyklons. Wenn Pierre-Marie darauf besteht, mit seinem Kummer allein in diesem Haus zu bleiben, wird er durchdrehen.« Ich muss zugeben,

dass ich beim Lesen deiner Nachricht wieder daran denken musste.

Hör zu, ich weiß nicht, was ich zu dieser Frau sagen soll, die dir da schreibt. Ganz praktisch kann ich im Moment allerdings nichts für dich tun: Ich wurde vor einer Woche an der Hüfte operiert und komme gerade erst nach Hause. Ich hänge ganz schön in den Seilen, mein Lieber, du machst dir keine Vorstellung davon. Einziger Lichtblick: Die Krankenschwester, die mir jeden Morgen eine Spritze in den Hintern jagt, hat einen geilen Vorbau. Du kennst mich ja, ich bin kein Kind von Traurigkeit. Aber selbst das ist keine Entschädigung für alles andere. Meine Stimmung ist im Keller.

In der Uniklinik haben sie mir versprochen, dass die Schmerzen bald nachlassen, aber ich sehe kein Licht am Ende des Tunnels. Ich habe noch nie im Leben so viele Pillen geschluckt, und was das Schlimmste ist, in einem Monat komme ich noch einmal unters Messer, die andere Seite! So ergeht es ehemaligen Sportlehrern. Mehr brauche ich dazu wohl nicht zu sagen, ich springe jedenfalls nicht ins Auto, um den Agenten zu geben.

Hör auf, sinnlose Vergleiche anzustellen, Pierre-Marie. Und denk nicht mehr an Vera.

Zieh aus diesem Haus aus, bevor du vollends depressiv wirst, und gönn dir einen Tapetenwechsel! Wenn ich meine zwei Beine zur Verfügung hätte, würde ich das tun. Ich würde meine Koffer packen: Antillen oder Kalifornien, ich komme! (Fahr bitte nicht nach Italien.)

Ich weiß, wie sehr du Vera geliebt hast. Aber nach so einer langen Zeit ohne Lebenszeichen musst du dich damit abfinden, dass sie aus deinem Leben ausgestiegen ist. Josy, die deine Mail gelesen hat, lässt dir zornige und besorgte Grüße ausrichten. Josy halt, du kennst sie ja!

Einen schönen Gruß. Was bist du für ein Glückspilz: Dein ganzes Leben lang hockst du mit dem Arsch auf einem Stuhl und bist im Rentenalter bei bester Gesundheit. Churchill hat es schon gesagt: *No sports.* Aber in Englisch war ich leider immer eine Niete, Pech gehabt.

Dein bettlägeriger Freund
Max

Von: Adeline
An: Pierre-Marie *22. März 2013*

Guten Abend, Pierre-Marie,
da Sie auf meine letzten beiden Nachrichten nicht geantwortet haben und ich nicht glauben will, dass Ihnen mein Wäschedilemma gleichgültig ist, schließe ich daraus, dass Sie vorübergehend von der Welt abgeschnitten sind. Ein Computerproblem vielleicht? Ich hoffe jedenfalls, dass Ihnen nichts Unangenehmes zugestoßen ist. Sobald Sie die Zeit dafür haben, geben Sie bitte ein Lebenszeichen von sich, ich bin von Natur aus sehr besorgt.
Trotzdem schreibe ich Ihnen aufs Geratewohl und hoffe, dass Sie meine Zeilen lesen können. Ich muss zugeben, dass dies wenig ruhmreiche Erinnerungen in mir wachruft. Ich hatte vor einigen Jahren eine Beziehung zu einem Mann, der seine Zeit zwischen zwei Zügen, zwei Flugzeugen, zwei Heißluftballons, zwei weiß nicht was verbracht hat. Da er nie erreichbar war und ich ihn brauchte, sprach ich stundenlang mit seinem

Anrufbeantworter. Sie können sich nicht vorstellen, was man einer solchen Maschine nicht alles anvertrauen kann! Ich weiß, das ist so typisch Adeline Parmelan: traurig und pathetisch. Daran werden Sie sich bei mir gewöhnen müssen.

Am heutigen Abend, der genauso traurig ist, werde ich die Fragen stellen und gleich auch die Antworten geben. Was sagen Sie dazu, Pierre-Marie?

»Perfekt, Adeline, meinen Segen haben Sie!«

»Wollen Sie wissen, wie mein Essen mit dem Bankdirektor verlaufen ist, Pierre-Marie?«

»Au ja, Adeline, ich vergehe vor Neugier!«

»Das habe ich mir schon gedacht. Wollen Sie wissen, für welche Dessous ich mich entschieden habe?«

»Ich wette, die schwarze Spitzenwäsche!«

»Nix da: Ich habe die weiße Baumwolle gewählt.«

»Ach.«

»Sie klingen enttäuscht, Pierre-Marie.«

»He, Adeline, jetzt machen Sie sich doch nicht dauernd runter. Ich habe gar nichts gesagt!«

»Sie haben es aber gedacht, Pierre-Marie, und Sie haben recht: Ich akzeptiere meine Weiblichkeit nicht. Aber das spielt in diesem Fall keine Rolle, ich bin nämlich ganz brav gewesen und die ganze Zeit über angezogen.«

»Mist!«

»Bitte verzichten Sie in meiner Gegenwart auf dieses Wort, Pierre-Marie. Wollen Sie wissen, was wir gegessen haben?«

»Muss das sein?«

»Sie haben recht, kommen wir gleich zur Sache: Es war sehr nett. Und wissen Sie was? Ich habe viel gelacht! Romain (er heißt nämlich Romain) ist sehr originell, und er nimmt sich überhaupt nicht wichtig. Er hat mir von seinen Enttäuschungen in Sachen Liebe erzählt, seinen Versuchen, im Netz jemanden kennenzulernen, seinen ungewöhnlichen Verabredungen. Er hat mir auf so wunderbare Weise meine Komplexe genommen, dass ich ihm die Geschichte von meinem jämmerlichen Besäufnis neulich gestanden habe. Ich habe ihm alles erzählt bis hin zu meinem Koma zwischen den Teddybären. Große Erleichterung!«

»Dieser Romain scheint wirklich ein anständiger Kerl zu sein. Sind Sie in ihn verknallt?«

»Dazu kann ich noch nichts sagen, Pierre-Marie. Aber ich will nicht leugnen, dass ich mich auf das nächste Treffen freue.«

»Wird es eins geben?«

»Oui, Monsieur! In drei Tagen. Im Theater.«

»Jetzt sind Sie bestimmt zufrieden!«

»Ja, aber auch vorsichtig. Als ich das letzte Mal im Theater war, bin ich vor Langeweile fast gestorben. Und außerdem habe ich in meinem Leben noch so vieles zu erledigen, dass ich mir nicht sicher bin, ob ich Zeit für eine Romanze habe.«

»He, Adeline! Sie werden doch nicht kneifen! Jetzt spricht wieder Ihre Angst! Ich verbiete es Ihnen, Schiss zu haben!«

»He! Sachte, sachte, Pierre-Marie. Nur weil Sie ein Herzensbrecher sind, sollten Sie nicht glauben, dass Sie sich alles erlauben können!«

»Ich? Ein Herzensbrecher? Dass ich nicht lache! Mein Herz ist in einem bemitleidenswerten Zustand, wenn ich Sie daran erinnern darf.«

»Allmählich glaube ich, dass Sie sich in Ihrem Unglück suhlen, Pierre-Marie.«

»Werfen Sie mir etwa Selbstmitleid vor?«

»Na ja, ich habe gerade noch einmal Ihre *Melodie der Dämmerung* gelesen. Mir graut bei der Vorstellung, Sie könnten wie Edmond enden.«

»Keine Gefahr. Ich habe es schon gesagt: Ich bin viel zu vernünftig, um dem Wahnsinn zu verfallen.«

»Nur Narren halten sich für vernünftig, Pierre-Marie.«

»Wo haben Sie diesen Spruch denn her, Adeline? Aus einem Wörterbuch der Klischees?«

»Sie haben recht. Es ist spät und dringend angezeigt, diese Unterhaltung zu beenden. Morgen mache ich mir wieder Sorgen um Sie. Gute Nacht, Pierre-Marie.«

»Gute Nacht, Adeline. Träumen Sie schön.«

Von: Pierre-Marie
An: Adeline *25. März 2013*

Liebe Adeline,
nach ein paar chaotischen Tagen bin ich endlich wieder zu Hause. Ich konnte Ihnen nicht schreiben, das hat mir sehr gefehlt. Sie haben mir sehr gefehlt. Sie haben mir mehr gefehlt, als ich es für möglich gehalten habe. Ich meine: Es gibt keinen vernünftigen Grund, warum Sie mir so sehr fehlen sollten. Es ist aber so: Sie haben mir sehr gefehlt. Jetzt verheddere ich mich gerade, lassen wir das.

Meine allzu lange Stille ist in drei Sätzen erklärt:

1) Mein Heizkessel hat mich unerwartet im Stich gelassen; 2) meine Tochter Ève (aus meiner zweiten Ehe mit *Wollen wir los, Schatz?*), zu der ich mich geflüchtet habe (sie wohnt in

Valence), ist am Boden zerstört (sie lässt sich gerade scheiden); 3) ein guter Freund ist verstorben (die Einäscherung fand heute Morgen statt).

Ich erzähle Ihnen mehr, sobald sich alles etwas gesetzt hat, und mit weniger Klammern, versprochen.

Bis ganz bald

Ihr überlasteter Sotto

PS: Anbei trotzdem noch die Mail, die ich neulich begonnen und nicht abgeschickt habe. Wir sprechen von vor Ihrem Rendezvous und folglich auch von vor Ihrem Bericht (dem Bericht, den ich von Ihnen erhalten habe). Ich war ziemlich aufgekratzt:

Adeline, was Schwarzes, was Schwarzes, was Schwarzes! Unbedingt! Tiefrote Zahlen soll er schreiben, dieser Banker! Belasten Sie sein Konto! Räumen Sie es ab! Krallen Sie sich sein Depot und verju…

In dem Moment hat mein Heizkessel lautstark den Geist aufgegeben, und ich weiß nicht mehr, was ich schreiben wollte … *verjubeln Sie seine Dividenden*, vielleicht?

Bis morgen. Lieben Gruß

Von: Adeline
An: Pierre-Marie *25. März 2013*

Endlich, Pierre-Marie! Ich habe mir schreckliche Sorgen um meinen Lieblingsautor gemacht, ich habe sogar schon erwogen, alle Krankenhäuser in der Region Drôme anzurufen!

Aber mal im Ernst, sind Sie nicht der Meinung, dass Sie im

Moment einen auf »Parmeline« machen? Ein Heizkessel, eine Scheidung und ein Todesfall: So viele Scherereien in so wenigen Tagen, da stimmt was nicht. Ich hoffe aufrichtig, dass mein angeborenes Pech Sie durch das Web nicht ansteckt, ich wäre untröstlich. Sehen Sie mir meine deplatzierten Scherze nach, der Ton Ihrer Nachricht bringt mich aus der Fassung: Diese explosive Mischung aus düsterer Weltsicht und Anzüglichkeit entlockt mir den reinsten Blödsinn und, das gebe ich zu, verwirrt mich dermaßen, dass ich mir gerade ein (kleines, ein sehr kleines) Glas Schnaps eingeschenkt habe, um meine Erregung zu vertreiben. Ich spreche von Schnaps, können Sie sich das vorstellen? Eine Flasche, die meine Mutter vor ihrem Tod nicht mehr öffnen konnte: Tja, heute Abend ist es so weit! Ich trinke auf die Gesundheit des Pierre-Marie Sotto, auf den Tod seines Heizkessels, auf den Tod der Ehe seiner Tochter, auf seinen eingeäscherten Freund und meine verstorbene Mutter. So viele Tote … hm, noch ein Glas.

Damit Sie eine Vorstellung haben: In meinem Kloster läuft Mozarts *Requiem* in voller Lautstärke, die Stimmung hier bei mir könnte es mit jeder Pariser Bar aufnehmen. Wenn Sie mich sehen könnten, Pierre-Marie, allein mit meinem Gläschen, vor meinem Bildschirm, wie ich einen fiktiven Orchesterdirigenten nachahme! Bei diesen gewaltigen Klängen fühle ich mich über alles erhaben, ich kann einen dritten Schnaps nicht ausschließen. Auch einen vierten nicht, um den vorhergehenden hinunterzuspülen.

Es ist nicht schön, allein zu trinken, Pierre-Marie. Es ist dekadent und obszön. Leisten Sie mir Gesellschaft, wenn Sie ein Mann sind!

Tanzen Sie!

Singen Sie!

Beten Sie für die Seele Ihres Freundes!

Puh! Ich fühle mich heute ganz komisch. Glauben Sie, es liegt an morgen?

Denn morgen gehe ich ins Theater! Ich weiß nicht einmal, wie das Stück heißt, ich weiß nur, dass dieses Mal kein Weg an der schwarzen Spitze vorbeiführt.

Sie sollten die Dinge allerdings nicht auf die *Spitze* treiben: Ich hätte nicht gedacht, dass Sie mit Rabelais sympathisieren, Pierre-Marie! Die meisten Menschen halten Autoren ja für nüchterne Wesen, humorlose Intellektuelle, Mönche, stinklangweilige, verklemmte Typen, aber das liegt daran, dass sie Sie nicht kennen!

Ach ja, wenn sich Ihre »Flaute« dauerhaft festsetzt und es Ihnen schwerfällt, die Raten für Ihren Pool abzubezahlen, warum machen Sie sich nicht als Coach selbständig und begleiten junge Gänschen wie mich zu ihren Rendezvous? Sie wären wie für diese Rolle geschaffen!

Selbständigkeit hin oder her, coachen Sie mich morgen: Ohne Schnaps und Mozart klingt die Sache ganz anders …

Sanctus, sanctus!

Seien Sie herzlichst gegrüßt, lieber Freund!

Adeline, die heute keinen Heizkessel braucht

PS: Ich bin sehr glücklich, Ihnen dermaßen gefehlt zu haben.

Von: Pierre-Marie
An: Max *25. März 2013*

Lieber Max,
tut mir leid, dass meine Antwort so lange auf sich warten ließ. Es ist alles andere als Gleichgültigkeit deinem traurigen Schicksal gegenüber, es war nur so, dass ich innerhalb weniger Tage mit drei Trauerfällen konfrontiert wurde: Der erste betraf meinen Heizkessel (der erst sieben Jahre alt war, ich habe echt Pech mit diesen verfluchten Geräten), der zweite meine liebe Ève, die ihre Ehe zu Grabe tragen muss (es ist so weit, die beiden lassen sich scheiden), und der dritte galt dem traurigen und sehr realen Tod meines Freundes Gérard (der Brassens gesungen hat, ich habe dir oft von ihm erzählt).

Du Ärmster! Du bist der Letzte, von dem ich mir vorstellen kann, dass er ans Bett gefesselt ist oder an einen Sessel. Du stirbst wahrscheinlich vor Langeweile oder vergehst vor Ungeduld, stimmt's? Apropos, lieber Sportlehrer, ist dir bekannt, dass es rechteckige Gegenstände gibt, die aus einem Pappumschlag bestehen, zwischen denen sich eine Vielzahl von Blättern tummeln, die wiederum mit kleinen schwarzen Buchstaben bedeckt sind? Man nennt sie *Bücher*. Und ich garantiere dir, dass sie sich bestens darauf verstehen, einem die Zeit zu vertreiben. Sorry, war nur ein Scherz, aber ich frage mich immer wieder: Wie kann ich nur mit einem Burschen befreundet sein, der seit der Straßenverkehrsordnung vermutlich nichts mehr gelesen hat?

Mysteriös. Sehr mysteriös.

Okay, vergiss Le Cloître und diese Parmelan. Ihr habt recht, Josy und du: Ich ticke nicht mehr ganz richtig.

Abgesehen davon habe ich in der Zwischenzeit Folgendes herausgefunden: Es gibt sehr wohl eine Adeline Parmelan in der Impasse Marc-Bloch Nr. 1 in Le Cloître, ich habe ihr nämlich ein Päckchen geschickt, und sie hat es in Empfang genommen.

Macht euch keine Sorgen. Ich verliere nicht den Verstand. Ich habe meine Gespenster im Griff.

Liebe Grüße an euch beide

Pierre-Marie

PS: Deine Krankenschwester mit ihren Möpsen macht mich nicht an. Du weißt, dass ich mehr auf Hintern stehe.
PS 2: Pass auf dich auf.
PS 3: Josy, wenn es dich beruhigt, ich werde den Mailwechsel mit dieser Parmelan beenden.

Von: Pierre-Marie
An: Adeline *26. März 2013*

Liebe Adeline,
Mannomann, Sie sind ja wie entfesselt! Und überhaupt nicht mehr zu halten! Ich frage mich plötzlich, ob ich mit meinen Rabelais'schen Ratschlägen nicht völlig danebenliege. Ohne es zu wollen, habe ich Öl auf ein loderndes Feuer gegossen, eine überhitzte Lokomotive mit Kohle gefüttert, ein prasselndes Kaminfeuer mit einem Blasebalg angefacht, das Gaspedal eines getunten Motors durchgetreten.

Ich war auf der falschen Fährte und nehme alles zurück, was ich gesagt habe. Ich flehe Sie an, beruhigen Sie sich!

Denken Sie an etwas Neutrales und weniger Heißes: Lesen Sie das Wahlprogramm des Langweilers Bayrou, schauen Sie sich einen Dokumentarfilm über Eichhörnchen an, atmen Sie in den Bauch, trinken Sie ein Glas Milch, topfen Sie Ihre Petunien um! Sorry, ich spinne einfach nur rum, ich weiß überhaupt nicht, ob man Petunien umtopft, das war bloß ein Vorschlag auf gut Glück, weil ich so verzweifelt bin. Machen Sie, was Sie wollen, aber beruhigen Sie sich, um Himmels willen!

Und seien Sie zurückhaltend mit der Pulle!

Mozart und sein *Requiem* sind dagegen wunderbar. Keinerlei Gegenanzeigen. Das gilt allerdings nicht für mich. Wann immer ich auf den blöden Gedanken verfallen bin, beim Schreiben diese grandiose Musik aufzulegen, hielt ich mich für ein Genie und musste hinterher, wenn ich mir das Geschriebene im Stillen noch einmal durchlas, kleinlaut zugeben, dass ich mich überschätzt hatte. Wie beim Fliegen: Das Flugzeug fliegt, nicht der Passagier.

Okay, es geht hier nicht um mich. Entscheidend sind jetzt Sie und Ihr Banker. Informieren Sie sich vorab über das Stück, wenn Sie eine gute Figur abgeben wollen. Aber übertreiben Sie es nicht, sonst gelten Sie als Nervensäge. Suchen Sie die goldene Mitte: Ich kenne mich aus, protze damit aber nicht rum.

Wenn er Sie nach der Aufführung (was sehr wahrscheinlich ist, nein: todsicher) auf das berühmte *letzte Gläschen Wein* zu sich nach Hause einlädt, dann zögern Sie einen Augenblick, das ist wichtig! Zwei Sekunden reichen. Eine sofortige Zusage würde bei mir jedenfalls einen verhängnisvollen Eindruck hinterlassen. Ich muss zugeben, dass mich liebestolle Weiber regelrecht einschüchtern.

Ève ruft gerade an. Ich muss Schluss machen. Melde mich so bald wie möglich wieder, am späten Vormittag.

Coach Pierre-Marie

Von: Pierre-Marie
An: Adeline *26. März 2013*

Da bin ich wieder, Adeline! Zur Ruhe gekommen. Im Warmen. Gelassen. Satt nach einem dampfenden Teller Spaghetti natur. Einem Heineken 33cl. Offen für alles.

Wo anfangen? Ich habe das Gefühl, unsere auf der Strecke gebliebenen Küken vermehren sich und irren frei herum. Zum Beispiel: Was ist das für eine kleine Kammer, die Sie in Ihrer Mail vom 11. März erwähnen? Das frage ich mich schon die ganze Zeit.

Okay, zuerst würde ich gern auf den Rüffel zurückkommen, den Sie mir am selben Tag erteilt haben. Er war sicher nicht unverdient, schließlich habe ich mich sehr rüpelhaft benommen, aber gestatten Sie mir, dass ich mich verteidige. Nein, natürlich sind Sie keine Romanfigur. Ja, Sie sind LEBENDIG (großgeschrieben). Ja, es gibt Sie in all Ihrer kompakten Körperlichkeit (sorry, ich spiele nicht auf Ihre Körperform an, ich würde den Ausdruck ebenso selbstverständlich für eine superschlanke Frau verwenden). Apropos, nutzen wir die geöffnete Klammer (zwar hege ich eine gewisse Verachtung für Auslassungszeichen, bin jedoch großzügig im Umgang mit Klammern, jeder hat seine Schwächen, aber Sie müssen zugeben, dass uns Klammern einen Mehrwert bieten, während uns Auslassungszeichen etwas vorenthalten), nutzen wir also die geöffnete Klammer, um Ihnen eine äußerst indiskrete Frage zu stellen. Dass ich mich überhaupt traue, liegt daran, dass ich den Eindruck habe, mit Ihnen Tabus sprengen zu können, und zwar ohne dass Sie pikiert sind. Darum presche ich vor: Adeline, sagen Sie mir, wie viel Sie wiegen? Ich weiß, es ist total bescheuert. Was habe ich davon? Aber seit Sie mir geschrieben haben: *Ich bin groß und dick*, frage ich mich … wie groß und wie dick. Sind Sie 1,78 Meter groß oder 1,92 Meter wie ich? Das ist nicht dasselbe. Wiegen Sie 81 oder 156 Kilogramm? So, jetzt ist es raus. Sie können die Antwort verweigern. Ich schließe meine überdimensionierte Klammer. Sie in all Ihrer Fleischlichkeit, aber ich habe Sie noch nie gesehen und habe auch Ihre Stimme noch nie gehört. Sie sind für mich kleine schwarze Buchstaben auf meinem Bildschirm und was meine Phantasie daraus macht. Nein, bitte springen Sie jetzt nicht wieder auf Ihr entfesseltes Pferd (oh, das klingt gut, das verwende ich bei Gelegenheit in einem nächsten Roman, falls es einen nächsten Roman gibt). Und auch ich bin nicht viel mehr für Sie, obwohl Sie mein Gesicht auf Fotos sehen können. Denn Sie wissen sehr genau, dass die Ausstrahlung eines Menschen oft nichts mit den Fotos von dieser Person zu tun hat, Gott sei Dank.

Um jetzt aber zu dem interessantesten Punkt zu kommen: Zweifellos habe ich Sie *auseinandergenommen* und manipuliert wie eine Romanfigur, aber ist Ihnen bewusst, dass ich mich pausenlos selbst dieser Behandlung unterziehe? Das ist bestimmt auch der Grund, weshalb ich das Leben bisher ohne größere Schäden überstanden habe. Noch während ich den größten Schmerz erleide, das größte Unheil, sehe ich vor mir einen allerletzten Trost: Ich könnte es aufschreiben. Ich könnte es verklären und zum Gegenstand meiner Kunst machen. Und mich freuen, wenn es mir gelingt. Der Hauptgrund für mein Leben liegt für mich im Schreiben, Adeline. Muss ich mich dafür entschuldigen?

Nur ein einziges Unglück in meinem Leben hat sich dieser Alchemie bisher widersetzt, und Sie wissen, welches ich meine.

Nachts im Halbschlaf spüre ich manchmal eine Bewegung neben mir, etwas Schweres, etwas Warmes, das sich rührt. Es dreht sich langsam um. Ich überlege, dass mein Albtraum zu Ende ist. Strecke die Hand aus, um Vera zu berühren, ihren Arm, ihr Bein, ihren Bauch, aber es ist nur meine arrogante Katze, die mir gnädig einen Besuch abstattet, weil ihr gerade danach ist.

Ich grüße Sie ganz herzlich, liebe Adeline, und wünsche Ihnen einen schönen *romain*-haften Abend

Pierre-Marie

PS: Ich bin sehr glücklich, dass Ihnen meine *Melodie der Dämmerung* erneut gefallen hat.
PS 2: Auf unser größtes verlorenes Küken werfe ich gelegentlich einen Blick. Es befindet sich in einem großformatigen Briefumschlag auf dem untersten Regalbrett meiner Bibliothek. Seine Regungslosigkeit ist faszinierend.

Von: Adeline
An: Pierre-Marie *26. März 2013*

Lieber Pierre-Marie,
Mozart und der Schnaps haben mich gestern Abend noch lange wach gehalten. Ich weiß nicht, wem von beiden ich meine Leichenblässe verdanke, aber ich kann Ihnen sagen, dass mein Spiegelbild seit heute Morgen furchteinflößend ist. Ich werde Ihnen deshalb heute kein Foto von mir schicken, Pierre-Marie, tut mir leid, das wäre selbstmörderisch. Wenn mein romain-hafter Abend, wie Sie sagen, ein Reinfall wird, werde ich es überleben. Sollte ich allerdings gleichzeitig Ihre Freundschaft einbüßen, wäre das zu brutal. Gestatten Sie mir daher, dass ich einen Touchdown mache und die Antwort auf Ihre (schonungslos direkte, aber legitime) Frage nach meinem Gewicht schuldig bleibe. Ein andermal werde ich darauf antworten, versprochen. Wenn ich wieder in Form bin.

Es ist siebzehn Uhr: Mir bleiben folglich nur noch zwei Stunden, um ein ästhetisches Wunder zu vollbringen. Ich sollte das Problem längst angegangen sein (eine Runde Sit-ups, Gurkenmaske, Sud vom Schwarzen Rettich), aber ich schreibe Ihnen lieber, trinke Kaffee und rauche Zigaretten. Das ist nicht gut! Eigentlich sollte ich der Realität den Vorzug geben, stattdessen ziehe ich ihr die »kleinen schwarzen Buchstaben« unserer Korrespondenz vor. Autsch! Mein schlechtes Gewissen meldet sich.

Tja, Sie haben es längst begriffen: Heute lodert kein Feuer in mir, ich bin erloschen, ein kümmerliches Etwas, kraftlos und ungekämmt. Was abzusehen war.

Ich habe nachgeschaut, das Stück heute Abend heißt *Liebe*

ist ein Gericht, das man am besten heiß serviert und stammt von einem gewissen Nicolas Dumesnil. Ich informiere mich lieber nicht weiter über das Stück, das eher in die Kategorie Schund zu gehören scheint. Wenigstens ist mein Banker kein Snob und auch kein Oberlehrer, und ich riskiere keine Migräne. Ihre Empfehlung hinsichtlich eines kurzen Zögerns, das jede wohlerzogene junge Frau unter Beweis stellen sollte, wenn man sie auf »ein letztes Glas« einlädt, halte ich hingegen nicht für zielführend: Ich bleibe lieber bei Wasser. Mäßige mich beim Trinken. Gebe mich unzugänglich und geheimnisvoll. Was sagen Sie dazu?

Donnerwetter, Pierre-Marie, wo haben Sie denn den Ausdruck »liebestolles Weib« her? Aus dem 19. Jahrhundert? Gehören Sie vielleicht zu den Leuten, die ihre »Notdurft verrichten«, anstatt aufs Klo zu gehen, oder von »Ungemach« sprechen anstelle von Ärger? Geben Sie bitte Entwarnung!

Kehren wir unterdessen zu unseren auf der Strecke gebliebenen Küken zurück.

Dem Hindernis bezüglich meines Gewichts bin ich ausgewichen, aber ich will gern versuchen, Ihnen zu erklären, was ich in meiner »kleinen Kammer« gemacht habe, bevor ich das Schild »Wegen eines Todesfalls geschlossen« an die Tür hängen musste. Ich bin in der Regel sehr zurückhaltend, wenn mich die Leute nach meinem Beruf fragen, und Sie werden gleich verstehen, warum. Was mich ermuntert, Ihnen davon zu erzählen, ist Ihre wunderbare Geschichte vom Schnee und der Wärmflasche, als Ihr Vater Sie zu der Bäuerin gefahren hat, die Verbrennungen heilen kann. Sie sind auf dem Land aufgewachsen, Ihr Erfolg hat Sie aber nicht zum Pariser gemacht. Außerdem haben Sie mir erzählt, dass Sie Wünschelrutengänger beauftragt haben, um Vera aufzuspüren: All das zeigt, dass Sie empfänglich für Verborgenes sind, für Unerklärliches, für altes Wissen über den Körper.

Das ist der Grund, Pierre-Marie. Auf dem Schild, das ich an der Wand neben meiner Kammer angebracht habe, stand zu lesen: *Adeline Parmelan, Beraterin.*

Das ist schwammig formuliert, nichtssagend, tut niemandem weh.

Aber hier hat der Buschfunk dafür gesorgt, dass die Leute wussten, was sich hinter diesem Allerweltswort verbirgt.

Sie haben mich aufgesucht, damit ich ihnen helfe, den Nebel ihres Lebens zu lichten, eine Entscheidung zu treffen, Worte für das Unsagbare zu finden, etwas Selbstvertrauen wiederzuerlangen. Ich setze verschiedene Techniken ein: ein bisschen Psychologie, ein bisschen Astrologie, ein bisschen Grafologie, ein bisschen Magie. Ich lege ihnen zum Beispiel die Karten. Dann beobachte ich ihr Gesicht, ihr Verhalten, und so sehe ich Dinge. Ich berühre sie an der Schulter, am Arm, am Bauch, und auch dort spüre ich so manches. Ich bitte sie, mir von ihren Vorfahren zu erzählen, ich male Stammbäume auf, und manchmal, wenn eine ganze Familie kommt, lasse ich sie Rollenspiele machen.

Obwohl ich einen Master in klinischer Psychologie habe, verlasse ich mich vor allem auf meinen Instinkt und meinen Wunsch, dem Menschen, den ich vor mir habe, zu helfen. Mal verfasse ich Liebesbriefe für scheue Verliebte, mal Behörden-, mal Beschwerdebriefe. Ich kümmere mich auch um Kinder, das fehlt mir übrigens am meisten. Ich lese ihnen Geschichten vor, sehe ihnen beim Spielen zu, singe ihnen Lieder, tanze mit ihnen, und ich helfe, kaputte Bindungen zu kitten. Kurzum, ich bin Beraterin für alles Mögliche. Was zählt, ist, dass die Leute meine Praxis mit einem Lächeln auf den Lippen verlassen.

Das setzt natürlich eine große innere Bereitschaft voraus und auch ein Lächeln bei mir!

Aber seit dem plötzlichen Tod meiner Mutter bin ich dazu nicht mehr in der Lage. Ich verliere mich in meinem eigenen Nebel. Ich habe eingebüßt, was Ihre Heilerin in den Bergen »das Feuer« nennt. Ich habe meine Ausstrahlung verloren, meine Empfindsamkeit, und ich kann die Karten, die Gesichter nicht mehr lesen. Daher meine offizielle Arbeitslosigkeit.

»Es« wird wiederkehren oder auch nicht. Vielleicht ist »es« auch für immer verschwunden. Im Moment habe ich jedenfalls nicht die Kraft, mich um andere Menschen zu kümmern, es sei denn, es geht darum, ihre Einkäufe nach Hause zu tragen, eine Glühbirne zu wechseln oder in der Sonne zu plaudern.

Jetzt habe ich Ihnen viel verraten, Pierre-Marie. Zu viel vielleicht?

Nur meine engsten Freunde wissen von meinen okkulten Betätigungen, und sie haben Anweisung, sie möglichst für sich zu behalten. Romain (oje, ich muss mich beeilen, er kommt in einer Stunde!) zum Beispiel weiß von nichts. Ich nehme an, dass ein Banker (und sei er noch so witzig und charmant) das nicht verstehen würde, darum habe ich ihm nur erzählt, dass ich eine Umschulung mache. Was vielleicht nicht einmal gelogen ist!

Ich gebe ganz entschieden eine miserable Madame Soleil ab: In dieser schicksalhaften Stunde, Pierre-Marie, weiß ich wirklich nicht, was die Zukunft für mich bereithält, das beginnt schon mit dem verflixten heutigen Abend. Ich kann nur sagen, dass Ihre Adeline nicht ganz in Form ist. Die schwarzen Dessous liegen auf dem Sessel vor mir. Brasilianisches Höschen und knisternder BH. Jetzt ist es passiert, mir ist speiübel. Es ist meine »Feuertaufe«: nur Mut!

Bevor ich zum Ende komme, will ich Ihnen noch sagen, wie gern ich Ihnen helfen würde, das »Kapitel Vera« abzuschließen. Falls ich Sie in meinen Mails bedrängt habe, dann liegt es daran, dass ich im Grunde meines Herzens nur zu gut verstehen kann, wie untröstlich Sie sind. Wenn Sie von den Nächten erzählen, in denen Sie ihre Anwesenheit zu spüren meinen, bricht es mir das Herz. Wenn sich der Schmerz nicht beim Schreiben auflöst, worin könnte er sich überhaupt auflösen? (Kleiner Tipp unter Freunden: Versuchen Sie es nicht mit Schnaps!) Bevor ich unter die Dusche springe, schlage ich Ihnen folgende Liste vor: Sport, Reisen, Religion, Yoga, der Weg zur Bühne, Shoppen bis zur Erschöpfung – und als letztes Mittel: andere Frauen kennenlernen. Oder Männer – das wird Sie auf andere Gedanken bringen!

Lassen Sie mich unterwegs aber nicht fallen, lieber Coach! Ich werde Sie morgen früh wieder brauchen, ganz bestimmt. Und sollte ich Ihnen nicht alles erzählen, dann doch zumindest, ob das Stück von Nicolas Dumesnil etwas taugt. »Liebe ist ein Gericht, das man am besten heiß serviert«, schneiden Sie sich davon eine Scheibe ab!

Ihre knisternde Adeline

PS: Wozu werden Sie Ihren Abend nutzen?

Von: Josy Vallardier
An: Pierre-Marie *27. März 2013*

Pierre-Marie,
ich bin's, Josy. Seit gestern ist Max wieder im Krankenhaus. Seine Schmerzen waren so stark, dass er nicht mehr schlafen konnte, darum habe ich ihn in die Uniklinik gebracht. Sie haben ihn für ein paar Kontrollen dabehalten, ich hoffe, sie finden heraus, was das Problem ist. Bis dahin hat er mich beauftragt, dringende Mails zu beantworten. Das mache ich jetzt.

Eigentlich wollte ich dich schon lange kontaktieren, um dir etwas zu erzählen, aber wegen Max und seiner OP habe ich alles aufgeschoben.

Du erinnerst dich bestimmt an meine Freundin Lisbeth, oder? Du hast sie seit unserem berühmten Aufenthalt in Bandol nicht mehr gesehen, aber ich kann mich erinnern, dass ihr euch sehr sympathisch wart. Sie erinnert sich jedenfalls bestens an dich, und nach Bandol hat sie alle Bücher von dir gelesen. Mit ihrem Verein (ich denke, sie hat dir von ihrem sozialen Engagement erzählt) will sie ein Theaterstück auf die Beine stellen, und stell dir vor, sie hat sich für eine Adaption von *Die Wiederkehr des Tiers* entschieden. Das ist dein kürzester Roman, und da er in einem geschlossenen Raum spielt, eignet er sich ihrer Meinung nach hervorragend. Sie hat sich schon an den Text gesetzt (als ehemalige Französischlehrerin macht ihr das großen Spaß), und darum nervt sie mich seit Wochen, dass ich dich fragen soll, ob das für dich in Ordnung ist. Es ist zwar ein Laientheater, aber sie will ihre Sache gut machen. Ist es dir recht, wenn ich ihr deine Mailadresse gebe, damit ihr direkt miteinander sprechen könnt? Gleichzeitig denke ich, wenn das Projekt auf die Bühne kommt, wäre das nicht eine schöne Gelegenheit für dich, uns zu besuchen?

Im Moment kann ich dir dazu nicht raten.

Wir haben die letzten Monate keine gute Phase. Das siehst du ganz richtig, Max ist ziemlich mies drauf, er strampelt ja sonst jeden Tag seine dreißig Kilometer auf dem Fahrrad und hat außerdem sein heiliges Golf am Sonntag mit Richard und Loulou. Nach allem, was die Ärzte sagen, ist er im Sommer wieder dazu in der Lage. Das hoffe ich auch, denn Max wird sich nicht von heute auf morgen damit zufriedengeben, im Schaukelstuhl auf der Veranda Bücher zu lesen, so viel ist sicher! Ich habe ihm heute Morgen ein Fußballheft mitgebracht, das geht gerade noch durch. Ansonsten vergeht er fast vor Ungeduld.

Es ist schon komisch zu erfahren, dass Ève sich scheiden lässt. Die Hochzeitseinladung hat mir damals ganz schön zugesetzt, ich habe mich alt gefühlt! Unsere Kinder sind keine Kinder mehr, daran kann ich mich nicht gewöhnen. Ich erinnere mich noch gut an sie als kleines Mädchen mit ihren Zöpfchen und Söckchen!

Bei unserer Großen ist übrigens nichts in Sicht: Sie reist, sie schuftet, aber kein künftiger Schwiegersohn weit und breit.

Sag mir Bescheid wegen Lisbeth.

Ganz liebe Grüße

Josy

Von: Pierre-Marie
An: Adeline *27. März 2013*

Liebe knisternde Freundin!
Ich auf die Bühne? Um Gottes willen! Sie kennen mich nicht. Ein Schauspieler muss zu neunzig Prozent Körper sein und zu zehn Prozent Kopf, das ist bekannt, bei mir verhält es sich aber genau umgekehrt. Ich kann nicht einmal meine eigene Rolle spielen. Das geht so weit, dass jede Preisverleihung für mich zur Tortur gerät. Wie gern wäre ich bei diesen Anlässen fünfzehn Zentimeter kleiner und würde mich wohler fühlen in meiner Haut. Aber ich schaffe es nicht. Und je mehr Komplimente ich bekomme, umso mehr will ich verschwinden. Beim Goncourt hat Vera mir mit ihrem wunderschönen Akzent, der alles Vulgäre neutralisiert, ins Ohr geflüstert: *Du siehst aus, als hättest du einen Besen im A…*

Und, wie war der Abend? Ich meine nicht das Stück. Der Titel verheißt wahrlich nichts Gutes. Ich musste vor einem Monat in einem Saal hier in der Nähe eine ähnlich dramatische Strafe über mich ergehen lassen. Das Stück hieß: *Für eine Überraschung gut …* Und tatsächlich gab es auch einige Überraschungen, das kann ich Ihnen sagen. Ich hatte während der Aufführung dasselbe Gefühl wie vor einem vegetarischen Essen: Warum tut man mir das an? Was habe ich bloß getan? Wofür werde ich bestraft?

Nein, ich würde nur zu gern wissen, wie der Abend verlaufen ist. (Augenzwinkern!) Ich frage nicht nach pikanten Details, das würde ich mir nie erlauben (wobei), und ich habe vollstes Vertrauen, dass Sie mir ohne viel Worte klarmachen, was vorgefallen ist. Erkennt man nicht genau daran gute Literatur, an der Kunst zu Andeutungen? Natürlich! Oh, Verzeihung, Sie werden mir wieder vorwerfen, dass wir nicht von Literatur sprechen, sondern vom wahren Leben der LEBENDIGEN Adeline Parmelan.

Dabei ist das Einzige, was mir wichtig ist, dass Sie heute Morgen nicht traurig sind. Sie haben mich gefragt, wozu ich den gestrigen Abend nutzen würde. Tja, ich habe auf dem Sofa gesessen und einen isländischen Krimi gelesen. Mitten in der Nacht war ich damit durch. Aber spätestens alle fünfzig Seiten musste ich an Sie denken. Wie läuft es mit dem Banker? In welchem Zustand werde ich meine Adeline morgen früh antreffen?

Seltsam, ich habe mir um Sie, die ich noch nie gesehen habe, die gleichen Sorgen gemacht wie früher um meine Kinder, wenn sie Probleme hatten und ich nicht schlafen konnte. Ich habe *früher* geschrieben, aber ehrlich gesagt hat sich nichts geändert, obwohl sie jetzt erwachsen sind. Ich mochte Èves Mann nicht (er zieht bei jeder Kleinigkeit vor Gericht, ist intelligent und wird ihr das Leben schwermachen, wenn es um das Sorgerecht für die Kinder geht), nein, ich mochte ihn nicht, und ich bin froh, dass sie sich trennen, aber meine Tochter neulich tränenüberströmt und am Boden zerstört zu sehen hat mir das Herz gebrochen. In meinen Armen war sie keine dreißig mehr, sondern acht.

Bitte beruhigen Sie mich. Und erzählen Sie mir alles, bevor ich mir vor lauter Frust vier Szenarien ausdenke, vom *worst case* bis zum *best case*, und Sie mir erneut vorwerfen, dass ich Sie *romanisiere*.

Donnerwetter! *Adeline Parmelan, Beraterin*. Ich kann es kaum fassen. Vor allem, nachdem ich weitergelesen habe.

Warum? Weil ich in meiner letzten Mail nach der Frage zu Ihrer Kammer zunächst geschrieben hatte: *Was haben Sie in dieser Kammer gemacht? Als Handleserin gewirkt?* Ich war dicht dran!

Und ja, ich sage es Ihnen ganz ehrlich: Die Wörter, die Sie benutzen, wenn Sie von sich sprechen: *geheime Dinge … Stille … Magie … Dinge sehen … Dinge spüren … Instinkt …* diese Wörter sprechen mich an und machen mich betroffen. Nicht, dass ich selbst eine Affinität zur verborgenen Welt hätte. Das habe ich nicht. Es ist zwar mein Beruf, mir Geschichten auszudenken, Fiktives, aber in meinem Leben als LEBENDIGER Pierre-Marie Sotto bin ich eher Materialist. Bei mir fließt nichts. Ich habe große, dicke Hände, aber auch wenn ich sie zehn Stunden auf ein Wehwehchen lege, das Wehwehchen bleibt. Ich würde all meine Literaturpreise dafür hergeben, wenn ich die Fähigkeit besäße, das Leid anderer Menschen zu lindern, sie zu beruhigen, aber ich besitze sie nicht. Vielleicht heile ich ein wenig mit Worten, mit meiner Stimme. *Erzähl mir was.*

Ich bin hierfür nicht begabt, für das Esoterische, trotzdem habe ich aus Verzweiflung in diese Richtung geschaut. Nachdem sich alle polizeilichen Spuren verloren hatten, nachdem meine eigenen Spuren ins Nichts geführt hatten, blieb ich so hilflos zurück. Daraufhin habe ich Wünschelrutengänger aufgesucht mit dem Ihnen bekannten Ergebnis. Wasser? Wir haben die Teiche in der Nähe trockengelegt. Spanien? Können Sie sich vorstellen, wie ich in den Zug nach Madrid steige, ein Foto von Vera in der Hand, und die Leute frage: Kennen Sie diese Person? Ich hätte geendet wie Don Quijote, der abgemagert mit langem Bart in geistiger Umnachtung ewig umherirrt, ich wäre verrückt geworden: *Kennen Sie diese Person?*

Und jetzt kommen Sie, Adeline.

Anfangs konnte ich mein Interesse Ihnen gegenüber nicht begreifen. Es gab keinen Grund. Oder er war ganz klein. Und dann gab es gewisse … Zeichen. Mehr will ich für heute nicht sagen. Ich fürchte, etwas zu zerbrechen, habe Angst, an einem Faden zu ziehen, der zwischen meinen Fingern hängen bleibt.

Eins muss ich aber sagen: Ich glaube nicht, dass Sie Ihre Gabe eingebüßt haben. Ich glaube, dass in diesem Nebel, in dem Sie sich verloren wähnen, ein kleines Flämmchen brennt, das eine Verbindung zu mir hat.

Aber es ist noch zu früh.

Heute Morgen ist hier Frühling. Eine Meise fliegt immer wieder gegen meine Fensterscheibe. Das tut mir richtig weh.

Lieben Gruß

Pierre-Marie Sotto, beunruhigter Coach

PS: Ach ja, die Widmung!

Ché, come sole in viso che più trema,
così lo rimembrar dal dolce riso
la mente mia da me medesmo scema.

Das ist aus Dantes *Göttlicher Komödie* und bedeutet:

Denn wie das schwächere Gesicht die Sonne,
Also entzücket des holdsel'gen Lächelns
Erinnrung aus sich selber mein Gedächtnis.

Von: Pierre-Marie
An: Josy *27. März 2013*

Liebe Josy,
was für ein Schock! Bei Max ist man immer geneigt, die Dinge auf die leichte Schulter zu nehmen, ihn zu foppen. Er lädt einen regelrecht dazu ein, das musst du zugeben, mit seinem legendären Optimismus und seiner guten Laune. Darum habe ich womöglich unterschätzt, wie sehr er wirklich leidet. Richte ihm das bitte aus und bitte ihn in meinem Namen um Verzeihung. Und halte mich auf dem Laufenden über seine Fortschritte. Ist er im Krankenhaus telefonisch zu erreichen? Hat er sein Handy bei sich?

Natürlich erinnere ich mich an Lisbeth, Bandol und unser herzhaftes Gelächter auf der Terrasse im Café. Meine Kiefermuskulatur war richtig verkrampft. Wir hatten zu tief ins Glas geschaut, oder? Hat sie wirklich alle Bücher von mir gelesen? Ich bin ganz gerührt und kann mir kaum vorstellen, dass ich ihr den Wunsch nach einer Adaption abschlage. Andererseits, *Die Wiederkehr des Tiers* in den Händen einer Laienschauspieltruppe, hm, hm (räusper). Sagen wir es so: Ich will es gern erlauben, aber man möge mich bitte nicht zwingen, mir das Ergebnis anzuschauen. Von den rund fünfzehn Adaptionen meiner Bücher fürs Theater habe ich … vielleicht zwei gemocht, von mir aus auch drei. Und da waren Profis am Werk.

Aber egal. Gib ihr meine Mailadresse, und ich kläre das mit ihr, in Erinnerung an die Terrasse in Bandol und den provenzalischen Rosé.

Lieben Gruß
Pierre-Marie

Von: Adeline
An: Pierre-Marie *27. März 2013*

Lieber Freund, Autor und Coach,
wie so viele Mädchen habe ich als Jugendliche Tagebuch geführt. Ein dickes Heft mit Snoopy auf dem Umschlag und einem nicht gerade stabilen Riegelschloss an der Schnittkante. Kurz bevor ich es gekauft habe, hatte ich das Tagebuch der Anne Frank gelesen und ihrem Vorbild folgend beschlossen, an eine erdachte Freundin zu schreiben. Anne Franks »Liebe Kitty« wurde bei mir zu »Liebe Jenny« (das hatte ich vermutlich aus einer Fernsehserie), und ich vertraute ihr meine Schmerzen, meine Zweifel, vor allem aber meine Schwärmereien für diesen oder jenen Jungen in der Schule an. »Liebe Jenny, gerade habe ich was Irres erlebt: Ich glaube, er hat mich heute angeschaut, als ich in der Essensschlange in der Kantine an ihm vorbeigekommen bin. Ich schwör's. Wart nur, ich erzähl dir gleich, wie's war, supergenial!« Dann folgte auf zwölf Seiten der Bericht eines belanglosen Vorfalls mit wilden Ausrufezeichen. Sie verstehen schon. Wie soll ich vor diesem Hintergrund die Kunst der Andeutung beherrschen? Wie soll ich Ihnen meinen Abend mit Romain »in wenigen Worten« schildern? Das ist nicht so einfach!

Bevor ich loslege, will ich noch sagen, ich bin bestens gelaunt. Ich habe den ganzen Morgen in meinem großen feuchten Haus eine Putzorgie veranstaltet und dabei gesungen *(Summertime, Oh Happy Day)*, gleich werden Sie verstehen, warum. Ihre Fürsorge rührt mich jedenfalls! Ich sehe Sie vor mir mit Ihrem isländischen Roman auf dem Sofa und in ein Plaid gewickelt (ja, ich habe Sie mit einem Plaid ausgestattet, weil ich fürchte, dass Sie sich sonst erkälten – auch ich sorge mich um Sie –, und außerdem, was ist mit Ihrem Heizkessel???), wie Sie alle fünfzig Seiten an mich denken, und mein Lächeln zieht sich bis zu den Ohren.

Apropos, ich muss Ihnen vorab etwas gestehen: Auch ich habe den ganzen Abend über an Sie gedacht. Unglaublich, aber wahr. Während ich Dinge erlebt habe, habe ich mich parallel darüber gefreut, sie Ihnen am nächsten Tag erzählen zu können. Ich war mit Romain zusammen und habe mich gleichzeitig gefragt, wie ich das alles für Sie »verpacken« soll (hm, das Wort kam ganz von allein). Noch nie in meinem Leben habe ich eine solche Doppelung erlebt: Wenn ich das Spiel noch weitertreibe, muss ich mich sogar fragen, ob ich nur eingewilligt habe, mit meinem Banker auszugehen, um Sie zu unterhalten! Darum frage ich mich, ob es möglich ist, mit einem Schriftsteller zusammenzuleben, ohne automatisch von einer »Romanisierung« bedroht zu werden, um Ihren Neologismus aufzugreifen. Hat Vera womöglich ähnlich empfunden? Die Angst, für Sie nur durch die Literatur zu existieren? (Ihre anderen Frauen lasse ich außer Acht, vor allem »Wollen wir los, Schatz?«, die mir zu einfach gestrickt zu sein scheint, um sich solche Fragen zu stellen – die Glückliche.) Jedenfalls kann ich Ihnen versichern, Pierre-Marie, dass ich Ihre Probleme nach der gestrigen Erfahrung besser ermessen kann. Sie sind mit einem gewaltigen Makel behaftet!

Natürlich birgt dieser Makel auch einen immensen Vorteil. Wäre mein Abend in eine Katastrophe gemündet, hätte die Vorstellung, Sie mit meinen Missgeschicken zum Lachen zu bringen, meine Scham und meinen Schmerz sofort gelindert.

Ich fange an zu begreifen, was Sie meinten, als Sie von »allerletztem Trost« sprachen.

So, Schluss jetzt mit dem Vorgeplänkel, es geht los!

Nein, warten Sie. Zuerst muss ich Ihnen noch erzählen, warum ich heute fünf Stunden damit zugebracht habe, meine Böden zu scheuern, meine aufgerissenen Kartons wegzuräumen, meine Teppiche abzusaugen, meine Toiletten zu desinfizieren und meine Regale abzustauben: Romain kommt heute zum Abendessen zu mir (»Genialisch!«, würde das Snoopy-Heft sagen). Und abgesehen davon, dass mein Haus ganz objektiv ein Saustall war, hat er mir von einem Handicap erzählt: Er ist Asthmatiker. Da ich keineswegs vorhabe, ihn vor meinen Augen ersticken zu sehen, habe ich beschlossen, den guten Geist des Hauses zu spielen. So viel dazu!

Natürlich will ich ihm auch ein Abendessen servieren, das diesen Namen verdient. Und hier setze ich alles auf eine Karte! Er ist nämlich eher ein Feinschmecker, das habe ich gestern nach der Aufführung kapiert (ein wahres Meisterwerk, kleiner Scherz am Rande), als er mit seinem Wagen vor einem der besten Restaurants der Gegend hielt. Und ich dumme Nuss hatte mich neulich gerühmt, eine begabte Köchin zu sein, als wir in einer Brasserie nicht weit von seiner Bank zu Mittag gegessen haben! Jetzt muss ich zeigen, was ich kann. Ich habe das Menü schon festgelegt, aber ich muss mich nun dringend an die Arbeit machen.

Und Sie, Pierre-Marie, was würden Sie gern essen? Ihrer Abneigung gegen vegetarische Gerichte haben Sie bereits Ausdruck verliehen und unlängst von bescheidenen Spaghetti und einem Bier gesprochen: Ist das Ihr Alltag als allein lebender Mann, oder kommt es auch vor, dass Sie sich eine

Schürze umbinden, um eine orgiastische Sinfonie zu dirigieren?

Oje, sobald ich vom Kochen rede, gehen die Pferde mit mir durch!

Habe ich Ihnen schon gesagt, dass Romain noch größer ist als Sie? 1,95 Meter. Und als ehemaliger Rugbyspieler ist er ein ziemlicher Schrank. Undenkbar, dass man ihm nur einen vegetarischen Salat vorsetzt!

Angesichts der Uhrzeit muss ich jetzt schleunigst in die Küche, und mir wird bewusst, dass ich Ihnen vor lauter Drumherumreden und Rumalbern gar nichts erzählt habe! Mist, ich habe wirklich keine Zeit mehr für wohlgeformte Sätze, ich muss jetzt im Telegrammstil weitermachen: Stück eher miserabel – stop – viel Ulk – stop – leichte Berührung der Hände während der Aufführung – stop – lange Blickwechsel während des Essens – stop – die Chemie stimmt – stop – leichte Berührung der Knie im Auto – stop – Rückfahrt zu meinem Haus – stop – nichts Überstürztes, nur ein sanfter Kuss zum Abschied – stop – ein zweiter Kuss, etwas inniger – stop – die weise Entscheidung, nicht weiter zu gehen – stop – Herzklopfen – stop – Verabredung zum heutigen Abendessen, wer weiß? – stop!!!

Pierre-Marie, ich muss diesen Bericht beenden, aber ich verspreche Ihnen, morgen zu schreiben. Ich werde Ihnen von meinen flambierten Gambas und meinen Macarons mit Schoko-Pistazien-Füllung vorschwärmen. Und von weiteren Dingen, wenn es sich anbietet.

Sagen Sie: Haben Sie vor, den Abend erneut mit einem skandinavischen Roman auf Ihrem Sofa zu verbringen, oder haben Sie etwas Geselligeres geplant? Seit ein paar Tagen bin ich hoffnungslos egoistisch. Was gibt es Neues von Ihrer traurigen Tochter, Ihrem Heizkessel und Ihren Meisen?

Lieben Gruß

Ihre Freundin Adeline, zwischen ihren Töpfen

PS: Können Sie mir bestätigen, dass Ihr Geburtsdatum (das ich mir aus dem Netz gezogen habe, deshalb habe ich meine Zweifel) der 5. Mai 1952 ist? Stier?

PPS: Danke für die Übersetzung Ihrer Widmung. Sie klingt sehr schön. Darf ich daraus schließen, dass Sie perfekt Italienisch sprechen? Und bestimmt auch Norwegisch? Wie dem auch sei, auch wenn sich Ihr Besen an die falsche Stelle verirrt haben mag, Sie mögen Sprachen, das ist schon mal was! (Sorry, mein Ofen heizt ganz schön – mein Thermostat steht auf 8!)

Von: Josy
An: Pierre-Marie *28. März 2013*

Pierre-Marie,
vielen Dank für deine rasche Antwort! Lisbeth wird überglücklich sein, ich werde deine Adresse sofort an sie weiterleiten.

Ich düse jetzt zu Max ins Krankenhaus. Werde ihm sein Handy bringen, aber du kennst ihn ja: Er hat seinen eigenen Kopf. Du kannst trotzdem versuchen, ihn anzurufen. Ich werde ihm in jedem Fall sagen, was du mir geschrieben hast.

Lisbeth ist eine intelligente Frau, sie kapiert sofort, dass du hinsichtlich ihres Projekts Bedenken hast. Ich freue mich, dass du dich an euer ausgelassenes Gelächter auf der Terrasse erinnerst!

Bleib gesund
Josy

Von: Pierre-Marie
An: Adeline *28. März 2013*

Liebe Bankier-Bezirzte,
verbringe den ganzen Tag in einer Fachoberschule in Valence. Lange zurückliegendes Versprechen an die charmante Schulbibliothekarin. Ich schreibe Ihnen nach meiner Rückkehr heute Abend.

Ja, ich bin am 5. Mai 1952 in Dieulefit im Departement Drôme auf die Welt gekommen. Was haben Sie mit dieser Info vor?

Pierre-Marie, Schriftsteller außer Betrieb

Von: Adeline
An: Pierre-Marie *28. März 2013*

Lieber Schriftsteller außer Betrieb,
ich wünsche Ihnen einen schönen Tag in Gesellschaft dieser charmanten Schulbibliothekarin! Ist ihr Po nach Ihrem Geschmack? Wie dem auch sei, ich freue mich zu hören, dass Ihre Augen noch sprühen, anders als Ihr Herz … und Ihr Stift. (Apropos, schreiben Sie eigentlich von Hand oder auf dem Computer?)

Vielen Dank für die Bestätigung Ihres Geburtsdatums. »Dieulefit«, was für ein wunderbarer Geburtsort für einen kreativen Menschen. Was ich mit diesen Informationen vorhabe, werden Sie bei Gelegenheit erfahren, auch steht der Bericht über mein gestriges Abendessen noch aus. Heute bin ich genau wie Sie früh aufgestanden, um wegzufahren. Ich tue so geheimnisvoll, um Sie in Atem zu halten …

Ich schicke liebe Grüße und schlüpfe gleich in ein Paar Stiefel: Sarthe ersäuft im Regen, ich zögere noch zwischen Auto und Kanu.

Adeline

Von: Lisbeth P. Destivel
An: Pierre-Marie Sotto *28. März 2013*

Lieber Pierre-Marie Sotto,
ich bin Ihnen unendlich dankbar, dass Sie Josy erlaubt haben, mir Ihre E-Mail-Adresse zu geben. Ich kann mir gut vorstellen, wie belagert Sie sind, und hätte mir niemals herausgenommen, Sie zu stören, wenn wir nicht diesen schönen Abend miteinander verbracht hätten. Josy hat mir erzählt, dass Sie die Terrasse in Bandol nicht vergessen haben. Auch nicht, dass wir uns beide vor Lachen gekugelt haben. Darüber bin ich sehr glücklich!

An diesem denkwürdigen Abend habe ich Sie, glaube ich, geduzt. Das traue ich mich jetzt nicht mehr, nachdem ich Ihr Werk gelesen habe. Es ist verrückt, aber damals konnte ich die Ehre gar nicht ermessen, die mir durch unsere Begegnung zuteilwurde. Das war vor Ihrem Goncourt! Seither habe ich eifrig alle Nachrichten über Sie verfolgt. Von Ihren Romanen berührt mich zweifellos *Eine Frau an ihrem Fenster* am meisten, zum einen aus persönlichen Gründen (wie Ihre Heldin bin ich in den besten Jahren, Witwe, kinderlos), zum anderen aber auch aus ästhetischen Gründen, denn die Eleganz Ihres Stils erreicht in diesem Text ihren Höhepunkt. Dennoch schreibe ich Ihnen heute, wie Josy Ihnen bereits mitgeteilt hat, bezüglich *Die Wiederkehr des Tiers*.

Seit ich mich im Vorruhestand befinde, engagiere ich mich aktiv in einer Stadtteilinitiative in Le Mans, die sich insbesondere um Frauen in Schwierigkeiten kümmert. Sie sind betroffen von Prekariat, Alkoholismus und häuslicher Gewalt, Themen, die sich durch Ihre Romane ziehen. Darum habe ich überlegt, ihnen auf der Grundlage Ihres Romans ein Theaterprojekt vorzuschlagen (ich selbst bin seit vielen Jahren als Laienschauspielerin aktiv).

Vor ein paar Monaten habe ich mich an den Text gesetzt, und ich bin bald fertig. Haben Sie keine Angst, die Struktur bleibt erhalten. Die einzige Form der Untreue besteht in Kürzungen (ich musste insbesondere auf die Szene verzichten, in der die Polizisten auf der Bildfläche erscheinen, zu kompliziert für die Bühne) und darin, dass ich etwas mehr »Drive« in Ihre Dialoge bringe.

Ich werde zu ausführlich, verzeihen Sie mir, aber ich könnte stundenlang von dieser Arbeit erzählen, so begeistert bin ich davon! Jetzt komme ich zu meinen Fragen:

1 – Gestatten Sie mir, das Stück aufzuführen (im Jugendzentrum Pierre-Bourdieu in Le Mans), und wie hoch ist der Betrag, den ich für die Überlassung der Rechte an Sie entrichten müsste?

2 – Hätten Sie den Wunsch, die Neugier und die Freundlichkeit, meine Theaterfassung zu lesen?

3 – Die wichtigste: Ich würde Sie gern einladen, die Frauen unseres Vereins kennenzulernen. Für die Frauen wäre es sensationell, mit einem Schriftsteller sprechen zu können, bevor sie in die Haut seiner Figuren schlüpfen. Da ich Sie persönlich kennengelernt habe, weiß ich, dass Sie ein feiner Mensch sind, zugänglich und offen. Und ein Genießer, wenn mich meine Erinnerung nicht trügt? Sollten Sie kommen, würden wir Ihnen einen fürstlichen Empfang bereiten! (In meinem Keller lagern ein paar große Weine, die mein verstorbener Mann nicht mehr trinken konnte, ich lege eine Flasche für Sie beiseite.)

So, ich schicke meine Flaschenpost jetzt auf die Reise! Sollten Sie »ja« sagen, wäre ich überglücklich, und meine »Mädels« (wie ich sie nenne) wären es mindestens ebenso sehr wie ich. Selbstverständlich hätte ich aber auch großes Verständnis dafür, sollte Ihr Terminkalender es Ihnen nicht erlauben, hierherzukommen.

In Erinnerung an unsere Lachkrämpfe herzliche Grüße
Lisbeth P. Destivel

Von: Pierre-Marie Sotto
An: Lisbeth P. Destivel *28. März 2013*

Guten Abend, Lisbeth,
haben Sie vielen Dank für Ihre begeisterte Nachricht. Und danke auch, dass Sie meine Aktivitäten seit Bandol so treu verfolgt haben.

Sehr gern erteile ich Ihnen die Erlaubnis, *Die Wiederkehr des Tiers* für das Theater umzuschreiben. Hinsichtlich der Rechte: Wenn es sich nur um wenige Aufführungen handelt und alles in einem vereinsinternen Rahmen bleibt, rate ich Ihnen, meinen Verleger gar nicht erst anzusprechen. Spielen Sie das Stück und genießen Sie es. Sollten Sie hingegen Eintrittsgelder nehmen und mit dem Stück auf Tournee gehen, dann müssten Sie Kontakt mit ihm aufnehmen.

Seien Sie mir nicht böse, aber ich ziehe es vor, Ihre Adaption nicht zu lesen, denn ich kenne mich genau. Wenn ich meine Nase hineinstecke, werde ich schnell unerträglich!

Ihre Einladung ist sehr charmant, doch bedauerlicherweise liegen Le Mans und Drôme weit auseinander, und ich stecke aktuell mitten in einem Roman, der meine Zeit und Energie beansprucht. Ich weiß noch nicht, wann ich damit fertig sein werde, doch bis dahin achte ich darauf, mich nicht zu sehr ablenken zu lassen. Ich hoffe, Sie sind mir nicht allzu sehr gram.

Mit den besten Wünschen für Sie und Ihre *Mädels*. Bestellen Sie ihnen schöne Grüße von mir.

Ihr Pierre-Marie Sotto

Von: Pierre-Marie
An: Adeline *28. März 2013*

Liebe Adeline,
das hier gefällt mir gar nicht! Nicht allein, dass ich Ihnen gegenüber untreu war, indem ich eine Mail an eine andere Frau aus Ihrer Gegend geschickt habe (unverzeihlich!), vor

allem habe ich sie mit einer Lüge beendet, die dicker ist als ich (nicht dicker als Sie, das habe ich nicht gesagt!). Ich will es Ihnen erklären:

Unter dem Vorwand, die Zufälle des Lebens hätten vor mehr als zwölf Jahren (ja, es war der Sommer 2000 und ich hatte mich gerade *vennskapelig* scheiden lassen, das ist Norwegisch und bedeutet einvernehmlich) dafür gesorgt, dass wir uns zusammen vor Lachen ausgeschüttet und mehrere Flaschen provenzalischen Rosé geleert hätten, taucht diese Frau plötzlich aus der Versenkung auf und will Folgendes von mir: 1) dass ich ihr gestatte, *Die Wiederkehr des Tiers* zu verstümmeln, indem sie es mit ihrer Laienschauspieltruppe auf die Bühne bringt; 2) dass ich ihre Theaterfassung lese, ohne mich zu erhängen; 3) dass ich nach Le Mans fahre, um mich mit ihr und ihren Künstlerfreundinnen erneut volllaufen zu lassen.

Meine Antwort darauf lautete in chronologischer Reihenfolge: ja, nein und nein, und ich habe mich gedrückt, indem ich vorgab, aktuell *mitten in einem Roman zu stecken, der meine Zeit und Energie komplett beansprucht.* Am schlimmsten ist, dass ich mich beim Tippen dieser Wörter auf der Tastatur dabei ertappt habe, wie ich dachte: Wäre es doch nur wahr!

Natürlich bekommt die Vorstellung, nach Le Mans zu fahren, jetzt, wo ich Sie kenne, für mich einen anderen Sinn. Aber ich bin weiterhin davon überzeugt, dass es ein großer Fehler wäre, wenn wir uns kennenlernen würden. Die Magie zwischen uns besteht in diesen Wörtern auf dem Bildschirm, oder? Die sollte man nicht stören. Ich wurde schon oft gefragt (was bin ich blöd, Sie haben mir die Frage auch gestellt!), ob ich von Hand schreibe oder auf dem Computer. Ich bin zu hundert Prozent der Computertyp. Darüber wundern sich die Leute: die sinnliche Ausstrahlung von Papier, das Rascheln der Feder, der Geruch etc. Alles Quatsch! Die Sinnlichkeit steckt in den Worten, in der Geschichte und im Einsatz, den man dafür bringt. Sie steckt nicht im Stift, auch nicht in einer edlen Feder von Sergent-Major! Verzeihung, ich schweife ab, ich bin etwas müde, Treffen mit anderen Menschen ermüden mich mehr als früher, ich wollte nur sagen: Wenn ich sehe, wie sich Ihr Name in Fettschrift in meinem Eingangsordner abzeichnet und ich das damit einhergehende akustische Signal höre, reagiere ich ebenso erfreut, wie wenn ich einen Brief von Ihnen in meinem Briefkasten vorfände. Das nehme ich zumindest an. Ich müsste erst einmal einen bekommen, um es mit Sicherheit sagen zu können.

Ja, ich merke genau, wie ich um den heißen Brei herumrede.

Ich will meine Müdigkeit und das Gefühl von Watte, in das sie mich hüllt, nutzen, um Ihnen eine Frage zu stellen, die ich niemals wagen würde zu stellen, wenn ich putzmunter wäre. Nein, es geht nicht um Ihr Gewicht. Ich muss Sie zu einem anderen Thema befragen, denn Sie sind eine Frau, und ich vermute bei Ihnen ein besonderes Wissen, und außerdem vertraue ich Ihnen.

Folgendes:

Adeline, glauben Sie, dass ein Mann acht Jahre mit einer Frau zusammenleben kann, dass er Tag und Nacht mit ihr verbringt, mit ihr frühstückt, zu Mittag und zu Abend isst, mit ihr einkaufen geht, sie ins Kino ausführt, mit ihr die Nachrichten kommentiert, mit ihr schläft, mit ihr Sonnenbäder nimmt, am Nachmittag mit ihr Mittagsschläfchen hält, mit ihr über Literatur spricht, die Katze beobachtet und sich über sie lustig macht, kocht, Quiches Lorraines backt, Obstsäfte auspresst, Zimmer neu tapeziert, Bettwäsche zusammenlegt, nachts beim Autofahren Musik hört, mit ihr zusammen eins der Kinder ins Krankenhaus bringt, gemeinsam mit ihr bei ihm wacht, es ein paar Tage später wieder abholt und mit ihr die Rückkehr des Kindes feiert, mit ihr Sonnenbrillen anprobiert, sie zum Friseur bringt und durch die Straßen läuft, während er darauf wartet, dass sie fertig ist, sie anruft, um ihr zu sagen, dass er irgendwo gut angekommen ist, auf ihren Anruf wartet, damit sie ihm sagt, dass sie gut angekommen ist, wenn sie verreist,

dass das alles jahrelang möglich ist

und er eines Tages feststellt, dass sie ihn ganz offensichtlich betrügt?

Ja, dass sie ihn ganz offensichtlich betrügt, da sie verschwindet, ohne einer Menschenseele etwas davon zu sagen. Und sie sagt keiner Menschenseele etwas davon, weil man es niemandem sagen kann. Und weil es besser ist, einfach zu gehen, als das Unsagbare sagen zu wollen.

Glauben Sie, Adeline, dass eine Frau die Kraft haben kann, das so lange zu verbergen und dann einfach zu gehen?

Erzähl mir was … Denn wenn du schweigst, rede ich, getrieben von der Stille um uns herum, und was ich zu sagen habe, wird die Mauern und das ganze Haus zum Einsturz bringen.

Ich glaube, die Stille hier im Haus spielt mir heute Abend einen Streich, Adeline. Ich drücke auf *Senden*, ohne die Mail noch einmal durchzulesen.

Liebe Grüße

Pierre-Marie

Von: Adeline
An: Pierre-Marie *29. März 2013*

Ach, Pierre-Marie, Sie so zu erleben macht mich traurig! Wie Sie sehen, nehme ich mir nicht einmal die Zeit für ein »lieber Freund«, ich stürze mich sogleich auf meine Tastatur, um auf Ihre Mail von gestern Abend zu antworten. Die Nachricht ist erschütternd. Bestürzend. Sie durchbohrt mich. Sie erschlägt mich. Am liebsten würde ich Sie in meine langen dicken Arme schließen, um den Schmerz aufzufangen, der aus Ihren Worten quillt wie das Wasser aus einer Höhle, tausend Jahre altes Wasser, das lange in den Gesteinsschichten zurückgehalten wurde, aber schließlich doch ausbricht, tropf, tropf. Weinen Sie, Pierre-Marie! Explodieren Sie! Schreien Sie! Schlagen Sie zu! Leeren Sie Ihr Herz, das schon zu lange unter diesem großen Kummer anschwillt!

Ich glaube, Sie haben einen Nerv getroffen, eine Wahrheit. Man braucht viel Zeit und jede Menge Mut, um der Wahrheit ins Gesicht zu schauen, und ich habe den Eindruck, das ist das, was Sie gerade tun. Ich habe diese intensive, tiefe Erschütterung, die mit wichtigen Momenten im Leben einhergeht, quasi körperlich gespürt. Sie sind dicht dran, Pierre-Marie. Bestimmt sind Sie heute Morgen etwas angeschlagen, sind von Übelkeit geplagt aufgewacht, als hätten Sie einen Kater, und haben sich riesige Vorwürfe gemacht (allmählich kenne ich Sie!), dass Sie mir diese Mail geschickt haben, ohne sie vorher noch einmal durchzulesen. Bestimmt haben Sie es bereut, dass Sie sich zu diesem Geständnis haben hinreißen lassen, aber ich bitte Sie inständig, bereuen Sie nichts.

Sie haben mir von diesen fiebrigen Nächten erzählt, in

denen Sie aufstehen, weil Sie plötzlich davon überzeugt sind, der Schlüssel zu dem Geheimnis befinde sich in den Tiefen eines Waschkessels oder zwischen den Seiten eines Buchs: Hören Sie auf zu suchen. Ich glaube, Sie sind schon fündig geworden. Häufig verstecken sich kryptische Botschaften nicht in alten Waschkesseln, sondern in unserem Herzen. Uns fehlt nur der Code zur Entschlüsselung, und Sie haben diesen Code womöglich gefunden.

Was soll ich noch sagen, Pierre-Marie? Ich habe nie behauptet, aus der Ferne die Wahrheit zu erkennen. Die »Tricks« der Wahrsager am Telefon treiben mich auf die Palme. Um jemanden zu verstehen, muss man ihn vor sich sehen, mit ihm in Kontakt treten, in eine Beziehung. Ich kann in Sachen Vera daher überhaupt nichts sagen. Sie sind derjenige, der sie kennt.

Wenn Sie plötzlich erkannt haben, dass Vera Sie betrogen hat, dann ist das vermutlich ganz einfach die sehr unangenehme Wahrheit.

Ja, dazu sind Frauen fähig. Genau wie Männer, überrascht Sie das? Um das zu wissen, braucht man kein Hellseher zu sein, man braucht sich bloß umzuschauen. Machen Sie den Test, Pierre-Marie: Wie viele Paare in Ihrem Bekanntenkreis haben erlebt, dass einer von ihnen fremdging? Allein hier in der Gegend kenne ich eine ganze Menge! Ich habe sogar eine Freundin, deren drei Kinder nicht vom selben Vater stammen: Sie ist immer noch mit demselben Mann verheiratet, aber die zwei Jüngsten sind von ihrem Geliebten. Ihr Mann tut so, als wüsste er von nichts. Er hat alle drei anerkannt, zieht sie mit derselben Zuverlässigkeit groß, versorgt sie, bietet ihnen ein Heim. Und der Geliebte, tja, ich glaube, er ist erleichtert, dass er die Verantwortung für seine zwei Sprösslinge nicht übernehmen muss, und alle scheinen sich mit der Situation arrangiert zu haben.

Ich gebe die Frage, die Sie mir zu meinem Vater und »seiner spanischen Geliebten« gestellt haben, an Sie zurück: Wäre es Ihnen lieber gewesen, Vera wäre bei Ihnen geblieben mit ihrer Lüge? Hätten Sie bei ihren Seitensprüngen, ihren »Fortbildungen am Wochenende«, ihren »Abenden mit Freundinnen« die Augen zugemacht? Wie auch immer, sie hat dieses Doppelleben offensichtlich nicht länger ertragen.

Ich weiß nicht, was in diesen Fällen als mutig gilt. Alles gestehen? Schweigen? Bleiben? Gehen? Darüber zu urteilen maße ich mir nicht an.

Das Einzige, was mir heute etwas bedeutet, sind Sie: Pierre-Marie Sotto, Schriftsteller außer Betrieb, unglücklicher Mensch, betrogener und verlassener Ehemann.

Pierre-Marie Sotto, LEBENDIG, witzig, originell, Fan von Cervantes und von weiblichen Hintern, schüchterner Teenager und dennoch Oberhaupt einer lebhaften, polyglotten Sippe, ein Reisender, versonnen, einsam und großer Kritiker jeglicher Auslassungszeichen, fitter Sechzigjähriger und Besitzer eines leeren Pools, zurückhaltend beim Singen, Tanzen und auf der Bühne, aber mutig, wenn er für seine Adeline den Sexcoach gibt! Genau dieser Pierre-Marie, ein Ausbund an Widersprüchen, Schwächen, Ängsten, Talent, Humor und Menschlichkeit, interessiert mich! Ihn will ich hören. Aber um das Wort zu ergreifen, muss er sich vermutlich von dem anderen Pierre-Marie befreien: dem, der wegen Veras Verschwinden wie gelähmt ist. Sie haben zugegeben, manchmal wütend auf sie zu sein. Ich habe mehrmals gefragt, was Sie mit dieser Wut machen, aber Sie haben mir nie wirklich geantwortet. Ich komme noch einmal darauf zurück, weil ich den Eindruck habe, Sie sind von dieser unterdrückten Wut blockiert. Wenn es Ihnen nicht möglich ist, sie hinauszuschreien, zu singen oder zu tanzen, schreiben Sie sie auf, Pierre-Marie. Schreiben Sie gemeine Wörter auf. Schimpfwörter. Brutale Wörter. Und dann: Zerknüllen Sie das Papier, verbrennen Sie es oder schneiden Sie es in kleine Schnipsel. Und fangen Sie noch einmal von vorne an. Das würde ich Ihnen sagen, wenn Sie die Tür zu meiner Praxis aufstoßen würden.

Ich schicke diese Zeilen ebenfalls gleich ab, ohne sie noch einmal durchzulesen. Sollten meine Liebesspielchen Sie amüsieren, erzähle ich Ihnen später davon. Heute liegt das Hauptaugenmerk woanders.

Seien Sie ganz lieb gegrüßt!

Adeline Parmelan, Beraterin

PS: Sagen Sie der anderen Nordfranzösin, der Platz sei schon besetzt. Wenn Sie von ihr genervt sind, geben Sie mir ihre Adresse, ich kläre das mit ihr. Ist doch wahr!
PPS: Ich sitze an Ihrem Horoskop. Faszinierend!

Von: Lisbeth P. Destivel
An: Pierre-Marie Sotto *30. März 2013*

Guten Tag, Pierre-Marie,
haben Sie zunächst einmal vielen Dank für Ihre rasche Antwort.

Doch ich will ehrlich sein, ich bin einerseits froh und andererseits enttäuscht, obwohl ich im Grunde nichts anderes erwartet hatte.

Froh, dass Sie mir die Erlaubnis für das Stück erteilen: Keine Bange, es handelt sich um drei oder vier Aufführungen ohne Ticketverkauf.

Aber auch enttäuscht, ganz klar!

Trotzdem verstehe ich sehr gut, dass Sie nicht die Zeit haben, uns zu besuchen: Ich nehme an, wenn Sie mitten im Schreibprozess stecken, dass nichts anderes mehr für Sie zählt, und das ist auch ganz normal. Ich kann es kaum erwarten, diesen im Entstehen begriffenen Roman zu lesen! Dürfte ich fragen, worum es darin geht und wann er erscheinen wird? (Das wäre ein Trostpreis für mich.) Geht er eher in die Richtung von *Schloss im Nebel* (Ihre Traumperiode) oder in die von *Eine Frau an ihrem Fenster*? Oh, ich flehe Sie an, geben Sie mir ein paar Hinweise, ich verspreche Ihnen, niemandem ein Sterbenswörtchen davon zu verraten!

Und schließlich bin ich auch enttäuscht darüber, dass Sie meine Fassung nicht lesen wollen. Ich nehme an, dass derlei Bitten sehr oft an Sie herangetragen werden, aber ich hatte gedacht, Sie könnten vielleicht … angesichts unserer Begegnung und gemeinsamer Freunde …?

Apropos Gemeinsamkeiten, wissen Sie, dass wir noch mehr Dinge gemein haben? Angefangen davon, dass ich wie Sie am 5. Mai geboren bin! Ohne an die Astrologie und ihre albernen Behauptungen zu glauben, denke ich doch, dass Sie und ich ein hedonistisches und genießerisches Naturell haben, was typisch für Stiere ist, oder irre ich mich? Eine weitere Gemeinsamkeit: Wenn ich mich nicht täusche, leben Sie allein, genau wie ich.

Und noch eine: die Region Drôme! Stellen Sie sich vor, mein alter Vater wohnt nicht weit von Ihnen auf einem kleinen Hof, auf dem er vor 89 Jahren zur Welt gekommen ist. (Ich selbst habe die Grundschule in Crest besucht, bevor ich in Montélimar aufs Gymnasium kam.) Und wie es der Zufall will, werde ich ihn demnächst besuchen! Das genaue Datum steht noch nicht fest, aber finden Sie nicht, es wäre eine schöne Gelegenheit, einmal zusammen zu Mittag zu essen oder einen Kaffee zu trinken? Ich werde vermutlich mit dem Auto anreisen und könnte ohne weiteres zu Ihnen kommen. Und ich werde Sie nicht mit *Die Wiederkehr des Tiers* belästigen, versprochen. Sagen wir einfach, ich fände es sehr schön, Sie wiederzusehen.

Was halten Sie davon?

Herzlichen Gruß

Ihre begeisterte Lisbeth

Von: Pierre-Marie
An: Adeline *30. März 2013*

Liebe Beraterin,
ja, ich habe mir Vorwürfe gemacht, die gestrige Mail verschickt zu haben; ja, ich bin tatsächlich mit einem gehörigen Kater aufgewacht; ja, ich habe ganz bestimmt die Wahrheit herausgefunden; ja, Ihre Ratschläge sind gut: Ich muss alles herauslassen, hinausschreien, auskotzen.

Sie sind ganz offensichtlich sehr gescheit. Sollten Sie jemals wieder Ihre Praxis öffnen, müssen Sie ein neues Schild aufhängen, auf dem steht: *Adeline Parmelan, Expertin in Lebens-*

fragen, oder auch: *Adeline Parmelan, Ausnahme-Beraterin*, irgendwas jedenfalls, das Ihren Klienten zeigt, dass Sie es nicht mit irgendwem zu tun haben. Andere an Ihrer Stelle hätten versucht, mich davon zu überzeugen, dass ich auf dem Holzweg bin, hätten mich gefragt, ob ich für Veras Untreue Anhaltspunkte oder gar Beweise hätte. Danke, dass Sie darauf verzichten und lieber an die naheliegende schmerzhafte und schreckliche Wahrheit glauben: Vera hatte einen anderen.

Habe ich Ihnen schon erzählt, wie ich mich seit jeher als Alchemist betätige, aus meinem Unglück die Kraft zum Schreiben ziehe, mein Leid in Literatur verwandle und es so abmildere? Veras Verschwinden hat diesen Prozess allerdings niemals durchlaufen. Dieses Ereignis hat sich allem widersetzt. Es ist Schmerz pur geblieben, wie Tiere ihn möglicherweise empfinden. Es hätte mir zu denken geben sollen, dass ich diese Bleikugel nicht in Gold zu verwandeln vermag. Heute weiß ich, warum. Er hat keinen Namen, mein Schmerz. Und um das Böse zu heilen, muss man es benennen, oder?

Heute Morgen bin ich also, wie Sie sagen, mit einem saftigen Kater aufgewacht, ohne dass ich auch nur einen Tropfen Schnaps angerührt hätte. Nicht einmal dieser Trost ist mir vergönnt. Seltsam, aber seit gestern denke ich, dass Vera bestimmt *irgendwo in Venezuela* ist. In meiner Vorstellung muss es sich nicht einmal um das echte Venezuela handeln, mit der Hauptstadt Caracas, sondern um ein fernes Land irgendwo zwischen Realität und Fiktion, ein Land, in dem man verschwinden kann, ohne Spuren zu hinterlassen. Dort sehe ich sie vor mir mit besagtem Mann. Nein, ich sehe gar nichts vor mir.

Adeline, ich habe nicht die Absicht, aus meiner verbockten

Geschichte den Kern unserer Korrespondenz zu machen. Das will ich uns nicht antun. Das wäre ärgerlich und quatschig (gibt es dieses Wort?). Beim Schreiben von Romanen habe ich mich oft beschimpft (Verwendung der Vergangenheitsform): Stopp! Nicht noch mehr Psychologie! Nicht noch mehr Dramen! Etwas mehr Leichtigkeit, Junge! Bring mehr Leben rein! Und ich musste an meine Kinder denken, die jedes Mal, wenn ich nach mehrtägiger Abwesenheit zurückkam, mit ihren kleinen Fäusten rhythmisch auf den Tisch hauten und was Lus-ti-ges! was Lus-ti-ges! von mir verlangten. Sie wollten keinen pädagogischen Bericht über meine Lesereise nach Moskau oder Bordeaux, sie wollten hören, wie mein russischer Dolmetscher während der Konferenz ein Komma aus Zahnpasta auf der Wange hatte, wie ich es ihm ins Ohr geflüstert habe und er mit Grabesstimme *spaciba* geantwortet hat, bevor er ein Taschentuch herausnahm, es mit der Zunge befeuchtete und die Wange damit abwischte. Das wollten sie hören. Und die Leser sind genauso. Erklärungen langweilen sie schnell. Sie wollen etwas Pikantes (au ja, bitte erzählen Sie mir von Ihren Liebesspielchen, Adeline, und bringen Sie mich damit zum Lachen, das wäre das schönste Geschenk, das Sie mir zurzeit machen könnten).

Was kann ich Ihnen im Gegenzug bieten?

Genau, machen wir Jagd auf unsere Küken.

Meine traurige Tochter? Ja, sie ist traurig, aber weniger darüber, dass sie ihren Dr. Dr. verlässt, der uns immerhin fast zehn Jahre lang die Stimmung bei Familienessen versaut hat mit seinen abgehobenen volkswirtschaftlichen Vorträgen. Sie ist traurig zu sehen, wie sie ihre Zeit vergeudet hat, so lange in ihrem Unglück ausgeharrt hat, dass sie sich diese Niederlage nun eingestehen muss. Aber sie wird darüber hinwegkommen, meine Ève.

Mein Heizkessel? Repariert.

Meine Schulbibliothekarin? Wohlgeformt.

Meine Meise? K. o.

Und das Lustigste zum Schluss: die andere Nordfranzösin. Ich war mir sicher gewesen, sie durch meine eher unterkühlte Antwort zehn Meter zurückgeschickt zu haben (Rugbyslang), Fehlanzeige! Sie ist hartnäckig. Stellen Sie sich vor, sie kann es kaum erwarten, *meinen im Entstehen begriffenen Roman zu lesen*. Ich merke, dass ich Gefahr laufe, mich in meiner Lüge zu verheddern. Sie spricht von meinem *Schloss im Nebel* und fügt hinzu, es sei in meiner *Traumperiode* entstanden! In der bin ich immer noch, nur dass sich die Art meiner Träume geändert hat: Ich träume jetzt davon, dass sie mich loslässt! Und das Schlimmste: Sie ist am selben Tag geboren wie ich, am 5. Mai, so was denkt man sich nicht aus! Sie erkennt darin ein deutliches Zeichen für unsere Verbundenheit. Sie verweist auf unser beider *hedonistisches und genießerisches Naturell, typisch für den Stier*. Das ist zu schön. Wäre Vera hier, würde ich ihr die Mail dieser Frau zeigen, und sie würde mit rollenden Rs kommentieren: *Die hat aber-r Feuer-r im Hinter-rn, meine Fr-resse, die br-raucht eine Abr-reibung mit kaltem Wasser-r!* Aber das Allerschlimmste habe ich mir bis zum Ende aufgespart: Nachdem ich ihr mitgeteilt hatte, dass ich nicht die Absicht hätte, nach Le Mans zu fahren, kommt sie jetzt hierher! Ihr alter Herr ist allem Anschein nach mein Nachbar! Verstehen Sie: Sie wird in ihr kleines Auto steigen und mich besuchen kommen!

Jetzt muss ich ihr wohl antworten. Ich setze mich gleich daran.

Bevor ich's vergesse, tausend Dank, liebe Beraterin. Was bin ich Ihnen schuldig?

Pierre-Marie

Von: Pierre-Marie Sotto
An: Lisbeth P. Destivel *30. März 2013*

Liebe Lisbeth P. Destivel,
hiermit möchte ich mich für meine letzte Nachricht bei Ihnen entschuldigen. Beim erneuten Durchlesen habe ich festgestellt, wie unpersönlich ich war, obwohl wir vor fast dreizehn Jahren auf der Terrasse in Bandol einen unvergesslichen Abend miteinander erlebt haben.

Zu meiner Entlastung sei hinzugefügt, dass ich in der Tat sehr mit meinem neuen Roman beschäftigt bin (nein, ich kann den Inhalt noch nicht preisgeben, er hat sich noch nicht genug »festgesetzt«, ich rede wie eine schwangere Frau, die ein paar Monate wartet, bevor sie die gute Nachricht verkündet).

Ja, schicken Sie mir sehr gerne Ihre Theaterfassung. Es wäre mir eine Freude, einen Blick darauf zu werfen, und ich werde Ihnen meinen Eindruck schildern.

Schön, dass Sie *Eine Frau an ihrem Fenster* mögen. Ich selbst hänge sehr an diesem Roman.

Die Wiederkehr des Tiers hingegen hat es schon mehrmals auf die Bühne geschafft, überwiegend in der Inszenierung von Profis (Chéreau hat bereits mit dem Gedanken gespielt, ihn dann aber verworfen), und ich bin mir sicher, Ihre Inszenierung wird in dieser Flora einen wunderbaren Platz einnehmen.

Sie kommen also in unsere schöne Gegend? Es wäre in der Tat bedauerlich, die Gelegenheit ungenutzt verstreichen zu lassen. Geben Sie mir Ihre Daten durch, sobald Sie sie wissen, und wir organisieren ein kleines Treffen in der Nähe.

Herzliche Grüße

Pierre-Marie Sotto

Von: Pierre-Marie

An: Adeline *1. April 2013*

Liebe Adeline,

heute eine kurze Nachricht (ausnahmsweise), um Ihnen einen vierten Grund zu nennen, weshalb das Leben schön sein kann.

Gestern, am Ostersonntag, Familienfeier bei meinem ältesten Sohn Nicolas, dem mit *Metamorphose* (meiner ersten Frau). Er ist 36 und hat vier Kinder. Es ist das erste Mal, dass eine Feier nicht bei mir stattfindet. (Ich bringe es schon nicht mehr über mich, *bei uns* zu sagen.) Große Treffen haben immer hier stattgefunden, in meinem Haus. Möglicherweise wohne ich gerade einer zunehmenden Verlagerung des Gravitätszentrums unserer Sippe bei? Aber das ist hier nicht das Thema.

Alle waren da, das heißt zwanzig Personen, weil auch zwei von Veras Kindern gekommen waren. Nur Gloria hat gefehlt (von ihr muss ich Ihnen noch erzählen). Und natürlich, der *Dr. Dr.*, den kein Mensch vermisst und den wir wohl so bald nicht mehr wiedersehen werden. Folglich war die Stimmung entspannt. Nach dem Kaffee lege ich mich im Wohnzimmer aufs Sofa, von wo aus ich vor mich hin dösend das leise Gemurmel der Meinen mitkriege, die am Tisch sitzen geblieben sind, ihr Gelächter, ihre vertrauten Stimmen. Die Stimmen der Frauen und der Mädchen, lebhaft und fröhlich, sogar Èves Stimme, die Stimmen ihrer Ehemänner und Partner (ich spreche nicht von *Schwiegersöhnen*, ein schreckliches Wort!), die miteinander wetteifern, jeder will der Witzigste sein. Sie necken sich gegenseitig, fallen sich ins Wort, erheben die Stimme, senken sie wieder. Das alles hüllt mich ein und wiegt mich in den Schlaf. Ich lache über ihr Lachen. Aus dem Garten dringen die Schreie der spielenden Kinder zu uns. Ich schlafe ein. Ich bin in Sicherheit. Ich fühle mich gut.

Sie halten mich sicher für sehr egoistisch, weil Sie das alles nicht kennen. Es sieht ja so aus, als hätten Sie keine Familie an Ihrer Seite, Brüder oder Schwestern, Neffen oder Nichten, und als seien Ihnen Familienfeiern fremd, oder aber Sie haben sie bisher gut vor mir verborgen. Sollten Sie es so empfinden, bitte ich um Verzeihung für meine Taktlosigkeit, sagen wir einfach, ich wollte Sie nur hinsichtlich meiner Person beruhigen. Natürlich kenne ich Momente der Einsamkeit, aber ich bin nicht allein.

Okay, ich will versuchen, einen vierten Grund zu finden, der belastbarer ist.

Bis bald. Ich freue mich auf Ihre nächste Mail.

Pierre-Marie

PS: Sind Sie bei den Nachforschungen zu Ihrer Mutter, Ihrem feuchten Haus und den Vorfällen vor 54 Jahren vorangekommen? Und Ihre astrologische Abhandlung?

Von: Lisbeth P. Destivel
An: Pierre-Marie Sotto *1. April 2013*

Lieber Pierre-Marie,
oh, ich bin so glücklich, heute Morgen Ihre Mail zu lesen! Ich kann im Umgang mit Menschen bisweilen recht ungeschickt sein, das liegt an meiner vorpreschenden Art, die nicht immer gut ankommt. Aber ich sehe, dass Sie nicht zu jenen Autoren gehören, die flüchten und sich in ihrem Elfenbeinturm verschanzen, sobald sich der Erfolg eingestellt hat. Ich wusste ja: Sie sind ein feiner Mensch!

Ich schlage Ihnen nun Folgendes vor: Sobald ich die Adaption beendet habe (was nicht mehr lange dauern wird), informiere ich meinen Vater darüber, dass ich ihn besuchen komme. Ich will ein paar Tage bei ihm bleiben, sodass wir ganz sicher Zeit für ein Treffen finden werden. Ich bringe das Manuskript einfach mit, und wir können uns die Zeit nehmen, es gemeinsam laut zu lesen. Was sagen Sie dazu? So schlagen wir zwei Fliegen mit einer Klappe. Sie geben mir spontan Ihre Einschätzung, und ich kann sie gleich einarbeiten, das ist für uns beide angenehmer, oder?

Ich hoffe, mein Vorschlag findet Ihre Zustimmung. Ich freue mich auf die bevorstehende Zusammenarbeit mit einem Autor Ihres Kalibers, und, glauben Sie mir, ich weiß die Ehre, die Sie mir erweisen, sehr zu schätzen! Ich will Josy sogleich noch eine Nachricht schicken, um ihr für ihre Vermittlungsdienste zu danken!

In Erwartung unseres Wiedersehens wünsche ich Ihnen weiterhin gutes »Schwangergehen« mit Ihrem Roman. Ich muss zugeben, dass mich dieser Vergleich besonders berührt hat, wo ich selbst niemals Kinder bekommen habe, sondern drei Fehlgeburten hinnehmen musste. Tut mir leid, dass das jetzt so unvermittelt kommt, doch angesichts der Sensibilität, die Sie in *Eine Frau an ihrem Fenster* erkennen lassen, weiß ich, dass Sie mich verstehen werden.

Bis ganz bald

Ihre sehr ergebene Lisbeth

Von: Pierre-Marie

An: Adeline *2. April 2013*

Liebe Adeline,

ich flehe Sie an, könnten Sie mir bitte umgehend ein robustes Seil (ich bringe einiges auf die Waage), gern auch einen Gasherd, Arsen in ausreichender Menge oder ein dickes Kissen zukommen lassen, mit dem ich mich selbst ersticken kann?

Sie ahnen es bereits: Die andere Nordfranzösin hat zugeschlagen! Sie will kommen. Sie ist schon auf dem Weg. Sie ist da! Fast zumindest. Sobald sie *Die Wiederkehr des Tiers* verstümm… pardon, adaptiert hat, düst sie los, um mich zu besuchen und, halten Sie sich fest, ihre Arbeit gemeinsam mit mir *laut zu lesen*! Nichts wird sie mehr aufhalten, das spüre ich ganz deutlich. Ich glaube, ich bin an eine Hysterikerin allererster Güte geraten. Das hätte ich mir nach Bandol denken können. Ich bin verloren.

Wenn ich mich darauf einlasse, kann alles passieren. Ich kann mir vorstellen, dass sie mitten beim Lesen einen Lachkrampf bekommt, anfängt zu heulen oder mich sexuell drangsaliert.

Ich weiß sogar schon, dass sie drei Fehlgeburten hinter sich hat. Adeline, halten Sie es für möglich, dass ein Embryo in einer Art Vorahnung dessen, was ihn bei seiner Mutter erwartet, imstande ist, für sich zu entscheiden, dass er den Weg nicht bis zu Ende gehen will?

Ich sehe keine Möglichkeit, dieser Heimsuchung zu entkommen. Daher werde ich zunächst die Strategie des Schweigens wählen. Und ihr nicht antworten. Ich schließe die Fensterläden, ziehe die Vorhänge zu, lösche alle Lichter, verkrieche mich in eine Ecke und rühre mich nicht mehr. Wir werden sehen, was dann passiert.

Wenn Sie einen besseren Vorschlag haben, liebe Beraterin, bin ich ein dankbarer Abnehmer.

Lieben Gruß

Pierre-Marie (der jetzt besser verstehen kann, wie einem Gnu zumute ist, das vor einem Raubtier steht)

Von: Adeline
An: Pierre-Marie *3. April 2013*

Mein lieber Pierre-Marie,
vielen, vielen Dank für Ihre Mails! Mein Hühnerhof quillt über vor verlorengegangenen Küken, die nach einem Gnadenbrot verlangen, ich weiß nicht, wo anfangen.

Ich habe gerade das sonderbarste Osterwochenende meines Lebens hinter mir, ich traue mich kaum, Ihnen von meinen Abenteuern zu berichten, aus Angst, Sie könnten mir nicht glauben.

Vorausschicken will ich zunächst, dass für mich, die ich

praktisch keine Familie habe (außer meinem Bruder, wie Sie gleich sehen werden), diese Momente obligatorischer Zusammenkünfte und traditioneller Familienfeiern etwas Fürchterliches sind, weshalb ich immer dafür sorge, gut beschäftigt zu sein.

Mein Programm hat am Freitagabend mit Babysitten begonnen, bei jener Freundin, deren drei Kinder nicht vom selben Vater stammen. Da sich der offizielle Ehemann in der Pfarrgemeinde engagiert, hatte er das Privileg, in den Vatikan eingeladen zu sein, um Ostern mit dem neuen Papst Franziskus zu feiern. Ein wahrer Segen, denn während er sich auf dem Petersplatz zum Beten anschickte, wollte seine Frau in den siebten Himmel aufsteigen, den sie allerdings in den Armen ihres Liebhabers zu erklimmen gedachte. Daher mein Einsatz bei Marie-Neige (7 Jahre alt), Luc (5) und Adélaïde (3), ich kenne da keine moralischen Bedenken.

Kaum ist ihre Mutter entflogen, beschließe ich, trotz der mir selbstauferlegten Diät einen riesigen Stapel Crêpes zu backen, um bei den Kindern gar nicht erst Sehnsucht nach der Mutter aufkommen zu lassen (Crêpes sind eines meiner Rezepte gegen Depressionen). Die Kinder bekleckern sich von oben bis unten, zanken ein wenig, genießen das Essen, und um 21 Uhr 30 kehrt Ruhe ein. Ich will gerade den Computer einschalten, um Ihnen zu schreiben, da kommt die kleine Adélaïde herunter. In Tränen aufgelöst und überall mit Erbrochenem verschmiert. Da beginnt der Albtraum. Ich erspare Ihnen die Details, es soll genügen, wenn ich Ihnen sage, dass ich bis mitten in der Nacht mit Abwischen, Abduschen, Haarewaschen, Putzen und Bewachen der drei kleinen Kranken am Bett beschäftigt war.

Natürlich hatte ihre Mutter das Handy ausgeschaltet, war kein Arzt an diesem Osterwochenende greifbar. Am nächsten Morgen beschließe ich beunruhigt, mit ihnen in die Notaufnahme zu fahren, und bete, dass keins von ihnen in meinem Auto spuckt. Nach einer Wartezeit von gut einer Stunde untersucht sie der Assistenzarzt, vermutet eine Nahrungsmittelvergiftung und behält sie zur Beobachtung da.

Sechzehn Uhr, siebzehn Uhr … Das Handy meiner Freundin bleibt ausgeschaltet. Ich stelle mich bereits darauf ein, das Osterkonzert abschreiben zu müssen, das mein Chor am Abend in der Kirche von Mouron geben soll, als sie endlich mit ihrem Liebhaber im Schlepptau auftaucht. Und wissen Sie was? Sie pampt mich an, weil ich nicht auf das Verfallsdatum der Eier in ihrem Kühlschrank geachtet habe.

Ich war nicht nur mit meinen Kräften am Ende, zu spät dran für die Generalprobe, sondern auch schuld, weil ich ihren Kindern eine Freude machen wollte: Ich konnte nicht mehr.

Trotzdem schaffte ich es mit Verspätung noch zu meiner Generalprobe, aber ganz ehrlich, ich wäre während des Konzerts besser hinter der Bühne geblieben. Falsche Töne, falsche Einsätze, ich war so durch den Wind, dass ich erst in der Mitte von *Veni, Creator Spiritus* anfing, mich richtig zu entspannen.

Entsprechend bin ich, als unser Dirigent uns anschließend zu sich nach Hause einlud, bereitwillig mitgegangen, habe meine Diät kurzfristig unterbrochen, mich bis um zwei Uhr morgens an die Wurstplatte und die Appetithäppchen gehalten und das Ganze reichlich mit einem Chinon begossen. Doch das war keine gute Idee, denn auf dem Rückweg bin ich mit meiner Klapperkiste ND in eine Polizeikontrolle geraten.

Lieber Pierre-Marie, ich wünsche es Ihnen nicht, jemals eine Nacht in der Ausnüchterungszelle verbringen zu müssen. Ich habe stundenlang geheult und vor Erniedrigung mit den Zähnen geklappert.

Bei meiner Entlassung haben sie mir den Führerschein weggenommen. Da das Kommissariat fünfzehn Kilometer von meinem Haus entfernt liegt, hatte ich angenommen, ich dürfte wenigstens mein Auto nach Hause fahren, aber weit gefehlt. Ich musste jemanden anrufen. An einem Ostersonntag, um die Mittagszeit! Ich habe eine halbe Stunde draußen in der Kälte gestanden, total groggy, und verzweifelt überlegt, wen ich anrufen könnte. Wen könnte ich um einen solchen Gefallen bitten? Romain? Das wäre der reinste Selbstmord! Ich hatte eine mächtige Fahne. Wenn ich die Hoffnung auf weitere Liebesspielchen nicht aufgeben wollte, konnte ich das vergessen. Meine Freundin, bei der ich gerade zum Babysitten war? Nach der Szene im Krankenhaus ist die Antwort ganz klar: nein. Ich bin mein ganzes Telefonverzeichnis durchgegangen, und in dem Moment kam mir eine ganz und gar unglaubliche Erkenntnis: Hätte ich Ihre Telefonnummer gehabt, Pierre-Marie, ich hätte Sie um Hilfe gebeten. Ja, Sie. Niemanden sonst.

Aber ich hatte Ihre Nummer nicht, weshalb ich mich dazu durchgerungen habe … (an dieser Stelle erlaube ich mir drei Pünktchen), mein Bruderherz Cédric anzurufen.

Zum Glück war er an dem Tag nicht so derangiert, dass die Polizisten ihm untersagt hätten, mich nach Hause zu bringen. Auf der ganzen Fahrt hat er pausenlos wiederholt: »Scheiße, Mann, meine Schwester im Kittchen, Scheiße, Mann, Mamas Liebling im Knast!« Er konnte sich überhaupt nicht mehr einkriegen. Ich träumte davon, dass er mich zu Hause absetzt und mich dann in Ruhe lässt. Aber wie immer hatte Cédric nichts Besseres zu tun und blieb. Pierre-Marie, Ihnen, der mich in der letzten Mail um ein Seil, einen Herd oder ein Kopfkissen gebeten hat (die Nordfranzösin behalte ich im Hinterkopf), kann ich es jetzt sagen: Hätte ich eine Flinte zur Hand gehabt, ich hätte damit nicht auf mich gezielt.

Cédric hat mich mit abstrusen Geschichten zugetextet, er hat auf dem Sofa lümmelnd seine Joints geraucht und sich über Gott und die Welt beschwert. Am Ende hat er erreicht, was er wollte: Heute Morgen habe ich ihm einen Scheck ausgestellt. Tausend Euro, damit er verschwindet.

Endlich allein, habe ich meinen Computer angemacht.

Als ich sah, dass Sie mir mehrere Nachrichten geschickt hatten, waren sofort zaghafte Ansätze einer Stimmungsaufhellung zu erkennen. Dann habe ich sie gelesen, und schon war die gute Stimmung vollends zurück.

Ich habe mir vorgestellt, wie Sie auf Ihrem Sofa vor sich hin dösen, im sanften Geplätscher der Gespräche, befreit von Ihrem nervtötenden »Schwiegersohn«, dem Dr. Dr., und glücklich wie ein Pascha. Dieses Bild von Ihnen, friedlich und satt, hat mich wieder aufgebaut: Ich akzeptiere Ihren Grund Nummer 4!

Dann habe ich mir noch vorgestellt, wie Sie von dieser nordfranzösischen Xanthippe verfolgt werden, und ich muss zugeben, ich habe mich köstlich amüsiert. Also wirklich, Pierre-Marie, was hat es denn mit dieser Frau auf sich? Beim Lesen könnte man meinen, dass sie Ihnen Angst einjagt. Ist das angemessen, in Ihrem Alter? Los, worauf warten Sie noch, schicken Sie sie ein für alle Mal zum Teufel, oder lassen Sie ihren Besuch über sich ergehen, aber seien Sie nicht kindisch. Den toten Mann zu spielen scheint mir nicht die richtige Lösung zu sein. Ich will Sie noch mal an meinen Vorschlag erinnern: Geben Sie mir ihre Adresse, und ich nehme die Sache in die Hand. (Zuvor werde ich mir noch besagtes Gewehr besorgen, vertrauen Sie mir.)

So, jetzt will ich mich nach diesen vermaledeiten Tagen ein wenig erholen, Ihre Fragen werde ich ganz bald beantworten, versprochen. Bis dahin liebe Grüße. Die Sonne scheint in meinen kleinen Garten, ich trinke einen starken Kaffee, und am Ende hat der Massagehandschuh den Geruch der Ausnüchterungszelle vertrieben: Sie haben recht: Das Leben ist gar nicht so übel.

Adeline

PS: Werden Sie weiterhin, nachdem ich Ihnen gerade von meinem neuesten Desaster berichtet habe, das Schild »Adeline Parmelan, Ausnahme-Beraterin« für mich bereithalten?

Von: Pierre-Marie
An: Adeline *4. April 2013*

Liebe Verkehrssünderin,
ich hatte gehofft, Sie würden mich mit Ihren sexuellen Eskapaden zum Lachen bringen, aber der Programmwechsel hat mich nicht enttäuscht. Ihr verheerendes Wochenende war beste Unterhaltung. Bitte, sagen Sie mir die Wahrheit, haben Sie im schlimmsten Moment (welcher das wohl war? Die heftige Vergiftung mit den verdorbenen Eiern? Der Streit mit

Ihrer Freundin? Die Ausnüchterungszelle? Der Scheck über tausend Euro an Ihren Bruder?), haben Sie im schlimmsten Moment von einem gut versteckten Lappen Ihres Gehirns eine kleine tröstende Stimme vernommen: *Mensch, das wird ein Spaß, wenn ich die ganze Geschichte meinem alten Freund Pierre-Marie Sotto erzähle?*

In Ihrer größten Not hätten Sie also mich angerufen? Ich muss zugeben, dass ich fast in Tränen ausgebrochen bin, als ich diese Zeilen las. Ich werde mit dem Alter immer gefühlsduseliger. Vermutlich auch aufgrund der psychischen Verfassung, in der ich mich seit zweieinhalb Jahren befinde. Ein Lied am Steuer meines Wagens, ein Satz in einem mittelmäßigen Film, eine Zeile in einem Roman, schon ist es um mich geschehen. Ich verstehe meinen Großvater jetzt besser, den das Wort *Damenweg* auf der Stelle aus der Fassung brachte: Dann versagte ihm die Stimme, und er setzte die Brille ab, um sich die Augen zu trocknen. So werde ich auch mal enden, mit dem einzigen Unterschied, dass ich nicht in Verdun gekämpft habe. Bei mir wird ein anderes Wort Auslöser sein, ein anderer Name, und er ist Ihnen wohlbekannt.

Selbstverständlich wäre ich Ihnen zu Hilfe geeilt, Adeline, wenn Sie mich angerufen hätten. Mein kleiner Scherz am Anfang dieser Mail war nicht ernst gemeint. In Wahrheit ist es mir im höchsten Maße unangenehm, Sie unglücklich zu sehen, auch wenn ich Sie noch nie *leibhaftig* gesehen habe. Ja, wirklich, für Sie empfinde ich diese irrationale Regung, die ich für wenige Menschen bereithalte (meine Familie mal außen vor gelassen): Er braucht mich, sie braucht mich, und schon rase ich, ohne darüber nachzudenken, los! Apropos, kennen Sie die Definition für einen Freund? Das ist jemand, den Sie um drei Uhr nachts anrufen können, um ihm zu sagen: Ich glaube, ich habe eine große Dummheit gemacht, kannst du mit einer Plane und einer Schaufel kommen? Und er kommt.

Haben Sie keine Angst, meine Wertschätzung für Sie ist ungebrochen, Sie können Ihr Schild behalten. Vielleicht wäre jedoch eine weitere Ergänzung angezeigt, in unauffälligerer Schrift oder in Klammern: *Adeline Parmelan, Ausnahme-Beraterin (die manchmal zu tief ins Glas schaut)*. Das würde Sie noch menschlicher machen, was meinen Sie?

Was die andere Nordfranzösin angeht, haben Sie recht. Meine Panik hat mich blockiert. Ich werde ihr antworten. Ich weiß noch nicht, was, aber ich werde ihr antworten. Abgesehen davon, wenn Sie ihr wirklich einen Besuch abstatten wollen, nur keine falsche Scheu. Sie wohnt in der Rue Abel-et-Gordon Nr. 7 in Le Mans.

Ich springe von einem Thema zum nächsten: die Auslassungszeichen. Ich akzeptiere sie bereitwillig, wenn sie ein Zögern anzeigen oder die Spannung steigern, zum Beispiel, wenn Sie den Auftritt Ihres … Bruders inszenieren! Dann sind sie eine Art Trommelwirbel und haben ihre Daseinsberechtigung. Ich hasse sie aber, wenn ihnen nichts folgt, wenn sie aus Faulheit dastehen oder Inkompetenz verbergen sollen. Okay, ich höre auf zu dozieren. Oh, oh, Professor Sotto, ist Ihnen eigentlich aufgefallen, dass Ihnen kein Mensch mehr zuhört?

Pierre-Marie

PS: Nein, ich kann nicht schließen, ohne kurz anzusprechen, was mir gerade auf der Seele liegt. Keine Frage, Ihre lange

Mail hat mich begeistert, amüsiert, berührt, aber … (drei Pünktchen für ein Zögern) ich hatte etwas anderes erwartet. Ein andermal.

Von: Pierre-Marie
An: Josy *4. April 2013*

Liebe Josy,
am späten Nachmittag habe ich Max auf seinem Handy erreicht. Er kam mir etwas verlangsamt vor, wahrscheinlich aufgrund der Medikamente, und auch etwas niedergeschlagen. Wir haben uns eine gute halbe Stunde unterhalten, am Ende hat er mir sogar einen Witz erzählt. Als er loslegte mit den Worten: *Kennst du den vom Onkel Doktor …*, war mir klar, dass unser guter Max auf dem Weg der Besserung ist. Den Witz habe ich nicht kapiert, aber ich habe über ihn gelacht, und dann ist mir aufgefallen, dass ich Tränen in den Augen hatte. Ich glaube, ich werde mit dem Alter immer gefühlsduseliger. Ich verstehe meinen Großvater jetzt besser, den das Wort *Damenweg* auf der Stelle aus der Fassung brachte: Dann versagte ihm die Stimme, und er setzte die Brille ab, um sich die Augen zu trocknen. So werde ich auch mal enden, Josy, mit dem einzigen Unterschied, dass ich nicht in Verdun gekämpft habe.

Ich habe eine Mail von deiner Freundin Lisbeth erhalten. Was für eine Frau! Ich habe ihr gesagt, dass ich nicht nach Le Mans kommen kann, jetzt kommt sie zu mir! Ich werde nett zu ihr sein aus Freundschaft zu dir, aber ich muss zugeben, dass ich mich etwas fürchte.

Doch eigentlich schreibe ich dir weder wegen Max noch wegen Lisbeth. Ich schreibe dir wegen der Mail, die ich Max am 15. März geschickt habe und die du (mit seiner Erlaubnis, ich mache dir keine Vorwürfe) gelesen hast. Ich hatte ihn gebeten, etwas für mich zu überprüfen. In deiner Antwort hast du das Thema allerdings ausgeklammert. Darum stelle ich die Frage ganz direkt: Bist du nach Le Cloître gefahren, um nachzusehen, ob besagte Adeline Parmelan in der Impasse Marc-Bloch Nr. 1 wohnt?

Bist du da gewesen? Und wenn ja, was hast du dort gesehen? Wie sieht sie aus? Lebt sie allein? Welches Auto fährt sie? Welches Kennzeichen hat ihr Auto?

Ich habe euch die Hinweise genannt, die ich in ihren Mails entdeckt habe, dieses *warum* anstelle eines *weil*. Ich sehe keine Gespenster, Josy. Ich bin traurig, aber ich bin nicht depressiv. Ich stehe mit beiden Beinen fest auf dem Boden. Ich wundere mich nur über die Faszination, die ich für diese Frau hege, und ich will den Grund dafür erfahren.

Du musst wissen, dass mir das sehr viel bedeutet, und falls ich von euch beiden diesbezüglich keine Auskunft bekomme, werde ich mich am Ende selbst ins Auto setzen, um sie mir zu besorgen. Das hätte ich vielleicht von Anfang an tun sollen. Kannst du mir diese lange Fahrt ersparen?

Lass mich nicht im Stich.

Lieben Gruß

Pierre-Marie

PS: Mach dir um Ève keine Sorgen, sie kann einiges wegstecken.

Von: Josy
An: Pierre-Marie *4. April 2013*

Mein lieber Pierre-Marie,
du und ich, wir kennen uns so gut, dass ich nicht lange fackeln will: Du nervst. Ja, du nervst mit deinen verdammten Hinweisen, du nervst mit Vera und deinen Geschichten, die sich im Kreis drehen.

Soll ich dir was sagen: Wenn diese Frau in dein Leben eindringt und du von ihr fasziniert bist, dann ist das wunderbar! Warum Probleme suchen, wo keine sind? Du hast so viel Angst davor, Veras Schatten loszulassen, dass du gar nicht mehr richtig lebst, das ist meine Meinung dazu.

Du hast Angst zu erfahren, dass diese Adeline Parmelan wahrhaftig existiert, und du fürchtest dich vor Lisbeths Besuch? Das ist nicht mein Bier.

Da ich aber trotz allem deine Freundin bin und eine gutmütige Seele, will ich deiner Bitte nachkommen. Ich werde nach Le Cloître fahren. Ich werde sogar Fotos schießen, dann kannst du dir selbst ein Bild machen! Und mit etwas Glück werde ich mich dieser Adeline vielleicht sogar vorstellen und ihr sagen, warum ich ihr nachspioniere und das Nummernschild ihres Wagens fotografiere. Sie wird sicher begeistert sein zu erfahren, dass du hinter ihrem Rücken Nachforschungen anstellst!

Jetzt weißt du Bescheid!

Josy

PS: Max hat sich über deinen Anruf gefreut.

Von: Adeline
An: Pierre-Marie *4. April 2013*

Pierre-Marie,
das Ende Ihrer Mail macht mich völlig perplex. Ich habe den Eindruck, Sie enttäuscht zu haben, und das ist ein schreckliches Gefühl.

Sie hatten einen Bericht über meinen Abend mit Romain erwartet, das kann ich verstehen, und dafür ist es noch nicht zu spät. Auch wenn ich im Moment keine große Lust dazu habe.

Warum sollte ich Ihnen von meinen Schäferstündchen erzählen, wo Sie doch etwas ganz anderes zu erwarten scheinen? Was erwarten Sie wirklich von mir? Der Gebrauch der Auslassungszeichen nach Ihrem »aber« hat mir buchstäblich den Magen umgedreht. So als würden Sie Ihre wahren Absichten vor mir verbergen. Als wären Sie nicht derjenige, für den Sie sich seit Wochen ausgeben, ein Freund.

Im Grunde ist es meine eigene Schuld. Im Verlauf unseres Mailwechsels habe ich den Ausgangspunkt für die ganze Geschichte vergessen, und genau da liegt der Hund begraben, das wird mir plötzlich klar. Am liebsten würde ich vergessen, wieso wir überhaupt miteinander in Kontakt getreten sind. Würde glauben wollen, dass es keine Rolle spielt, dass die Hauptsache mittlerweile woanders liegt. Jetzt sehe ich, dass dem nicht so ist, und ich werde wieder einen Schritt zurückgehen müssen.

Ich verdächtige Sie, Ihre wahren Absichten vor mir geheim zu halten, dabei bin ich es, die von Anfang an nicht mit offenen Karten gespielt hat.

Es muss sein, Pierre-Marie: Die Zeit ist gekommen, den dicken Briefumschlag zu öffnen, den ich Ihnen geschickt habe.

Es tut mir in der Seele weh, Ihnen das zu schreiben, denn wenn Sie ihn öffnen, werden Sie mich hassen. Ich werde Sie verlieren, und das will ich nicht.

Doch wenn Sie ihn geöffnet haben, den verfluchten Umschlag, will ich nicht, dass Sie alles durcheinanderschmeißen. Auch wenn ich Ihnen wichtige Dinge vorenthalten habe, bin ich immer, wenn ich Ihnen geschrieben habe, vollkommen aufrichtig gewesen. Das sollten Sie mir zugutehalten, ich flehe Sie an.

Nun gut. Die Würfel sind gefallen. Ich bin traurig, aber ich kann mich nur an die eigene Nase fassen.

Unsere virtuelle Begegnung wird für mich eine echte Begegnung gewesen sein, ich meine, echter als andere, die materiell greifbarer sind.

Diese plötzliche Wendung in unserer Korrespondenz lädt mich zu etwas ein, das ich viel zu lange vor mir hergeschoben habe. Ich werde meine Koffer packen, die Tür zu meinem Kloster abschließen, mir ein Taxi rufen (mein Auto ist immer noch auf dem Kommissariat) und mit dem Zug Richtung Süden fahren. Da die Zeit vergeht und ich mir für mein neues Leben eine neue Bleibe suchen muss, warum nicht gleich damit anfangen. Nein, nein, haben Sie keine Angst, ich werde es nicht so machen wie die hysterische Nordfranzösin, die Sie verfolgt: Ich werde nicht in Drôme aufschlagen. Eher in Toulouse. Oder in Biarritz. Am Meer, am Horizont.

Wenn *Sie* unsere Geschichte geschrieben hätten, hätten Sie sich bestimmt ein besseres Ende ausgedacht, da bin ich mir ganz sicher. Ich bitte um Verzeihung, dass ich nicht Ihr Talent besitze.

Liebe Grüße zum vermutlich letzten Mal
Ihre Adeline Parmelan

PS: Vergessen Sie nie, dass Ihre Leser (und Leserinnen) Sie mehr brauchen, als Sie denken.
PPS: Ich werde meinen Laptop einpacken. Und wo immer ich bin, werde ich auf ein Zeichen von Ihnen warten. Werde Ihre Wut über mich ergehen lassen oder schlimmer noch: Ihr Schweigen.

Von: Lisbeth P. Destivel
An: Pierre-Marie Sotto *4. April 2013*

Lieber Pierre-Marie,
obwohl ich noch immer keine Nachricht von Ihnen habe (ich nehme an, dass Sie in einem Berg von Arbeit stecken), erlaube ich mir, Ihnen erneut zu schreiben, um Ihnen zu verkünden, dass es so weit ist, das Datum meiner Ankunft in Drôme steht fest: Ich fahre dieses Wochenende! Ich hatte nicht damit gerechnet, dass es mit meiner Reise so schnell gehen würde, aber unser Austausch hat mir Flügel verliehen, und die Adaption ist abgeschlossen! Im Übrigen hat sich mein alter Vater eine heftige Erkältung zugezogen und braucht jemanden an seiner Seite. Ich werde also am Samstagabend bei ihm eintreffen und mindestens zehn Tage bleiben.

Wie gehen wir jetzt am besten vor? Sollen wir gleich einen Termin vereinbaren, oder ist es Ihnen lieber, wenn ich mich vor Ort melde? Ich gebe Ihnen meine Handynummer, wohl wissend, dass das Funknetz in dem Kaff, in dem mein Vater lebt, sehr instabil ist: 060888518. Im Gegenzug erwarte ich Ihre.

Und noch einmal danke, dass Sie sich auf meinen Vorschlag eingelassen haben!

Bis ganz bald, in großer Vorfreude

Ihre ergebene Lisbeth

Von: Pierre-Marie
An: Josy *4. April 2013*

Josy,
jetzt übertreib mal nicht! Ich verlange ja nicht, dass du eine Bank überfällst oder jemanden umbringst. Oder dass du Fotos machst. Und nicht einmal, dass du mit dieser Adeline Parmelan sprichst. Ich bitte dich nur um eins: Fahr dorthin, schau es dir an und sag mir Bescheid.

Aber wenn du dich darauf einlässt, dann bald, denn der Vogel wird sein Nest in den nächsten Tagen verlassen, dann werden seine Spuren nicht mehr zu finden sein.

Pierre-Marie

PS: Entschuldige bitte, aber ich musste unweigerlich lachen, als ich dein *Du nervst* gelesen habe, ich konnte dich förmlich vor mir sehen. Wie du mit vorgestreckten Händen, Handflächen nach oben, gerunzelter Stirn jedes Wort betonst: Du nervst! Josy, du bist klasse. Nun komm schon, tu mir den Gefallen.

Von: Pierre-Marie Sotto
An: Lisbeth P. Destivel *4. April 2013*

Liebe Lisbeth,
was für eine gute Nachricht! Ihr Vater wird sich sicher freuen, Sie zu sehen. Und ich auch, wie Sie sich denken können. Denn Sie haben recht: So schlagen wir zwei Fliegen mit einer Klappe.

Ich werde Sie Anfang nächster Woche anrufen, Montag oder Dienstag. Ich will Sie nicht gleich nach Ihrer Ankunft überfallen. Ihr Vater geht eindeutig vor!

Bis ganz bald, liebe Lisbeth. Und fahren Sie vorsichtig.

Pierre-Marie

Von: Lisbeth P. Destivel
An: Pierre-Marie Sotto *5. April 2013*

Lieber Pierre-Marie,
Montag ist perfekt! So bleibt mir die Zeit, mich von meiner Reise zu erholen und meinen alten Papa ein wenig zu verwöhnen, bevor ich ganz für Sie da bin. Ich habe den Text meiner Adaption zweimal ausgedruckt, um die gemeinsame Lektüre zu erleichtern. Und wie Sie sehen werden, gibt es ein paar Überraschungen, die auf meinem Mist gewachsen sind! Doch pst, mehr wird nicht verraten.

Ich bin aufgeregt wie ein kleines Mädchen, wenn ich an unser Treffen denke! Als ich meinen »Mädels« gesagt habe, dass ich zu Ihnen fahre, haben sie mir jede Menge Fragen mitgegeben, die ich Ihnen gern vorlegen werde. Ich habe ihnen

Autogrammkarten versprochen, ich hoffe, Sie haben nichts dagegen.

Ich wünsche Ihnen ein wunderschönes Wochenende! Bis Montag am Telefon!

Ihre Lisbeth

Von: Josy
An: Pierre-Marie *5. April 2013*

Pierre-Marie,
das Wichtigste zuerst: Max wird heute Nachmittag aus dem Krankenhaus entlassen und fühlt sich viel besser. Er hat dir bestimmt erzählt, dass die Antibiotika die Infektion in seiner Hüfte erfolgreich bekämpft haben. Diese gute Nachricht wollte ich dir nicht vorenthalten.

Und ja, ja, ja, Pierre-Marie, ich bin nach Le Cloître gefahren. Just heute Morgen. Und Folgendes kann ich dir berichten: Ja, das Haus in der Impasse Marc-Bloch Nr. 1 existiert.

Als ich ankam, war alles verrammelt. Die Fensterläden oben wie unten geschlossen. Vor dem Haus ein Hof und ein kleiner Garten, dahinter ein größerer, soweit ich sehen konnte, als ich mich vor dem Tor auf die Zehenspitzen gestellt habe. Und auf dem Briefkasten stand tatsächlich ein Name, vom Regen leicht verwischt, aber leserlich: Viviane Parmelan.

Der Garten wirkt nicht sehr gepflegt, aber auch nicht verwildert. Ein paar Reihen mit Narzissen unter dem größten Fenster, ein paar Holzschuhe unter dem Vordach, ein aufgerollter Gartenschlauch an der Seite. Es stand kein Auto im Hof. Alles war ruhig, nichts war merkwürdig, nichts verdächtig.

Als ich gerade gehen wollte, kam aus dem Nachbarhaus ein Mann mit Hund. Einem dicken Labrador, einem gelben, du weißt schon, so einem, wie Max und ich ihn mal hatten. Josy, das ist deine Chance, habe ich mir gesagt. Ich habe ihn gegrüßt und zuerst über seinen Labrador gesprochen, damit er Vertrauen fasst. Wir haben ein wenig miteinander geplaudert, aber der Hund hat pausenlos an der Leine gezerrt (klar, der wollte seine Runde drehen!), und der Typ war ständig mit ihm beschäftigt: »Jetzt reicht's, Romain! Bei Fuß, Romain! Ruhig jetzt, Romain!« Es war total lustig, als hätte er ein Kind vor sich.

Kurz und gut, zwischen zwei Tiraden konnte ich anbringen, dass ich deine Tussi suche, diese Adeline Parmelan. Ich habe auf das verschlossene Haus gezeigt, und der Nachbar konnte mir bestätigen, dass er dort sehr wohl schon eine Frau gesehen hat, eine große Brünette, die er beim Ausführen seines Labradors hin und wieder gegrüßt hat. Ihren Namen wusste er nicht: Er selbst war nur im Urlaub hier, seit zwei Wochen.

Ich habe ihn noch gefragt, ob die Frau ein Auto hat, das hat er bejaht. Und hinzugefügt, dass er gesehen hat, wie sie stapelweise Kartons in ihren Kofferraum geladen hat.

Anschließend ist sein Labrador so ausgerastet, dass der Typ sich entschuldigen musste und davongezogen ist.

Das sind die Früchte meiner Arbeit, Pierre-Marie.

Ich muss zugeben, dass es eine eigenartige Erfahrung war. Als würde ich in einem Film mitspielen, verstehst du? Ich habe fast gezittert, als ich in mein Auto gestiegen bin, und wollte dieses Le Cloître so schnell wie möglich verlassen, als hätte ich etwas Unrechtes getan. Bescheuert, oder?

Finde dich damit ab, dass in diesem Haus kein Geist sein Unwesen treibt, es gibt einen sehr LEBENDIGEN Menschen an diesem Ort. Ich weiß nicht, ob das genügt, um deine Zweifel zu beseitigen, aber erwarte bitte nicht von mir, dass ich noch einmal dorthin zurückkehre.

Ich weiß, dass Lisbeth diese Woche zu ihrem Vater fährt und ihr euch bald seht. Ich habe sie gebeten, ganz herzliche Grüße von uns mit ins Gepäck zu nehmen. Ich hoffe, dass ihr die gute Stimmung von Bandol wiederfindet, die bald dreizehn Jahre zurückliegt. Dreizehn Jahre! Die Zeit vergeht so schnell, mein Lieber, ich komme gar nicht mehr mit.

Sag Ève, wenn du sie demnächst siehst, dass wir an sie und ihre Kinder denken. Ich weiß sehr wohl, dass sie stark ist! Und bei dem Vater, den sie hat, ist sie gegen alle Scheidungsprobleme geimpft! Ach ja, Pierre-Marie, du bist und bleibst meine Lieblingsnervensäge!

So, sei ganz lieb gegrüßt. Ich muss vor … der Wiederkehr *meines* Tiers noch etwas putzen – du kennst ja Max und weißt, wie pingelig er ist!

Verlier nicht die Orientierung.

Josy

Von: Oliver Vandeweert
An: Pierre-Marie *5. April 2013*

Hello Pierre-Marie!
Gerade habe ich Dom in der Cafeteria getroffen, und wir haben lange über dich geredet, das ist der Anlass, warum ich dir schreibe.

Tja, mein Lieber, nur weil du dich rarmachst, ist es nicht so, dass im Haus keiner mehr an dich denkt! Und es ist wirklich sehr schade, dass du dich geweigert hast, vor zwei Wochen zu einer Signierstunde zum Salon de Paris zu kommen, du hast ein witziges Abendessen im Véfour mit Catherine und Sébastian verpasst. Sie waren beide in Höchstform, das hätte dir gefallen. Ich sage es noch einmal, auch auf die Gefahr hin, dir auf den Wecker zu fallen: Es ist nicht so, dass du beim Signieren nicht gefragt bist, nur weil dein letztes Buch vier Jahre zurückliegt. Du weißt, dass du ein treues Lesepublikum hast, das sich (was nicht jedem gegeben ist) ständig vergrößert und somit die Verkaufszahlen auf einem konstant hohen Niveau hält. Übrigens wird dir Dom eine Einladung zum Festival von Saint-Malo schicken, wo wir dich sehr gern dabeihätten. Erinnerst du dich noch an unsere Spritztour mit dem Boot? Und an den Journalisten von *La Semaine des livres*, der sich die Eingeweide aus dem Leib gekotzt hat, während wir den Champagner geköpft haben, um auf deinen Preis anzustoßen? Wenn du zusagst, verspreche ich dir einen weiteren Ausflug aufs Meer: von mir aus bis nach Jersey!

Und sonst? Wie sieht's aus? Hast du einen Text in der Mache? Wie ich vorhin schon zu Dom meinte: Mein sechster Sinn als Verleger (dessen legendärer Ruf dir bekannt ist) meldet mir was. Ich glaube, du sitzt pausenlos an der Tastatur und mixt uns eine schöne Überraschung zusammen. Habe ich recht?

Es wird dir sicher guttun zu erfahren, dass die englische Sonderausgabe (du weißt schon, die De-luxe-Version mit dem Schuber, der alle drei Teile enthält) in zwei Monaten erscheinen wird. Sie sieht sehr vielversprechend aus. Der Vertrieb wird dich anrufen, es wäre gut, wenn du einen Abstecher nach London machen könntest.

Lass mal von dir hören, ich bin ganz neugierig darauf zu erfahren, ob Sotto seinen Motor wieder angeschmissen hat.

Herzliche Grüße

Oliver

PS: Ich nutze die Gelegenheit, um dir Grüße von deinem japanischen Übersetzer zu übermitteln, den ich in Porte de Versailles getroffen habe und der ebenfalls enttäuscht war, dich dort nicht zu sehen.

Von: Pierre-Marie
An: Adeline *7. April 2013*

Adeline,
am liebsten würde ich mit Ihnen schimpfen. Sie benehmen sich wie ein Teenie! Es kann doch nicht sein, dass dieser kleine Satz *Ich hatte etwas anderes erwartet* einen solchen Tsunami ausgelöst hat, oder? Denken Sie noch einmal nach! Warten Sie wenigstens, bis Sie Ihr Auto wiederhaben! Seien Sie vernünftig, mein Gott! Wo wollen Sie denn hin? Wissen Sie, dass manche Menschen nach so einem Schlag auf der Straße landen?

Tun Sie nicht so, als wüssten Sie nicht, was ich von Ihnen erwartet habe. Ich hatte gedacht, Sie könnten eine Bresche schlagen in die Stille, die mich seit zweieinhalb Jahren umgibt, Sie könnten mir auf die Spur helfen. Aber ich habe Sie womöglich überschätzt, und jetzt sind Sie unglücklich, weil Sie mich enttäuscht haben. Ich verstehe dieses *schreckliche Gefühl*, und es tut mir leid, dass ich der Auslöser dafür bin.

An diesem Punkt sind wir jetzt jedenfalls angekommen. Ich hätte nicht gedacht, dass es so schnell gehen wird, ich meine, dass wir das Ende der Unschuld erreichen.

Aber Sie haben recht: Egal, was künftig passiert, wir sollten die wenigen Wochen, in denen wir uns geschrieben haben, nicht missen wollen. Ich hatte große Freude daran, und mehr noch, lachen Sie jetzt nicht: ein Gefühl, das dem von Liebe ähnelt. Sie wissen schon: Ihr Leben geht seinen Gang, Sie befinden sich in einem körperlichen und emotionalen Dämmerzustand, und plötzlich taucht jemand auf und bringt Ihnen die Revolution. Sie sind von nun an die Ungeduld selbst: Ich werde sie wiedersehen, sie wird mich anrufen, sie wird mir schreiben. Das belegt einen komplett mit Beschlag. Und da der andere einen ebenfalls liebt, befindet man sich in diesem Fieber, dieser Party. Das habe ich fünfmal erlebt. Ich habe fünfmal Feuer gefangen. Beim ersten Mal war ich fünfzehn und überfordert. Die drei Male danach waren dann meine ersten drei Frauen. Ja, sogar mit *Wollen wir los, Schatz?* hat mein Herz wie wild gepocht, und darüber will ich mich gar nicht lustig machen. Das fünfte Mal ist ein anderer Fall, und das Feuer ist noch nicht erloschen.

Party also. Die Party der Herzen und der Körperlichkeit. Es dauert so lange, wie es eben dauert. Dann verblassen die Farben, verschwimmen die Linien. Missverständnisse stellen sich ein, Zweifel, Verbitterung (beinahe hätte ich hier drei Pünktchen gesetzt, ich konnte mich gerade noch bremsen).

Ich habe das Gefühl, das alles mit Ihnen zu erleben, virtuell und im Zeitraffer, aber mit allen Facetten, zum Beispiel dieser hier: Während ich Ihnen schreibe, tue ich so, als wäre alles in bester Ordnung, genau wie Paare, die sich trennen, für einen kurzen Moment auf dem Kopfkissen die Komödie ihrer beendeten Liebe spielen. Ihren Indian Summer. Noch einmal. Ein letztes Mal. Sie mischen nur ihre Tränen bei.

Adeline, ich weiß genau wie Sie, dass sich in diesem Briefumschlag das Ende unserer Unschuld findet. Das weiß ich insbesondere seit heute Morgen. Nach dem Frühstück bin ich in mein Büro gegangen und habe ihn lange Zeit studiert. Ich muss sagen, dass er mir Angst einjagt, Ihr großformatiger, gepolsterter Briefumschlag. Er liegt da, unbeweglich und still, wie ein gefährliches Tier, das schläft und das man besser nicht weckt. (Was für ein Klischee! Was für ein erbärmliches Bild! Sotto, Sotto! Jetzt reiß dich am Riemen!) Schließlich habe ich ihn in die Hand genommen, den Umschlag, und habe ihn, ohne ihn zu öffnen, abgetastet.

Er enthält kein Manuskript. Keine DIN-A4-Blätter. Sondern längliche Briefumschläge im Format 22 × 11 Zentimeter. Zwei Stapel nebeneinander vermutlich, man spürt die Trennung zwischen ihnen, auch wenn Sie sie in einer Mappe vereinigt haben.

Es sind Briefe.

Ich weiß nicht, was sie enthalten. Ich weiß nur, dass ihre Lektüre das Ende von uns beiden bedeutet, dass nichts mehr so sein wird, wie es war. Bevor ich die Briefe also öffne, will ich Sie beruhigen: Die Adeline, mit der ich seit 43 Tagen korrespondiere, diese Adeline werde ich immer mit großem Wohlwollen und Zuneigung in Erinnerung behalten. Ich habe an ihre Vergangenheit geglaubt, an ihre Gegenwart, an ihren Chor, an ihre Kräutertees und an ihren Banker. Und nichts wird daran etwas ändern. Ein Freund hat mir erzählt, dass er in Btx-Zeiten eine leidenschaftliche Korrespondenz mit einer jungen Frau unterhalten hat, bis ihm klar wurde, dass sie ein Mann war, was ihn aber nicht davon abhielt, die Korrespondenz in sehr angenehmer Erinnerung zu behalten.

Am liebsten würde ich Ihnen sagen: Erfinden Sie sich weiterhin selbst, Adeline, ich verzeihe Ihnen sogar, dass es Sie nicht gibt! Aber das wird nicht funktionieren, der Zauber ist dahin.

Abgesehen davon ist auch die Literatur nur eine Lüge, eine Fiktion, was aufs Gleiche hinausläuft, da die Fiktion lediglich eine Lüge ist, die man im Voraus offen zugibt, oder?

Im Übrigen, das habe ich Ihnen schon gesagt, begreife ich mich zuweilen selbst als fiktive Figur, das hilft mir, mich zu akzeptieren, macht mich interessanter und erträglicher, als ich es eigentlich bin. Ich achte nur darauf, dass ich bei diesem gefährlichen Spiel nicht zu weit gehe. Und außerdem erinnert mich meine Waage an die Realität: Haben Sie schon einmal eine Fiktion gesehen, die 106 Kilogramm wiegt?

Ich muss jetzt schließen, Adeline. Ève und ihre zwei Kleinen kommen in einer Stunde, und ich muss mich noch um das Hähnchenpüree und den Kokosnussflan kümmern.

Ich werde den Briefumschlag heute Abend öffnen, wenn ich wieder allein bin. Ist es wirklich nötig, dass wir uns das antun? Soll ich Sie wirklich hassen? Es macht mich traurig, und ich kann es kaum glauben.

Auch ich schicke Ihnen liebe Grüße, vielleicht zum allerletzten Mal.

Ihr Freund (noch in diesem Augenblick bin ich Ihr Freund)

Pierre-Marie Sotto

PS: Ich frage mich, wo Sie sich wohl gerade aufhalten.

Von: Pierre-Marie
An: Oliver *7. April 2013*

Lieber Oliver,
danke für deine Nachricht. Ich freue mich immer, wenn ich deinen Namen in meinem Postfach entdecke. Aber kommen wir zum Wesentlichen: Ich schreibe nicht. Tut mir leid, dir sagen zu müssen, dass dich deine Intuition täuscht.

Wobei: Bei näherem Nachdenken stimmt das so vielleicht nicht ganz. Die Sache ist kompliziert. Du kennst die Redewendung: *auf der Stelle treten*? Das mache ich gerade: Ich trete auf der Stelle. Mein literarisches Fahrrad steht in der Garage, aufgebockt, die Reifen sind platt, die Kette ist abgesprungen, und ich sitze darauf und trete in die Pedale. Ich weiß nicht, ob ich ins Leere trete oder ob ich auf einem ungewöhnlichen Fahrrad sitze, aber ich trete wie blöd.

Entschuldige meine kryptische Ausdrucksweise, aber wenn die Sache klar wäre, würde ich es dir auch ganz klar sagen. Ich will nichts vor dir verbergen, ich tappe, was mein Schreiben betrifft, einfach nur im Nebel. Doch eins ist sicher: Sobald ich Gewissheit habe, bist du der Erste, der davon erfährt, *of course*. Bis dahin gilt es, sich noch ein wenig in Geduld zu üben und mich in Ruhe zu lassen. Bei mir, das weißt du ja, ist der Weg zur Kreativität mit spitzen Steinen gepflastert, ich weiß selbst nicht, wie viele noch vor mir liegen, wie soll ich es dann anderen erklären, auch dir, obwohl du derjenige bist, der mich am besten versteht (ein kleines Kompliment an den lieben Verleger kann nicht schaden!).

Was Saint-Malo betrifft, so fällt der Termin genau in die Woche, in der meine Zwillinge (die im norwegischen Bergen leben) nach Frankreich kommen werden, und ich würde sie gerne sehen. Richte das Dom bitte aus, und vergiss nicht, ihm meinen Dank auszusprechen.

Für England hingegen sage ich zu. Ich weiß, dass sie mit dem Schuber tolle Arbeit geleistet haben, das bin ich ihnen also schuldig. Aber dann sorgst du dafür, dass mir der wunderbare Donald als Dolmetscher zur Seite steht. Mit ihm fühle ich mich sogar auf *Englisch* intelligent, das ist irre.

Grüß mir bitte alle da oben bei euch, lieber Oliver, und danke, dass du von weitem ein Auge auf mich hast, ich bin ganz gerührt.

Pierre-Marie Sotto (sich abstrampelnder Schriftsteller)

Von: Pierre-Marie
An: Josy *7. April 2013*

Liebe Josy,
danke!

Du sollst vor allem wissen, dass deine Fahrt nach Le Cloître nicht umsonst gewesen ist. Anders, als du vielleicht denkst, hat mir der Bericht deines dortigen Besuchs, insbesondere dein Gespräch mit dem Hundehalter, viel Klarheit gebracht. Er zeigt mir nicht, was stimmt, sondern, was nicht stimmt, und das ist sehr wertvoll.

Adeline Parmelan gibt vor, eine Beziehung mit einem gewissen Romain zu haben, nun weiß ich dank deines Einsatzes, wer dieser Romain ist: Er ist ziemlich behaart, hat vier Pfoten und eine Schnauze! Mit anderen Worten, besagte Person scheint mir die Fabulierkunst zu beherrschen, was mir nicht grundsätzlich missfällt, nur in diesem speziellen Fall interessiere ich mich mehr für die Wahrheit.

Allerdings weiß sie ziemlich viel, und wenn ich sie zu hart anpacke, wird sie womöglich bockig und verschließt sich wie eine Auster oder verschwindet auf Nimmerwiedersehen. Folglich schone ich sie. Bald weiß ich sicherlich mehr, und ich werde dich auf dem Laufenden halten, das hast du dir verdient.

Lisbeth ist bestimmt schon hier in der Gegend. Ich werde sie morgen anrufen und bin mir sicher, dass sie keine Viertelstunde später hier auf der Matte steht. Wie intensiv bist du eigentlich mit ihr befreundet? Sie ist ja schon ein eigenwilliger Charakter, oder?

Vielen Dank noch mal für deinen Einsatz in Le Cloître, du warst großartig.

Grüß Max ganz lieb von mir. (Habt ihr Canal? Er könnte sich Fußballspiele anschauen, anstatt Kierkegaard zu lesen.)

Pierre-Marie

Von: Josy
An: Pierre-Marie *8. April 2013*

Pierre-Marie,
nur ein paar Zeilen, bevor ich Max zur Krankengymnastik fahre, wo er endlich mit Rehamaßnahmen beginnt.

Ja, Lisbeth ist eine echte Persönlichkeit! Bei ihr gibt's nur hopp oder dropp: Entweder man erliegt ihrem Charme (du wirst dich erinnern, wie gut sie außerdem aussieht), oder man nimmt die Beine unter den Arm. Ich gehöre zur ersten Kategorie, und ich hoffe sehr, dass du dich bald zum Klub gesellst!

Wir haben uns vor fast dreißig Jahren kennengelernt, als Max und ich in den Großraum Paris versetzt worden waren. Wir waren ganz einfach Studienkolleginnen. Was uns allerdings wirklich zusammengeschweißt hat, sind die Gewerkschaft und die Streiks von '86. (In die Ecke mit Devaquet! Erinnerst du dich?) Wir haben Spruchbänder gemalt, Lieder geschrieben, haben uns untergehakt und sind durch die Straßen gezogen.

Lisbeth war immer sehr kämpferisch, daher das Engagement bei ihren »Mädels« heute. Ich weiß, dass du politisch nicht sehr aktiv bist (darüber haben wir uns zur Genüge in die Wolle gekriegt!), aber ich bin mir sicher, dass ihr tausend andere Gesprächsthemen habt. Lisbeth interessiert sich für alles.

Die Frau ist ehrlich, offen, charakterfest. Und vor allem: eine Strahlefrau.

Nun gut. Ich sehe ja, dass du nur diese fabulierende Adeline im Kopf hast. Ich hatte gehofft, meine »Erkundungen« hätten dich von deinen fixen Ideen abgebracht, aber leider muss ich feststellen, dass das Gegenteil eingetreten ist. Du machst dir gern das Leben schwer, Pierre-Marie, es ist zum Verzweifeln. Ich habe mir schon immer gedacht, dass man als Künstler ziemlich verschroben sein muss: Der Umgang mit dir hat nicht zur Folge, dass ich meine Meinung ändere!

So, ich muss los.

Liebe Grüße von Max!

Von mir auch. Und vergiss nicht, dass es auch ein Leben außerhalb von Büchern gibt, ja? Ein echtes Leben mit echten Menschen.

Josy

Von: Oliver
An: Pierre-Marie *8. April 2013*

Lieber Pierre-Marie,
gerade finde ich deine Nachricht vor und antworte dir – als Freund.

Denk nicht an meine Rolle als Verleger, vergiss Saint-Malo, und sag mir ganz offen, was diese Radlermetapher zu bedeuten hat: Verlierst du gerade den Boden unter den Füßen? Drehst du am Rad?

Ich will nicht lange drum herumreden: Hast du was von Vera gehört?

Seit dieser schlimmen Geschichte machen sich alle hier Sorgen um dich, ich zuallererst. Und das sage ich nicht, weil du ein Schwergewicht in unserem Verlagsprogramm bist, ich hoffe nicht, dass du mich für so zynisch hältst.

Ich verstehe deinen Wunsch, in Ruhe gelassen zu werden, und ich werde nicht weiter insistieren, wenn dies dein ausdrücklicher Wille ist. Aber du sollst zumindest wissen, dass ich oft an dich denke. Als Bruder.

Mach keine Dummheiten, okay?

Dein Freund aus Saint-Germain-des-Prés

Oliver

Von: Pierre-Marie
An: Josy *8. April 2013*

Josy,
ich will dir eine kleine mathematische Aufgabe stellen, genauer gesagt eine Aufgabe aus dem Bereich der Wahrscheinlichkeitsrechnung. Pass gut auf.

Gegeben sei eine Person, die Mails an eine andere schickt, sagen wir, gut zwanzig Mails, manche davon ziemlich lang. Okay. In diesen Mails schreibt besagte Person ein Wort, ein einziges Wort nur, zwei- oder dreimal in GROSSBUCHSTABEN. Gut.

Gegeben sei eine zweite Person, nennen wir sie Josy, die die erste Person nicht kennt, die sich zum Wohnhaus dieser ersten Person aufmacht, sie nicht antrifft und, wieder zu Hause, ihrerseits eine Mail schickt, in der sie ein einziges Wort in GROSSBUCHSTABEN schreibt, und dieses Wort, du ahnst es schon, ist dasselbe Wort, das die erste Person in GROSSBUCHSTABEN geschrieben hat.

Jetzt sag mir mal, angesichts der Vielzahl der Wörter, die in unserer schönen Sprache existieren, angesichts – ich wiederhole noch einmal – der Tatsache, dass die beiden Personen sich nicht kennen und sich nie begegnet sind, wie hoch ist die Wahrscheinlichkeit, dass das geschieht? Denk gut nach, pling … pling … Ich schlage mit der Gabel an mein Glas … pling.

Du weißt es nicht? Tja, ich schon, und ich nehme an, die Wahrscheinlichkeit liegt bei etwa 1 zu 200.000. So, und nun ist genau dies geschehen. Adeline Parmelan hat in ihren Mails an mich zweimal das Wort LEBENDIG mit Großbuchstaben geschrieben, und das Gleiche hast du getan, nachdem du nach Le Cloître gefahren bist. Und hast du nicht geschrieben, du hättest beim Wegfahren, als du in dein Auto gestiegen bist, regelrecht gezittert und den Drang gehabt, den Ort so schnell wie möglich zu verlassen? Hast du das geschrieben oder nicht?

Entschuldige, dass ich dir so zusetze, aber du fasst mich ja auch nicht mit Samthandschuhen an, nun sind wir also quitt. Das echte Leben? Sicher, aber alles Verborgene, all das, was man nicht versteht, gehört ebenfalls zum echten Leben.

Das alles soll nur dazu dienen, dich davon zu überzeugen, liebe Josy, dass ich keinen *an der Waffel* habe. Außerdem, und dies zum Abschluss dieses Kapitels, du irrst: Ein Künstler kann es sich nicht leisten, einen an der Waffel zu haben, nicht mehr als ein Chirurg oder ein Pilot.

Ich bringe es nicht über mich, Lisbeth anzurufen. Ich fürchte, dann öffne ich meine Tür ganz weit, während draußen ein Zyklon tobt. Alles wird hinausgeschleudert, mitgerissen, weggeblasen: die Möbel, Bilder, Tapeten und ich. Ich zweifle nicht eine Sekunde an den Qualitäten, die du ihr zuschreibst, aber sie macht mir Angst, deine Freundin. *Strahlefrauen* schüchtern mich ein. Ich fürchte, dass sie mich mit ihrer Gesundheit, ihrer guten Laune, ihrer Bewunderung erdrückt. Ich fürchte … dass sie mich auffrisst. Genau davor habe ich Angst: dass sie mich auffrisst. Und auch meine Katze ahnt es schon: Sie dreht sich ganz merkwürdig im Kreis und sucht verzweifelt nach einer Stelle, wo sie sich hinlegen kann. Sie ist nervös. Glaubst du, ein Tier kann eine solche Gefahr im Voraus spüren?

Andererseits, wenn ich sie nicht anrufe, ist sie gut und

gerne imstande, unangemeldet auf der Bildfläche zu erscheinen. Nichts ist einfacher, als mich ausfindig zu machen, da mich hier jeder kennt. Ach, Josy, im Moment wäre ich gern ein Unbekannter und ganz klein. Und unauffindbar.

Ich werde sie morgen anrufen, genau, am morgigen Dienstag.

Grüß mir Max
Pierre-Marie

Von: Pierre-Marie
An: Oliver *8. April 2013*

Lieber Oliver,
dein Brief hat mich sehr berührt. Du bist für mich weit mehr als ein Verleger, muss ich das wirklich sagen? Auch wenn du in Rente gehst und ich ein vergessener Autor bin, werden wir uns immer noch sehen, das weißt du genau.

Als ich die beiden Wörter gelesen habe: *als Bruder*, hat es mir die Kehle zugeschnürt. Das muss das Alter sein, ich werde immer gefühlsduseliger. Ich verstehe meinen Großvater jetzt besser, den das Wort *Damenweg* auf der Stelle aus der Fassung brachte: Dann versagte ihm die Stimme, und er setzte die Brille ab, um sich die Augen zu trocknen. So werde ich auch mal enden, auch wenn ich nicht in Verdun gekämpft habe.

Nein, von Vera gibt es keine Nachrichten, keine direkten jedenfalls. Aber ich will dich nicht anlügen: Ich habe eine Spur, und diese Spur ist die vielversprechendste seit ihrem Verschwinden am 28. Oktober 2010. Hier in Kürze die Fakten: Ich stehe in Kontakt mit einer Person, die viel darüber weiß.

Heute Abend werde ich einer anderen Person schreiben, die, wie ich glaube, ebenfalls sehr viel weiß. Und vor allem bin ich im Besitz eines Dokuments, das ich mir bisher noch nicht angeschaut habe – aus Angst.

Es ist eine zaghafte und schmerzhafte Fährte, der ich folge. Und die Fährte ist sogleich mein *Tretfahrzeug*, verstehst du. Es ist alles sehr, sehr vage.

Verzeih mir, dass ich so geheimnisvoll tue, ich kann dir nicht mehr sagen, wirklich nicht. Irgendwann einmal vielleicht, wenn wir zusammen in einem Fluss angeln werden, der weniger trüb ist als andere.

Ich werde keine Dummheiten machen, schlaf wohl.

Herzliche Grüße als Bruder

Pierre-Marie

Von: Adeline
An: Pierre-Marie *8. April 2013*

Pierre-Marie,
Paris.

Die Wahrheit ist, ich bin in Paris.

Während ich das hier schreibe, haben Sie meinen Briefumschlag vermutlich schon geöffnet, ich weiß es nicht.

Sollten Sie es noch nicht getan haben, haben Ihre Hände Ihnen bereits Hinweise zum Inhalt gegeben.

Alles wäre anders gekommen, wenn Sie den Umschlag aufgerissen hätten, als Sie mein Päckchen in Ihrem Briefkasten vorgefunden haben. Aber Sie sind unberechenbar, und Sie haben es nicht getan. Wie soll ich künftig Ihr Interesse wecken? Ich habe Ihre Ratschläge als Autor beherzigt: Um Ihre Aufmerksamkeit zu bekommen, habe ich mich ein wenig von der Realität entfernt.

Von da an ist mir das Spiel entglitten. Ich hatte Sie mir in meiner Phantasie vorgestellt, aber die Realität hat mich eingeholt: Ihre wunderbare Ausstrahlung! Pierre-Marie, auch ich habe gespürt, wie mein Herz einen kleinen Sprung gemacht hat, wenn Ihr Name zwischen zwei belanglosen Mails auftauchte.

Auch ich habe diese herrliche Ungeduld empfunden. Bis ich darüber das Wesentliche vergessen habe: Irgendwann würde ich Ihr Vertrauen enttäuschen. Wenn ich etwas aus unserer Geschichte gelernt habe, dann, dass man nichts beherrscht, den anderen niemals kontrollieren kann. Wir sind nicht Gott. Weder Sie noch ich, welchen Namen ich mir auch gebe.

Ihnen helfen? Ja, in gewisser Weise war dies mein Wunsch – und ist es noch.

Schweigend und beschämt werde ich Ihre etwaige Absolution erwarten.

Seien Sie abschließend einer Sache versichert: Hinter dem Vornamen, der unter dieser Mail steht, pocht ein Herz wie wild.

Adeline

Von: Pierre-Marie
An: Adeline *8. April 2013*

Adeline,
nein, ich habe den Briefumschlag nicht geöffnet.

Dabei war ich kurz davor gewesen. Um 22 Uhr, Ève und die beiden Kleinen waren wieder gefahren, ich hatte den Abwasch gemacht, die Unordnung beseitigt. Dann bin ich in mein Arbeitszimmer gegangen, das sich im Obergeschoss befindet, habe die Arbeitsfläche von allem befreit, was dort herumlag und -stand, leere Tassen, CDs, Papierkram, und habe den Briefumschlag vor mich hingelegt.

Ich glaube, ich habe über eine halbe Stunde so dagesessen, habe ihn angestarrt und hatte nicht den Mut, die Klebelasche zu öffnen, die nach nichts anderem verlangte. Sie hatte sich leicht gelöst, und ich hätte sie bloß an einer Ecke anheben müssen, nicht einmal komplett aufreißen, dann das Ganze auseinanderziehen, und ich bin mir sicher, ich hätte mit einem schrägen Blick hinein auf dem ersten weißen Briefumschlag den Adressaten lesen können und ich hätte – im Falle eines Falles – die Handschrift erkannt, die darauf zu sehen wäre. (Mir fällt auf, dass ich das Öffnen dieses Briefumschlags beschreibe wie das Entkleiden einer Frau, mit dem einzigen Unterschied, dass Letzteres große Wonnen bereithielte, während Ersteres …)

Ich will es wissen, aber ich habe Angst, dass mich das Wissen umbringt. Um ans Ziel zu kommen, werde ich es irgendwann einfach machen müssen, ohne darüber nachzudenken.

Bis dahin will ich anders vorgehen, behutsamer. Ich kenne

jemanden, der Bescheid weiß und der mir möglicherweise auf weniger brutale Art mitteilen kann, was ich wissen muss.

Eine kleine Atempause ist uns also noch vergönnt.

Pierre-Marie

PS: Sie haben recht, wir sind nicht Gott.

Von: Max
An: Pierre-Marie *8. April 2013*

Pierre-Marie, altes Haus,
montagabends ist Josy nie daheim, da spielt sie Bridge. Und nachdem sie gesehen hat, dass ich allein zurechtkomme, ist sie davongestürmt. Darum greife ich jetzt wieder zur Feder und antworte dir. Schließlich hattest du ja auch mir die Aufgabe übertragen, nach Le Cloître zu fahren, stimmt's? Und da wir dieselbe Mailadresse haben (wie das so ist bei einem alten Paar), sind Josy und ich gewissermaßen austauschbar geworden.

Wobei es auf die Sache ankommt: Ich muss zugeben, dass ich ihr liebend gern meine zweite Hüfte abtreten würde, damit sie sich in ein paar Wochen an meiner Stelle unters Messer legt!

Außerdem ist der große Unterschied zwischen Josy und mir, da sag ich dir ja nichts Neues, dass sie eine Frau ist. Und was für eine, mein Lieber. Weshalb sie jeglicher männlicher Solidarität entbehrt. Als sie mir erzählt hat, dass sie die durchgeknallte Lisbeth auf dich angesetzt hat, ist mir vor Schreck das Herz stehengeblieben. Darum schreibe ich dir heute Abend diese Mail, die unbedingt unter uns bleiben muss. Sobald ich sie abgeschickt habe, werde ich sie löschen. Sollte Josy sie in die Finger kriegen, bin ich erledigt, mein Lieber. Versprich mir, dass du in einer Antwort, die sie lesen könnte, niemals Bezug darauf nimmst! Sonst kann ich mich auf was gefasst machen.

Gut, ich nehme an, dass du deine Zunge im Zaum halten kannst. Wenn es nicht anders geht, ruf mich an einem Montagabend auf dem Handy an.

Ich muss dir in dieser streng geheimen Mail zwei Dinge mitteilen.

Erstens fühlst du dich zu Recht in Gefahr, nachdem Lisbeth P. Destivel sich an dich heranpirscht. Ich kenne sie gut genug, um sagen zu können, dass sie fanatisch ist. »Eine Strahlefrau«, die? Mag ja sein! Aber in meinen Augen ist das eine höfliche Umschreibung dafür, dass sie ganz schön Feuer unterm Hintern hat. Seit sie Witwe ist, haben alle Rentner in Le Mans die Hosen voll, mein Guter. Sogar ich habe Schiss, obwohl ich gern mit Frauen schäkere (du kennst mich ja). Jetzt, wo sie leider nicht mehr aufzuhalten ist, bin ich aufrichtig besorgt um dich. Hast du beim Bau deines Pools auch einen Atomschutzbunker in deinen Garten gesetzt? Wenn ja, hast du gut daran getan. Wenn nein, schnapp dir noch heute Abend eine Schaufel und fang an zu graben. Aber vielleicht hat dir dein Opa aus Verdun ja auch ein altes Gewehr vermacht? Jetzt ist der Moment gekommen, um es vom Speicher zu holen. Du hast schon verstanden: Sieh zu, dass du dieser Gestörten um jeden Preis ausweichst, es sei denn, du willst enden wie Félix Faure.

Das Zweite, was ich dir sagen will, betrifft diese seltsame Geschichte mit dieser Lady in Le Cloître.

Josy ist davon überzeugt, dass du völlig durchgeknallt bist. Das ist vermutlich der Grund, warum sie dir nicht alles erzählt hat. Mir schon. Sie hat in ihrem »Bericht« neulich ein kleines Detail vergessen. Ich weiß nicht, ob es eine Rolle spielt oder nicht, das musst du selbst sehen.

Sie hat dir den Namen auf dem Briefkasten durchgegeben, aber sie hat dir nicht gesagt, dass darin auch Post steckte. Ein dicker Briefumschlag, der oben rausgeschaut hat. Als ihr klar wurde, dass das Haus verrammelt ist, hat sie sich die Freiheit genommen, den Umschlag ein wenig herauszuziehen, um nachzuschauen, was darauf steht. Weibliche Neugier, sage ich nur! Stell dir vor, der Absender auf dem Umschlag war das Polizeirevier im 9. Arrondissement von Paris.

Mach damit, was du willst, ich hoffe nur, dass du dich nicht in eine dubiose Sache reinziehen lässt. O Gott, gleich kommt Josy zurück, ich muss die Nachricht sofort löschen. Denk dran, das bleibt unter uns! Keine Dummheiten!

Ich wünsch dir was.

Sobald ich (scheiße, ich höre das Auto in der Einfahrt!)

Lieben Gruß!

Max

Von: Pierre-Marie
An: Gloria *13. April 2013*

Liebe Gloria, ma belle!
Ich schreibe dir aus Prag (Besuch am französischen Gymnasium), wo ich bis zum morgigen Sonntag bleibe. Ich untersage es dir, ohne deinen Freund in diese Stadt zu kommen. Und

solltest du keinen haben, dann warte, bis du einen findest, um mit ihm die Reise anzutreten, alles andere wäre Verschwendung. Das Gleiche gilt für Venedig, versprichst du mir das?

Du bist bestimmt überrascht, eine Mail von mir zu erhalten. Das kommt nicht alle Tage vor. Aber du wirst noch mehr staunen, wenn du sie erst gelesen hast. Nein, spring jetzt nicht sofort zum Ende! Du weißt, Autoren hassen das. Ich habe schon erlebt, wie das jemand vor meinen Augen gemacht hat, in einem Zug: eine junge Frau, die einen Roman von mir las, *Die Lebenden und die Toten, Bart*, ausgerechnet, und die verstohlen bis zur letzten Seite vorgeblättert hat, um zu erfahren, wie er ausgeht. Fast hätte ich sie zurechtgewiesen.

Gedulde dich bitte und lies die Sätze in der richtigen Reihenfolge, ja?

Du warst die Einzige, die Ostern bei Nicolas gefehlt hat, aber ich mache dir keine Vorwürfe. Familientreffen und du, das geht nicht mehr zusammen, seit Vera verschwunden ist. Und ich verstehe dich gut. Ich habe auch jedes Mal die Befürchtung, dass wir nur an sie denken werden, dass uns ihre Abwesenheit einhüllen wird, wie ihre Anwesenheit uns eingehüllt hat. Dass unsere Fröhlichkeit gespielt wäre und das Ganze einfach nur schrecklich. Aber so ist es nicht. Natürlich denken wir an sie, aber wir vergessen sie auch. Das Leben fordert sein Recht ein, sieh dir an, was nach Beerdigungen passiert.

Alle hatten etwas zu essen mitgebracht, alle waren zum Lachen aufgelegt, es war lustig, laut und sehr chaotisch. Komm doch nächstes Mal auch. Ich prophezeie dir, du wirst angenehm überrascht sein.

Ich hätte dich anrufen können, aber ich schreibe dir lieber, so kann ich mir die Zeit nehmen, meine Worte abzuwägen, und ich werde sie abwägen müssen. Du wiederum wirst die Zeit haben, alles zu verdauen, ohne auf der Stelle reagieren zu müssen, das ist angenehmer. Ich will dich weder brüskieren noch bedrängen noch dir eine Falle stellen.

Ich will dir von dem Freitagabend erzählen, als ich dich vor bald fünf Jahren in Lyon abgeholt habe. Es war im Oktober 2008, du warst also 21 und bereits auf der Hochschule für Tanz. Ich habe dich abgeholt, weil die Züge gestreikt haben, weißt du noch? Vera konnte nicht fahren, sie war das Wochenende auf einer Fortbildung mit ihren Übersetzerkollegen irgendwo im Süden. Ich bin sehr spät erst bei dir gewesen, gegen Mitternacht, du hast draußen vor dem Haus auf mich gewartet. Auf dem Rückweg habe ich mich in der Stadt verfahren, und der Zufall hat uns in die Straße geführt, die du auf dem beigefügten Foto vielleicht erkennst.

Nein, das Foto stammt nicht von mir. Jemand hat es mir kürzlich geschickt und mich gefragt, ob es mir etwas sagt. Da es wie der Beginn eines Erpressungsversuchs gewirkt hat und ich mich darauf nicht einlassen wollte, habe ich es geleugnet. Ich habe mit besagter Person, die im Übrigen sehr liebenswert ist, sogar weiterhin korrespondiert. Das Manuskript, das sie mir am Anfang geschickt hatte, sollte ich dann aber doch nicht mehr lesen, das wollte sie nicht!

Dazu, Gloria, zwei Dinge:

- Erstens ist dieses Manuskript kein Manuskript, es sind Briefe, rund vierzig Stück, schätze ich, da ich den Umschlag nicht geöffnet habe. Und ich glaube auch nicht, dass ich ihn jemals öffnen werde, meine Angst ist zu groß.

- Zweitens, das Foto hat mich sehr aufgewühlt, weil ich darauf besagte Straße in Lyon erkannt habe, durch die wir zufällig in dieser Nacht im Oktober 2008 gefahren sind, als es zu einem seltsamen und unvergesslichen Vorfall kam.

Ich fuhr sehr langsam. Ich sehe wieder die Oberleitungskabel der Straßenbahn vor mir, die Schienen, die Straßenlaternen, Autos, die auf dem Bürgersteig parkten, Radfahrer auf dem Heimweg und weiter vorne ein paar Fußgänger, die so aussahen, als kämen sie aus dem Theater oder einem Restaurant. Ich erinnere mich daran, dass wir uns unbeschwert unterhalten haben, wie wir zwei es eigentlich immer tun.

In dem Moment, Gloria, hast du etwas gesehen.

Du bist fast ausgerastet, hast mich am Arm gepackt und geschrien: *Du musst nach links! Hier lang! Hier lang. Nach links!* Es war mehr ein Befehl, der noch dazu völlig unberechtigt war, die Richtung stimmte überhaupt nicht, wir haben uns nur noch mehr verfranzt.

Später habe ich begriffen, dass es dir nicht darum ging, mich nach links in diese Straße zu lotsen, du wolltest mich nur mit aller Gewalt daran hindern, auf der Straße zu bleiben, auf der wir unterwegs waren.

Auf der restlichen Fahrt warst du wie *verstellt*, mir fällt kein anderes Wort dafür ein, soll heißen, du klangst ganz falsch. So hatte ich dich noch nie erlebt, und ich habe mich überhaupt nicht wohl damit gefühlt. Irgendetwas war passiert, wovon ich nichts mitbekommen hatte, was dich aber völlig aus der Bahn geworfen hat.

Dabei braucht es einiges, um dich aus der Fassung zu bringen. Schon bei unserer ersten Begegnung habe ich dein selbstsicheres Auftreten bewundert. Du warst damals erst fünfzehn, aber hast dich von mir, dem großen Schriftsteller, nicht im Geringsten beeindrucken lassen. Ich glaube sogar, dass ich von uns beiden am meisten beeindruckt war. Und als mir Vera irgendwann Monate später (wir standen in Valence an einem Kino an, du siehst, ich kann mich genau daran erinnern, unglaublich) zugeflüstert hat: *Gloria hat dich sehr gern*, habe ich mich von diesen Worten mehr geehrt gefühlt als von den meisten meiner literarischen Preise! Mit anderen Worten, was du denkst, ist mir wichtig, aber das weißt du ja, oder?

Im Auto in dieser Nacht auf unserer Fahrt nach Hause dachte ich mehrmals, du wolltest mir was erzählen. Du warst auch kurz davor. Irgendetwas Schreckliches hat auf dir gelastet. Aber es kam nichts. Du hast mich gefragt, ob du dir eine Zigarette anzünden darfst. Und ich wusste gar nicht, dass du rauchst. Daheim bist du sofort auf dein Zimmer gegangen, und ich hatte den Eindruck, dich weinen zu hören. Ich hätte an deine Tür klopfen sollen, um zu fragen, was dich bedrückt. Aber ein Mann fühlt sich in solchen Situationen nicht wohl. Bei meinen eigenen Töchtern überwinde ich mich und mache den Schritt. Bei dir dachte ich: Morgen kommt Vera zurück, sie kann das besser. Doch am nächsten Morgen war dir nichts mehr anzumerken, du warst wieder wie immer, und als ich es Vera gegenüber ansprach, sagte sie nur, du seist bestimmt müde gewesen.

Gloria, ich glaube, ich weiß, was du in jener Nacht in Lyon gesehen hast.

Du hast etwas gesehen, was ich nicht gesehen habe, weil du weiter und besser sehen konntest als der fast sechzigjährige Mann, der ich damals war. Du hast zwei Menschen gesehen, die Händchen hielten oder sich umarmten oder sich küssten oder vielleicht auch die Tür zu einem Gebäude aufstießen, um gemeinsam hineinzugehen. Die Tür eines Hotels? Und du hast eine der beiden Personen erkannt, womöglich an der Kleidung, an der Figur oder an der Frisur. Du hast gesehen, dass es Vera ist. Und die andere Person war ein Mann, ein anderer als ich. Dabei bin normalerweise, wenn alles in Ordnung ist, wenn die Welt in Ordnung ist und ein Mann Veras Hand hält, einen Arm um ihre Schulter legt, sie küsst oder mit ihr die Tür zu einem Gebäude, einem Hotel aufstößt, sie liebt und von ihr geliebt wird, ich dieser Mann.

(Ich mache eine kurze Pause, der Satz, den ich soeben geschrieben habe, fiel mir schwer und er ist sehr schmerzhaft für mich.)

Dein Reflex war es, mich zu beschützen, mir den erschütternden Anblick zu ersparen, so wie man ein Kind davon abhält, bei einem schrecklichen Unfall hinzusehen, wenn ein Motorradfahrer ein Bein verloren hat oder dergleichen (das habe ich kürzlich selbst gesehen).

Aber vielleicht kanntest du den Mann ja auch. Vielleicht warst du schon eingeweiht? Eine Mutter und ihre Tochter. Vera und Gloria. Die Unzertrennlichen. Wie oft seid ihr beide in der Küche sitzen geblieben, am späten Abend, wenn alle anderen müde waren und sich schlafen legten, ich zuallererst. Vera und Gloria, die sich weiter leise unterhalten, lachen, sich Geheimnisse anvertrauen. Worüber unterhalten sich eine Vera und eine Gloria nachts um drei in der Küche, wenn alle anderen schlafen?

Wie oft habt ihr mich freundlich vertrieben, wenn ich mich eurer Unterhaltung anschließen wollte, im Garten, im Wohnzimmer, auf der Treppe vor dem Haus: *Weg da, mein Lieber! Du hast hier nix verloren! Dürften wir uns vielleicht mal in Ruhe unterhalten?* Ich war nie beleidigt, im Gegenteil, ich fand euren weiblichen Zusammenhalt rührend.

Ich mag geheime Ecken, meine eigenen und die der anderen. Eure gehörten euch, und das war gut so. Doch nun war etwas passiert, Vera hatte gegen die Spielregeln verstoßen, und du konntest es nicht akzeptieren, weil … *du mich sehr gern hast* und Verrat nicht ausstehen kannst.

Auch Vera mochte mich sehr gern, mehr als das. Aber sie genießt das Leben in vollen Zügen. Ich weiß noch, was für ein Wirbelwind sie war, als wir uns in Brive kennenlernten. Ich weiß noch, wie sie alle Einwände beiseitewischte. Ihre Kinder? Die würden mitkommen. Ihr Mann? Um ihn würde sie sich kümmern, und außerdem sei es zwischen ihnen aus. Was sie so aus nannte. Vermutlich liebten sie sich nur nicht mehr so wie am ersten Tag. Bei Vera gibt es nur größte Leidenschaft oder gar nichts.

Ich sage mir nun Folgendes: Wenn sie damals in der Lage war, ihr Leben innerhalb von drei Wochen, nachdem wir uns in Brive kennengelernt hatten, auf den Kopf zu stellen, warum sollte sie es nicht acht Jahre später mit einem anderen Mann genauso machen. Ist doch logisch, oder? Sie hat die Flamme gedrosselt, aber unter der Oberfläche hat es vermutlich geschwelt.

An den Tagen nach ihrem Verschwinden hatte ich das Gefühl, du würdest mir etwas verschweigen, etwas Unaussprechliches. Wir haben alle verzweifelt nach ihr gesucht. Du nicht. Als hättest du damals um die Vergeblichkeit der Suche gewusst. Du hast dich nur nach dem Fortgang der Ermittlungen erkundigt. Du hast dir nicht einmal die Mühe gemacht, mitzuspielen. Wir waren geschockt, du wütend. Du trugst sie in dir, diese Wut, sie war versiegelt, aber sichtbar. Man sah sie in deinem Mund, in deinen Augen.

Mehrmals schon wollte ich dich darauf ansprechen, und wenn ich den Schritt bisher nicht gemacht habe, dann aus Angst, die Wahrheit zu erfahren.

Doch nun bricht alles über mir zusammen. Ich brauche bloß diesen vermaledeiten Briefumschlag zu öffnen, aber wie gern würde ich mir das ersparen. Ich habe keine Lust auf noch größeren Schmerz. Am liebsten würde ich den ganzen Mist verbrennen.

Auch möchte ich die Person, mit der ich korrespondiere, ungern direkt befragen, aus Angst, ich könnte etwas zwischen ihr und mir kaputtmachen. Das erkläre ich dir vielleicht ein andermal.

Mit einem Wort, ich möchte die Wahrheit von dir erfahren, Gloria. Aus deinem Mund wird sie mir nicht so hart vorkommen.

Wo ist deine Mutter? Wo ist Vera?

Bitte sag es mir.

Pierre-Marie

PS: Weihnachten habe ich deine Karte aus Andalusien erhalten. Danke. Sie ist sehr schön, und ich habe sie über meinem Schreibtisch an die Wand gepinnt.

Von: Pierre-Marie
An: Max und Josy *15. April 2013*

Lieber Max, liebe Josy,
da ich weiß, dass meine Mails an einen von euch früher oder später auch in den Fingern des anderen landen, schlage ich jetzt zwei Fliegen mit einer Klappe und wende mich an euch beide.

Ich komme gerade aus Prag zurück. Was für eine Stadt! Aber keine Angst, ich werde euch nicht mit dem jüdischen Friedhof, dem Hradschin, der Karlsbrücke oder Franz Kafka nerven. Ich weiß sehr wohl, dass euch das nicht die Bohne interessiert, das Einzige, was euch interessiert, ist, wie mein Treffen mit Lisbeth P. Destivel letzten Dienstag verlaufen ist.

Ich weiß nicht recht, wie ich es anstellen soll, im Hinblick darauf, dass eure Interessen leicht divergieren. Ich will versuchen, euch beiden gerecht zu werden, ihr braucht einfach nur den Teil zu lesen, der an euch gerichtet ist.

Für Josy: Ich habe Lisbeth am Dienstagmorgen angerufen und ihr vorgeschlagen, am Nachmittag vorbeizukommen, aber sie hat mich überredet, sie zum Mittagessen zu empfangen, sie wollte sich um alles kümmern.

Für Max: Das durchgeknallte Weibsbild kam um 12 Uhr 50, genau in dem Moment, als Nicolas Stoufflet im Radio die Superbonusfrage stellte. In einem Korb hatte sie so viel zu essen dabei, dass sich sieben Personen eine Woche lang davon ernähren könnten, des Weiteren drei Flaschen provenzalischen Rosé!

Für Josy: Trotz der noch frischen Temperaturen war sie frühlingshaft gekleidet. Du hast recht, sie sieht gut aus.

Für Max: Ihr Kleid platzte aus allen Nähten, und kaum hatte sie sich hingesetzt, zog sie stundenlang daran, damit es nicht über die Knie rutschte. In dem Moment fragst du dich: Warum hat sie sich nicht gleich für was Längeres entschieden? Ich hatte tatsächlich ganz vergessen, wie mollig sie ist.

Für Josy: Wir haben in der Küche gegessen. Sie hat mir einiges über ihre Kindheit in Crest, ihre Jugend am Gymnasium von Montélimar, die Begegnung mit ihrem Mann, ihre drei Fehlgeburten und ihre Trauer erzählt. Sie redet wie ein Wasserfall, deine Freundin, und hat viel Mitleid für mich gezeigt, weil sie mich für einsam hält.

Für Max: Wir haben in der Küche ihr Olivenbrot gegessen und uns die erste Flasche Rosé reingepfiffen. Sie war wie besessen von meiner Einsamkeit. Ich konnte sie noch so sehr beruhigen, dass es so schlimm nicht ist, sie kam immer wieder darauf zurück. Nicht mal ein Tier? Doch, eine Katze. Sie hat sich nach der Katze umgesehen, aber du kannst dir denken, dass sich das arme Tier längst in Sicherheit gebracht hatte.

Für Josy: Um sechzehn Uhr haben wir uns im Wohnzimmer an die Arbeit gemacht, leicht angesäuselt, um ehrlich zu sein. Ich war etwas fassungslos über ihre Adaption. Sie hat versucht, meine Dialoge *aufzupeppen*, und das Ergebnis war wahrlich überraschend.

Für Max: Ziemlich besoffen haben wir uns am späten Nachmittag an die Arbeit gemacht. Du kannst dir vorstellen, wie sie mit ihrem Kleid auf meinem Sessel saß. Ihre Adaption ist absolut beschissen. Ich dachte eigentlich, mich könnte in der Hinsicht nichts mehr schocken, aber eine solche Verhunzung habe ich noch nie erlebt!

Für Josy: Dann kam der Moment, als sie ihre Blätter fallen

ließ. Und ich habe ihr geholfen, sie wieder einzusammeln. Ich würde dir gern noch mehr erzählen, Josy, aber du kennst meine unverbesserliche Prüderie. Erinnerst du dich an die Filme vor der sexuellen Revolte von 68? Sobald sich ein Paar küsste, schwenkte die Kamera zur Seite und fixierte ein Goldfischglas oder eine Grünpflanze. Tja, sagen wir es so, damit wirst du dich jetzt wohl begnügen müssen.

Für Max: Ich weiß nicht, wie sie es angestellt hat. Eine unschlagbare Technik. Als ihre Blätter davonfliegen und ich mich anschicke, sie einzusammeln, finde ich mich mit der Nase auf ihren Knien wieder, ohne dass ich sagen kann, wie es dazu kam. Die Fortsetzung, mein Lieber, kannst du dir selbst ausdenken. Als ich ihr eine Stunde später eine Widmung in *Die Wiederkehr des Tiers* geschrieben habe, kann ich dir sagen, dass der Titel für mich seine volle Bedeutung entfaltet hat.

An euch beide: Lieben Gruß
Pierre-Marie

Von: Josy
An: Pierre-Marie *16. April 2013 19:08*

Pierre-Marie,
da es dir diebisches Vergnügen zu bereiten scheint, die verschiedenen Perspektiven einander gegenüberzustellen, will ich ehrlich zu dir sein: Ich hatte Lisbeth am Tag nach eurer »Arbeitssession« am Telefon. Darum habe ich mich bei der Lektüre deiner Nachricht vor Lachen gekugelt.

Zugegeben, meine Freundin hat weder dein Talent noch

deine Phantasie, und über ihre Adaption der *Wiederkehr des Tiers* kann ich natürlich nichts sagen, außer dass sie sich sehr viel Mühe gegeben hat. Aber was den Rest angeht, bin ich eher geneigt, ihrer Darstellung Glauben zu schenken als deiner.

Es ist schon seltsam, dass ein Mann deines Niveaus, deines Alters, deiner Bildung Frauen noch nach der Länge ihrer Röcke beurteilt. Das hat sich, anders als die Liebesszenen im Kino, die du erwähnst, seit den sechziger Jahren nicht geändert! Zu lang = verklemmt. Zu kurz = Gefahr.

Und natürlich hat sie den fatalen Luftzug provoziert! Und selbstverständlich hattest du plötzlich die Nase in besagtem Rock, ohne es gewollt zu haben!

Beim Lesen der heuchlerischen Zeilen, die du »Für Max« geschrieben hast, könnte man meinen, du wärst mit einer Waffe bedroht worden! Du Armer!

Fällt es dir so schwer, dir einzugestehen, dass Lisbeth einen unglaublichen Charme hat?

Warum gibst du nicht einfach zu, dass du Lust auf sie hattest? Warum bedankst du dich nicht einfach bei mir, weil ich den Kontakt mit einer ECHTEN FRAU wiederhergestellt habe?

Ja, ich habe gerade zwei Wörter in GROSSBUCHSTABEN geschrieben!

Ja, ich bin wie eine RAKETE abgegangen.

Ja, ich bin noch dieselbe ZICKE, die ich immer war!

Wenn ich auf deine spinnerte Mail mit den statistischen Erhebungen zur Verwendung von Großbuchstaben nicht geantwortet habe, dann deshalb, weil ich damit nichts anfangen konnte.

Ich hatte die Hoffnung, Lisbeths Besuch würde dir den

Kopf wieder zurechtrücken, ihre reale Anwesenheit würde dich auf andere Gedanken bringen, aber die Ironie deiner Mail zeigt mir, dass ich danebenlag. Du stürzt dich lieber auf Vermutungen, Hypothesen und Geheimnisse als auf eine liebenswerte Frau in einem realen Bett, tja: dein Pech.

Zu deiner Orientierung, Lisbeth hat nichts von einer Hypothese. Sie hat eine wunderbare Zeit mit dir verbracht. Ihr habt viel gelacht, viel geredet, hat sie mir erzählt. Sie fand dich liebevoll und sensibel. Sie hat sogar erzählt, dass du in ihren Armen geheult und ihr beim Abschied Blumen aus deinem Garten geschenkt hast. Nun, wenn ein Mann weint und einer Frau, nachdem er mit ihr geschlafen hat, Blumen schenkt, sieht die Frau darin ein Zeichen für eine beginnende Beziehung. Muss ich dich etwa noch in das Abc der Liebe einweisen? Hast du die grundlegenden Regeln vergessen?

Ich hoffe, Pierre-Marie, dass du dich meiner Freundin gegenüber nicht wie ein Bulldozer verhalten wirst. Sie war ganz enttäuscht, dass du so bald nach eurem Wiedersehen nach Prag aufgebrochen bist, aber sie rechnet damit, dich wiederzusehen, mein Lieber. Sie wartet jedenfalls auf dich!

Sollte das für dich nicht zutreffen, tätest du gut daran, ihr schleunigst eine Nachricht zu schicken, die diesen Namen verdient, um ihr zu erklären, dass du kein Herz hast.

Eine letzte Sache noch: Max und ich haben uns wegen dieser Geschichte ganz schön in die Wolle gekriegt. Vielen Dank für die Zwietracht, die du gesät hast.

Trotzdem Küsschen für dich

Josy

Von: Max
An: Pierre-Marie *16. April 2013 20:53*

Du geiler Bock,
ich erinnere mich sehr gut an einen Abend bei dir, an dem du uns literarische Verrisse vorgelesen und damit zum Lachen gebracht hast, weißt du das noch? Von den unzähligen hohlen Phrasen hatte es dir eine besonders angetan, »dieses Buch wird Sie nicht gleichgültig lassen«. Tja, Alter, eins sollst du wissen, deine Mail hat uns nicht gleichgültig gelassen, Josy und mich! Du kannst dich sogar damit rühmen, ein wahres Beben ausgelöst zu haben bis nach Le Mans! Du hast echt Talent! Und kannst schreiben! Doch die Kritiker würden sagen, »die Meinungen sind geteilt«: auf der einen Seite Josy, die tobt, auf der anderen Max, der sich vor Lachen nicht mehr einkriegt. Daran erkennt man den wahren Meister, stimmt's?

O Mann, seit ich diese Hüftschmerzen habe, habe ich nicht mehr so gelacht: Als ich dich vor mir sah, auf allen vieren, die Nase zwischen den Beinen dieser Geisteskranken, waren meine Schmerzen auf einen Schlag weg! Und je mehr ich gelacht habe, umso erboster hat Josy reagiert, und je mehr ich mir auf die Schenkel geklopft habe, umso vernichtender wurde ihr Blick. Sie hat mir vielleicht eine Szene hingelegt! Ich habe mich um vierzig Jahre zurückversetzt gefühlt, in die große Zeit der Frauenbewegung: Auf die Geschichte mit dem Rock hat sie geradezu hysterisch reagiert.

Ergebnis: Josy ist sauer auf mich, als hätte ich ihre Freundin vernascht. Ununterbrochen schimpft sie auf die Männer. Alles Feiglinge, Taugenichtse, Machos, Lustmolche, Gefühllose,

Kinder, den Rest erspar ich dir. Aber mach dir keine Sorgen! Ich kenne sie. Sobald sie sich beruhigt hat, werden wir uns auf dem Kopfkissen wieder versöhnen. Vorausgesetzt, mein lahmes Bein macht mit, ich bin dir also auf ewig dankbar, mein Lieber!

Hm, davon abgesehen ist mir durchaus bewusst, dass du ziemlich in der Klemme steckst. Nicht schlecht, der Trick mit der Pragreise, aber nach allem, was ich den zahlreichen Telefonaten zwischen Josy und deiner Mata Hari entnommen habe, ist sie ganz vernarrt in dich und wird nichts unversucht lassen, um Vera bald zu ersetzen.

Wenn ich gesund wäre, würde ich dir vorschlagen, dass wir zwei uns kurzfristig in die Tropen absetzen, auf eine nette Männerreise gehen, aber im Moment bin ich noch ans Haus gefesselt. Was hast du vor?

Okay, ich muss Schluss machen, die Gorgone ist im Anmarsch! Ich lösche alles! Witzig, als hätte ich eine Affäre mit einer gewissen Pierre-Marie Sotto!

Viel Erfolg und bring deine Gräten in Sicherheit!

Max

Von: Adeline
An: Pierre-Marie *17. April 2013*

Pierre-Marie,
ich ringe mich dazu durch, Ihnen zu schreiben, auch wenn meine Hand über der Tastatur leicht zittert.

Seit Ihrer letzten Nachricht kommt es mir vor, als hätte sich die Zeit aufgehängt. Ich stehe still, bin wie versteinert und halte die Luft an, wie in dem berühmten Kinderspiel, Sie wissen schon: 1, 2, 3, Ochs am Berg! Wenn ich mich vor Ihren Augen bewege, habe ich verloren. Scheide aus!

Das Problem ist, dass ich liebend gern mit Ihnen spielen würde, immer weiter. Mein ganzes Ich weigert sich, das Ende des Spiels anzuerkennen, und ich meine, zwischen den Zeilen gelesen zu haben, dass auch Sie nicht auf ein Ende erpicht sind. Haben Sie den Briefumschlag endlich geöffnet? Haben Sie mit besagter Person gesprochen, dieser »Person, die etwas weiß, wovor Sie sich fürchten«?

Wissen Sie, wovon ich insgeheim träume, seit wir uns nicht mehr schreiben? Ich träume davon, noch einmal ganz von vorn anzufangen, doch in dem neuen Szenario gibt es keinen dicken Briefumschlag, kein Foto, keine Briefe, nichts. Nur eine Frau, die Ihnen schreibt, um Ihnen zu sagen, wie sehr sie Ihre Romane mag. Sie antworten ihr, und langsam entspinnt sich eine behutsame Korrespondenz, ein aufrichtiger Austausch, frei vom Ballast des Rätselhaften, des Ungesagten, der Geheimnisse. In meinem Traum sind wir wir selbst. Die Fiktion beschränkt sich auf den Bereich der Bücher, dringt nicht in die Realität vor, verkompliziert uns das Leben nicht, spielt uns keinen bösen Streich.

Dann wache ich auf.

Ich bin in Paris, allein in einer engen Wohnung, die ich am liebsten verlassen würde, eingepfercht in der sechsten Etage eines großbürgerlichen Gebäudes im 9. Arrondissement. Ich fahre meinen Rechner hoch, checke meine Mails, und ein Gefühl der Leere überkommt mich: keine Nachricht von Ihnen.

Ich schleppe mich zur Kochnische. Koche mir einen Kaffee. Schaue aus dem Fenster, das Wetter ist schön, es ist Frühling, und doch sehne ich mich nach den feuchten grauen Wochen, in denen der Regen meine Narzissen im Garten zu Boden gerungen hat, diese wunderschönen Wochen, in denen ich das Gefühl hatte, in Ihrer Gesellschaft zu leben.

Wo sind Sie, Pierre-Marie?

Wie geht es Ihnen?

Und Ihrer Katze? Und Ihrer Tochter? Und Ihrer Schlaflosigkeit? Und unseren auf der Strecke gebliebenen Küken?

Meine Hand über der Tastatur zittert nach wie vor. Ich bin in eine Falle mit doppeltem Boden gegangen, und ich habe Sie mit in den Abgrund gerissen, ich bitte Sie um Verzeihung.

Mein Herz trägt schwer an Geständnissen, zu denen ich mich nicht imstande sehe.

Beleidigungen wären mir lieber. Lassen Sie mich die Wange hinhalten.

Ihre vor Angst erstarrte Lügnerin
Adeline

Von: Lisbeth
An: Pierre-Marie *17. April 2013*

Mein wilder Tiger,
ich war etwas eingeschnappt (sehr sogar), als ich von Josy erfuhr, dass du von deiner Reise zurück bist, ohne mich informiert zu haben. Ich hatte darauf gewartet, dass du dich, wie wir es meines Erachtens verabredet hatten, bei mir meldest, sobald du zurück bist. Was ist los? Ich habe heute mehrmals versucht, dich zu erreichen, bin aber nur auf deine Mailbox gestoßen, als wäre dein Handy ausgeschaltet. Daher diese

Mail, die ich dir vom Fremdenverkehrsamt in Crest aus schreibe. Es ist nicht so leicht, hier einen Hotspot zu finden.

Hast du Probleme mit deinem Akku? Mit deiner Gesundheit? Ich hoffe nicht, und ich hoffe vor allem, dass du mich heute Abend anrufst. Meinem Vater geht es besser, und ich merke, dass meine Anwesenheit ihn mehr belastet als erleichtert. Dabei versuche ich mich ganz klein und unscheinbar zu machen, aber er ist nun mal an seine Einsamkeit gewöhnt, und ich glaube, es wäre ihm lieber, ich würde verduften. Ich überlege, morgen abzureisen und noch einmal bei dir vorbeizuschauen, bevor ich nach Le Mans zurückkehre. Wenn ich nichts anderes von dir höre, werde ich das tun. Um die Mittagszeit, wie letzte Woche? Ich bringe das Picknick mit (lecker, wenn ich das so sagen darf!!), und wenn du möchtest, dass ich ein wenig bleibe, gehöre ich dir, so lange du willst. Jetzt ist es gesagt. Ich wage zu hoffen, dass dein Schweigen kein schlechtes Zeichen ist. Wir haben letzten Dienstag so eine schöne Zeit miteinander verbracht, dass ich sehr betrübt darüber wäre.

Will dich hören.
Will dich sehen.
Will dich umarmen.
Deine wilde Tigerin Lisbeth

Von: Oliver
An: Pierre-Marie *17. April 2013*

Lieber Bruder,
wenn das nicht die Gelegenheit ist: Stell dir vor, ich fahre morgen zur Vertreterkonferenz der Region Südost nach Valence.

Eigentlich sollte Dom dorthin, aber der Arme ist gestern Morgen mit seinem Fahrrad gestürzt und sieht ziemlich ramponiert aus. Nichts Schlimmes, aber er hat immerhin zwei Zähne verloren und ein prächtiges Veilchen auf der rechten Wange davongetragen. Auf dem Flur nennen sie ihn jetzt Mike Tyson, das sagt alles.

Mit anderen Worten, ich springe kurzfristig für ihn ein. Nehme heute Abend den Zug. Die Sitzung wird den ganzen Tag dauern, aber ich bin wahrscheinlich ab achtzehn Uhr frei. Was sagst du zu einem handfesten Apero, gefolgt von einem Candle-Light-Dinner, nur du und ich? Wenn du ein Lokal kennst, in dem man sich die Wampe vollschlagen kann, bin ich dein Mann!

Sag ja, das wäre super.

Bis morgen hoffentlich!

Oliver

PS: Ich habe versucht, dich zu erreichen, aber dein Handy ist hartnäckig auf Mailbox abonniert.

Von: Pierre-Marie

An: Oliver *17. April 2013*

Oliver,

du rettest mir das Leben! Ja, ich bin morgen Abend mit von der Partie, und wie! Aber schick mir bitte vor elf Uhr noch eine Mail, in der steht, dass du <u>unbedingt</u> mit mir zu Mittag essen musst. Schreib, was du willst, aber es muss sehr professionell klingen und so, dass ich nicht nein sagen kann. Bitte tu mir den Gefallen, ich erkläre es dir später. Im Gegenzug für deine Mühe hole ich dich, wo immer du willst, um achtzehn Uhr ab und bringe dich in ein supergeniales Restaurant.

O Mann, DANKE!

Pierre-Marie

PS: Siez mich!

Von: Pierre-Marie
An: Adeline *17. April 2013*

Adeline,
ich bin da. Ich bin immer noch da.

Ihre Mail wühlt mich auf, lässt mich schwindeln.

Auch mir kam diese Woche der Stille endlos vor. Dabei ist einiges passiert. Ich habe Besuch bekommen von meiner Nordfranzösin (Sie haben Ihren Banker, ich meine Xanthippe, vielleicht berichte ich Ihnen irgendwann von unserer Begegnung, ach ja, ein weiteres Küken), und anschließend habe ich vier Tage in Prag verbracht, aber nichts davon hat Sie aus meinem Kopf vertrieben, weder die gemächlich fließende Moldau noch die Angriffe der Frau aus Sarthe. Ich mag Sie für ein oder zwei Stunden vergessen haben, dann kehrten meine Gedanken zwangsläufig, notgedrungen, unweigerlich zu Ihnen zurück, wie Wasser, das sich stets den Weg nach unten sucht. (Oje, meine Vergleiche werden nicht besser! Und die vielen Adverbien! Sotto, reiß dich am Riemen!)

Daher hat mein Herz einen Satz gemacht, als ich Ihren Namen vorhin in meiner Mailbox erblickt habe. Danke für diesen ersten Schritt zur Wiederaufnahme unserer Korrespondenz, ich selbst hatte zunehmend den Mut verloren, je mehr Tage verstrichen waren. Ach ja, ein weiterer Grund, das Leben schön zu finden, der fünfte, glaube ich: etwas wiederzufinden, was man verloren zu haben glaubte.

Welchen Namen ich mir auch gebe, schreiben Sie in Ihrer Mail vom 8. April. Ich habe allen Grund, verwirrt zu sein, finden Sie nicht auch? Ich kenne nur Adeline Parmelan, und diese Frau habe ich liebgewonnen. Nicht Sie, wer immer Sie sind. Sie haben uns gestört und jagen mir Angst ein.

Und Adeline ist diejenige, der ich nun auch schreibe.

Wenn von unserem Band, unserem sehr strapazierten Band, noch ein paar Fasern übrig sind und wenn wir nicht zu fest daran ziehen, wenn wir vorsichtig sind, dann reißt es vielleicht nicht vollends.

Nein, ich habe den Briefumschlag nicht geöffnet. Nein, die Person, die ich gefragt habe, hat mir noch nicht geantwortet. Die Partie ist noch nicht zu Ende.

Meine Tochter? Sie sprechen natürlich von Ève? Sie spielt Napoleon in dieser Schlacht, flankiert von ihren zwei Minisoldaten, die ständig fragen: *Warum ist Papa sauer?*

Meine Katze? Meine Katze kennt kein Mitgefühl. Sie würde selbst dann noch aus ihrem Napf fressen, wenn ich tot daneben läge. Trotzdem kümmere ich mich um sie, aus Gewohnheit. Es war Veras Katze, habe ich das schon gesagt?

Meine Schlaflosigkeit? Die bekämpfe ich mit Radiohören. Menschen, die ich nicht kenne, unterbrechen die Stille und sprechen mir ins Ohr.

Warum gibt es keinen Banker mehr, keinen Chor, keine Schnapsorgie, keinen Philémon, erzählen Sie mir von Paris, was machen Sie dort? Und wer weiß? Vielleicht geschieht doch noch ein Wunder, und ich glaube Ihnen, was Sie sagen.

Pierre-Marie

Von: Oliver Vandeweert
An: Pierre-Marie Sotto *17. April 2013*

Verehrter Pierre-Marie Sotto,
wie mit dem Vertrieb vereinbart, komme ich hinsichtlich des wichtigen, für Donnerstag, den 18. April, in Valence anberaumten Treffens auf Sie zu. Anlässlich unserer jährlichen Arbeitstagung erwartet Sie das gesamte Verlagsteam Songe mitsamt den Buchhändlern und Vertretern der Region Südost um zehn Uhr im Kongresszentrum (siehe beigefügter Lageplan). An die Präsentation schließt sich um 12 Uhr 30 ein Mittagessen an. Die Diskussionsrunde beginnt am Nachmittag um 14 Uhr 30, und es ist mir eine große Ehre, selbst die Moderation zu übernehmen. Zum Ausklang haben wir in Zusammenarbeit mit der Buchhandlung Motif eine Signierstunde vorgesehen.

Ich freue mich sehr, Sie zu diesem Anlass in Valence wiederzusehen.

Bis dahin verbleibe ich mit hochachtungsvollem Gruß
Oliver Vandeweert
Verlagsleiter/Éditions du Songe

PS: Ich habe mein Bestes gegeben. Ich hoffe, die Mail ist zu deiner Zufriedenheit ausgefallen, du Geheimniskrämer! Dafür habe ich ein paar Details verdient, oder? Ich erwarte dich gegen achtzehn Uhr am Ausgang des erwähnten Kongresszentrums (siehe beigefügter Lageplan!). Bis heute Abend!

Von: Pierre-Marie
An: Lisbeth *18. April 2013*

Lisbeth,
ein Unglück kommt selten allein!

Hier die Erklärung: Kaum aus Prag zurück, will ich dich anrufen, aber da das Wetter so schön ist, beschließe ich, vorher meinen Pool in Betrieb zu nehmen. Ich beuge mich vor, um einen Pfropfen aufzuschrauben, da fällt mein Handy, das ich im Hemd stecken habe, ins Wasser. Und gibt keinen Mucks mehr von sich!

Kaum habe ich mir in Dieulefit ein neues gekauft, erhalte ich fast zeitgleich zu deiner Mail eine Nachricht von meinem Verleger (die ich dieser Mail anhänge). Er ist ein feiner Kerl, etwas verklemmt, der Distanz zu seinen Autoren hält und lässiges Verhalten nicht ausstehen kann. Kurzum, ich habe keine andere Wahl, als ja und amen zu sagen und heute nach Valence zu düsen.

Schade um das Picknick und die damit einhergehenden Leckerbissen. Ein andermal.

Es freut mich zu hören, dass es deinem Vater besser geht, und ich bin davon überzeugt, dass deine Anwesenheit zu seiner raschen Genesung beigetragen hat. Er sieht es lieber, wenn du gehst? Nimm es nicht persönlich, die alten Leutchen brauchen ihre Ruhe, ihre Routine, und die geringste Veränderung bringt sie aus dem Tritt.

Eine gute Rückfahrt nach Le Mans, 751 Kilometer sind nicht nichts!

Pierre-Marie

Von: Pierre-Marie
An: Oliver *18. April 2013*

Lieber Oliver,
perfekt! Glaubwürdig und überzeugend. Beinahe wäre ich zu der Vertretersitzung gefahren! Vielen Dank noch mal.

Und meine Fresse, um ein Haar hätte ich dein PS mitgeschickt! Ich hatte schon den Finger auf dem Button *Senden*! Schweißausbruch.

Bis heute Abend auf ein hoffentlich feuchtfröhliches, leckeres Essen. Du kannst dir gar nicht vorstellen, wie gut ich das im Moment gebrauchen kann. Ich erzähle dir alles. Höre dich schon lachen.

Pierre-Marie

Von: Pierre-Marie
An: Josy *19. April 2013*

Josy,
ich schreibe Josy, aber wer weiß, im Zweifelsfall liest Max die Mail. Ich komme bei eurem Arrangement nicht mehr mit. Ich habe das Gefühl, ihr schaut beide dem anderen beim Lesen über die Schulter, sodass man den einen nicht erreichen kann, ohne dass auch der andere was abkriegt, und das gefällt mir

nicht. Sieh dich vor, Josy, irgendwann wird Max mir geheime Mails schicken, die er anschließend ganz schnell wieder löscht. Willst du das? Das wird jedenfalls passieren, wenn ihr weiterhin einen gemeinsamen Account nutzt. Zwei Hunde fressen nicht aus demselben Napf. Das nimmt niemals ein gutes Ende.

Aber egal. Jetzt und hier wende ich mich an dich, Josy.

Bist du der Meinung, die Rollen seien im Leben klar verteilt zwischen denen, die tyrannisieren, und denen, die klein beigeben? Zwischen denen, die das Recht haben, wütend zu werden, und denen, die sich damit begnügen müssen, den Kopf zu senken?

Was für eine oberlehrerhafte Attitüde, ich glaub's nicht! Ist dir bewusst, dass du mir vorschreiben willst, was ich zu tun und zu lassen habe? Einen erklärenden Brief an Lisbeth! Warum keine Entschuldigung, wenn du schon dabei bist? Wofür sollte ich mich entschuldigen? Dass sie mich regelrecht vergewaltigt hat? Denn stell dir vor, genau das ist passiert! Sie hat mich mit Alkohol abgefüllt, damit ich in die Falle gehe (der Trick mit den herunterfallenden Blättern), und hat mich anschließend mit sexuellen Angriffen bestürmt, gegen die ich chancenlos war. Noch dazu auf dem Teppichboden im Wohnzimmer. Es hätte jederzeit jemand vorbeikommen können, ein Paketbote, ein Nachbar. Nachdem der schöne Moment vorbei war (den will ich nicht leugnen), war ich stinkwütend, dass ich auf sie hereingefallen bin. Denn natürlich kann ein Mann, der diese Bezeichnung verdient, nach solcherlei Eskapaden nicht nur danke und tschüss sagen und einfach verschwinden. Hier wird es nun kompliziert! Man muss kleine Geschenke folgen lassen, mit sanfter Stimme weitere Treffen in Aussicht stellen. Weißt du, dass sie mich ihren *Tiger* nennt und dass sie meine *Tigerin* ist? Als ich das gelesen habe, musste ich an mich halten, um nicht im Eifer des Gefechts aus reinem Überlebensinstinkt heraus ein Open-Return-Ticket nach Sansibar zu lösen.

Kennst du den Unterschied zwischen Liebe und Mord? Es gibt keinen. In beiden Fällen stellt sich dieselbe Frage: Was macht man hinterher mit dem anderen? Ich weiß, das ist zynisch, aber im vorliegenden Fall trifft es die Sache einfach so gut!

Ich soll in ihren Armen geweint haben? Ich? Ich glaub, ich spinne. Jetzt bewegen wir uns nicht mehr im Reich der Lüge, sondern dem der Psychiatrie.

Ihre Adaption? Du behauptest, sie hätte sich sehr viel Mühe gegeben? Dann will ich mir gar nicht ausmalen, was herausgekommen wäre, wenn sie sich keine Mühe gegeben hätte. Wenn sie unter dem Vorwand, meine Dialoge aufzupeppen (davon ist sie besessen), den Satz der Krankenschwester: *Schlafen Sie bereits, Monsieur Digne?* verwandelt in ein: *He Alter, ratzt du etwa?*, dann fällt mir nichts mehr ein. Und in dem Stil geht es weiter.

Darum, Josy, werde ich Lisbeth in der Tat schreiben, und ich werde die Form wahren, ich bin ja wohlerzogen, aber wenn sie zwischen den Zeilen liest, wird sie den tieferen Sinn meiner Mail verstehen, der sich in drei Wörtern zusammenfassen lässt: Lass mich los!

Und dich bitte ich, solltest du mit ihr darüber reden, dich in die entsprechende Richtung zu äußern.

Okay, Josy und Max, bringen wir das hier hinter uns und setzen unsere Freundschaft an der Stelle fort, an der wir sie vor Adeline Parmelan, vor Lisbeth, vor allem, was vorgefallen ist, zurückgelassen haben.

Lieben Gruß

Pierre-Marie

Von: Lisbeth

An: Pierre-Marie *20. April 2013*

Ist schon gut, Pierre-Marie, ich habe verstanden. Mach dir nicht die Mühe, mir noch einmal zu schreiben, um mich anzulügen, Josy hat mir Teile deiner Mail an sie weitergeleitet – jedenfalls die Teile, die mich betreffen. Dafür sind wahre Freundinnen da: um das Pflaster mit einem Ruck zu lösen. Ist ja gut, gern lass ich dich los! Eine Erlösung ist das! Und ich erspare dir zugleich die Strafarbeit, mir schreiben zu müssen. Ich war zu gutmütig und zu dämlich, dumm gelaufen. Nun weiß ich aus eigener Erfahrung, dass Schriftsteller nicht besser sind als andere.

Am liebsten würde ich sagen, du kannst mich mal, aber dafür bin ich zu höflich.

Lisbeth

PS: Weißt du, woran mich dieser »offizielle« Brief deines Verlegers erinnert, den du mir neulich frecherweise angehängt hast? An die gefälschten Entschuldigungen meiner Sechstklässler, wenn sie ihre Hausaufgaben nicht gemacht hatten. Nur bei ihnen fand ich es charmant.

PPS: Viel Erfolg beim Reparieren deiner Freundschaft mit Josy.

Von: Lisbeth P. Destivel
An: Pierre-Marie Sotto *21. April 2013*

Übrigens nehme ich zurück, was ich gestern geschrieben habe: Ich lasse dich nicht los. Nicht bevor ich dir nicht zwei oder drei Sachen gesagt habe. Zu deiner Orientierung.

Erstens: Die schweinischen Ausdrücke, die du mir ins Ohr gegrunzt hast, als wir uns auf dem Teppich gewälzt haben, habe ich in alphabetischer Reihenfolge erfasst und in einer Datei auf meinem Computer abgelegt. Sie trägt den Namen: »Ist Pierre-Marie Sotto mündlich ebenso gut wie schriftlich?« Der Untertitel lautet: »Das Intimleben eines Goncourt-Preisträgers«. Der erste Ausdruck auf meiner Liste ist: »Friss mich ungegart.« Der zweite zeichnet sich aus durch Alliterationen. »Komm, komm, komm, Kleine.« Man beachte die stilistische Armut. Gern stelle ich dir die gesamte Datei zur Verfügung.

Zweitens: Der weiße Slip, den du getragen hast und von dem ich dich auf deinen Wunsch hin vorsichtig befreit habe (siehe die entsprechende unter R erfasste Formulierung: »Reiß mir das Teil vom Leib, ich kann nicht mehr«), steht auf »Retro-Seiten«, die sich auf die sechziger Jahre spezialisiert haben, bestimmt hoch im Kurs. Da du keinen neuen Bestseller schreibst, kannst du sie jederzeit verkaufen und mit dem Erlös deinen Pool unterhalten.

Drittens: Bei näherer Betrachtung und im Lichte dessen, was ich mittlerweile über dich weiß, ist *Die Wiederkehr des Tiers* ein frauenfeindlicher Text, verfasst von einem bemitleidenswerten Mann, der Angst hat vor dem weiblichen Geschlecht. Auch wenn es traurig ist, weigere ich mich, ihm die ihm abgehende wilde, entfesselte Dimension zu bescheren, für die der Titel nur ein blasses Versprechen ist.

Viertens: Ich habe niemanden vergewaltigt. Du warst schon in Habtachtstellung, bevor meine Blätter durch die Luft geflogen sind. Ich habe sehr gute Augen, und da es nicht die erste war, die ich in meinem Leben ausgelöst habe, konnte ich die Beule in deiner Hose durchaus erkennen.

Das soll für heute genügen.

»Ergebenst« deine Lisbeth

Von: Max
An: Pierre-Marie *22. April 2013*

He Alter,
bei dem bewegten Leben, das du bisher geführt hast, kannst du nicht begreifen, was eine lange Ehe bedeutet. Ich will dir von einem Mann und einer Frau erzählen, die mit zwanzig geheiratet haben und vierzig Jahre später immer noch verheiratet sind, wie Josy und ich. Du weißt nicht, wie es ist, die Jugend, das reifere Alter und die ersten Alterserscheinungen ohne Partnerwechsel zu überstehen. Du hast keinen blassen Schimmer, wie sehr Menschen wie wir am Ende miteinander verschmelzen, sodass es ihnen sogar normal vorkommt, nicht nur das Bett zu teilen, sondern auch die Mailadresse.

Zwei Hunde, die aus ein und demselben Napf fressen: vielen Dank. Aber es ist noch schlimmer! Als hätten wir ein gemeinsames Gehirn! Als hätten wir kein Eigenleben mehr! Es ist komisch, wenn einem das so plötzlich bewusst wird.

Um ehrlich zu sein, habe ich den Montag voller Ungeduld

erwartet: Ich habe darauf gewartet, dass Josy zum Bridge düst, damit ich dir schreiben kann, ohne fürchten zu müssen, dass sie hinter mir auftaucht und mir über die Schulter schaut.

Denn du hast recht, genau das passiert! Kaum ist der Rechner an, kannst du Gift drauf nehmen, dass sie hereingeschneit kommt und fragt, was machst du da, wem schreibst du denn? Mein Lieber, seit den siebziger Jahren habe ich kein Privatleben mehr, und das gibt mir ganz schön den Blues. Was passiert da mit uns? Seit meine Hüften rumspinnen, habe ich das Gefühl, alles spinnt rum.

Heute Morgen bin ich mit Tränen in den Augen aufgewacht und mit einem Satz, der in Endlosschleife in meiner Birne kreiste. Willst du wissen, wie er ging? Er ging so: Ich mach nicht mehr mit, mach nicht mehr mit, ich steige aus.

Du wirst sagen: Woraus?

Ich weiß nicht recht. Aber auf Josy und mir lastet etwas, etwas, das mich lähmt, und ich bin müde.

Diese Geschichte mit Lisbeth bringt üble Sachen ans Licht, Pierre-Marie. Seit du uns die Mail mit den zwei Perspektiven geschrieben hast, hat sich ein Riss aufgetan und nicht mehr geschlossen. Josys Zorn mir gegenüber verraucht nicht (das gilt auch für dich), sie hängt stundenlang mit ihrer Freundin am Telefon, man könnte meinen, die beiden planen eine Meuterei. Ich bekomme das Debakel von meinem Behindertensessel aus mit, und es zieht mir buchstäblich die Beine weg. Ich kann mich nicht auf mein Fahrrad schwingen oder in mein Auto steigen, um zu verduften, ich bin in Geiselhaft. Bleibt nur der Montagabend, um wieder Luft zu kriegen.

Letztendlich, und das ist seltsam, beneide ich dich. Ich beneide dich um deine Freiheit, deinen Mut, mehrere Frauen verlassen zu haben, und ich beneide dich um das, was du seit Veras Verschwinden erlebt hast. Es ist idiotisch, ich weiß.

Wie kann man neidisch auf das Unglück anderer sein? Und doch beneide ich dich um deine Zerrissenheit. Ich beneide dich sogar darum, mit dieser Hysterikerin geschlafen zu haben!

Alles ist besser als die Lähmung, in der ich verharre.

Ich hätte Josy schon vor zwanzig Jahren verlassen sollen. Aber du kennst mich ja, ich habe eine große Klappe, poltere los, spiele mich auf, aber mehr passiert dann auch nicht. Dabei habe ich eine andere Frau geliebt. Eine sehr schöne, junge Frau, die ich auf einer Wochenendfortbildung kennengelernt habe. Sie war Sportlehrerin wie ich, aber an einem Gymnasium in der Nähe von Colmar, alles andere als praktisch. Damals hatte ich es so eingerichtet, dass ich sie von einer Telefonzelle aus anrief, wenn ich mit dem Hund Gassi ging. Ich schrieb ihr Briefe, und sie antwortete mir mit gefakten Briefumschlägen einer Bank, bei denen Josy nicht im Traum eingefallen wäre, sie aufzumachen. Kannst du dir das vorstellen? Wir haben uns heimlich getroffen, vier- oder fünfmal nur, aber wenn ich daran zurückdenke, Alter, bekomme ich fast eine Erektion.

Wie weit das alles weg ist! Verloren, entflogen, vorbei.

Willst du die Wahrheit wissen: Mein Leben ist ziemlich traurig. Das ist nicht wirklich Josys Schuld. Und es ist auch nicht wirklich meine Schuld. Es ist einfach so. Nur dass ich es mir bisher nicht eingestehen wollte. Und das macht gerade den Unterschied, löst etwas aus: Mir ist klar geworden, dass ich vor Langeweile sterbe.

Ich weiß noch nicht, was ich machen werde. Wahrscheinlich kommt erst mal meine zweite Hüfte an die Reihe. (Die OP ist auf den 16. Mai verschoben worden.) Danach, wer weiß? Wenn ich nicht auf dem Operationstisch verende, nehme ich vielleicht allen Mut zusammen und meine Beine unter den Arm.

Wenn ich mir Josys Laune in letzter Zeit ansehe, kann ich mir vorstellen, dass sie sogar erleichtert ist, mich nicht mehr an der Backe zu haben, was denkst du? Glaubst du, ich komme im Leben ohne sie zurecht?

Entschuldige den jämmerlichen Ton dieser Mail, Pierre-Marie. Du darfst dich gern über mich lustig machen, so viel du willst! Trotzdem liegt gerade ein Geruch von Schiffbruch in der Luft… Und der jagt mir ganz schön Angst ein, aber irgendwie ist es auch toll. Also, was immer Josy dazu sagt, ich bin dir jedenfalls dankbar für das heillose Durcheinander, das du angerichtet hast.

Und ich schicke dir einen meiner berühmten Klapse auf den Rücken, du weißt schon: Klapse, die Tote zum Leben erwecken!

Dein verkrüppelter Freund Max

PS: Ich werde die Mail natürlich löschen. Es sei denn, ich vergesse es… Das wäre eine herrliche »Fehlleistung«, oder?

Von: Max
An: Pierre-Marie *22. April 2013*

Selber Abend, zehn Minuten später.
Pierre-Marie, es ist vollbracht. Ich habe soeben einen ersten Akt der Spaltung vollzogen: Ich richte mir MEINE eigene

Mailadresse ein. Verdammt, was für ein Frischluftschock! Und natürlich geht die erste Mail an dich.

Von nun an bin ich max.ganz.allein@netline.fr, und du kannst mir getrost schweinische Mails und deine schlimmsten Machogedanken schicken, ohne fürchten zu müssen, dass dich die Passionsblume, die unter meinem Dach lebt, zur Schnecke macht. Jetzt weißt du Bescheid!

Von: Pierre-Marie
An: Max *23. April 2013*

Lieber Maxganzallein,
demnach bin ich derjenige, der deine neue persönliche Mailadresse einweiht. Was für eine Ehre! Für welches Passwort hast du dich entschieden? Amoco Cadiz? Beresina? Waterloo?

Sorry, ich spinne mal wieder rum, wie üblich, aber deine letzte Mail hat mich sehr berührt. Was habe ich bloß angerichtet, mein Gott, was habe ich bloß angerichtet? Zum Glück nimmst du mir ein bisschen die Schuldgefühle, sonst könnte ich nur noch den Kopf in den Gasofen stecken.

Die Mail mit den zwei Perspektiven war als Witz gedacht. Nur ein kleiner Witz, Scheiße! Ich wollte euch bloß zum Lachen bringen und keinen Tsunami auslösen. Solltest du dich auf deine alten Tage noch dazu entschließen, Literatur zu lesen, dann lies *Der Scherz* von Milan Kundera oder *Nichts und wieder nichts* von Nathalie Sarraute, und du wirst sehen, wie wenige Worte oder auch nur eine einfache Satzmelodie ein Leben durcheinanderwirbeln können. Aber ich will dir damit nicht auf den Geist gehen.

Du stellst mir zwei Fragen, Max: *Glaubst du, ich komme im Leben ohne sie zurecht?* (Die Frage hat mich fast zu Tränen gerührt, ich hatte das Gefühl, ein kleiner Junge hätte sie gestellt.) Und: *Wird sie erleichtert sein, mich nicht länger an der Backe zu haben?*

Ich will mich nicht drücken.

Wir kennen uns seit der sechsten Klasse, macht folglich 48 Jahre. Unsere Freundschaft hat sich nicht verändert. Sie ist selbstverständlich. Man muss sie nicht laut bekräftigen. Aber ich kann mich nicht daran erinnern, dass wir uns jemals gegenseitig gefragt hätten: Sag mal, was soll ich machen? Und jetzt stellst du mir diese Frage nach einem halben Jahrhundert. Das berührt mich sehr, und ich sehe auch, wie verunsichert du bist. Darum will ich nicht kneifen.

Ob ich denke, dass Josy erleichtert sein wird, dich nicht länger an der Backe zu haben? Nein.

Ob ich glaube, dass du im Leben ohne sie zurechtkommst? Nein.

Ich glaube, ihr zwei seid füreinander geschaffen und du wirst nichts Besseres finden. Ich glaube, dass ihr noch zwanzig oder dreißig Jahre lang zusammen durchs Leben geht, dass ihr mit einem Abstand von drei Wochen sterben werdet (der Überlebende wird den Tod des anderen nicht ertragen), und auf eurem Grab werden unzählige hässliche Gegenstände stehen (ich werde selbst einen beisteuern, wenn es mich noch geben sollte): Grabschilder, Grabbilder und fürchterliche Marmorbücher, auf denen *Max und Josy* steht. Das denke ich. Vielmehr sehe ich es vor mir. Das ist meine Vision für euch. Sie mag nicht argumentativ unterlegt sein, aber so ist es nun mal.

Und ich hätte dir vor zwanzig Jahren, als du diese Frau kennengelernt hast, bestimmt das Gleiche erzählt (wenn du mich nach meiner Meinung gefragt hättest). Das ist keine Frage des Alters.

Das soll euch aber keineswegs davon abhalten, hier und da etwas Bewegung in euer Leben zu bringen und vor allem euch voneinander zu lösen. Kauft euch einen zweiten Napf! Lebt von mir aus symbiotisch, aber verschmelzt nicht miteinander! Tja, und sobald deine Hüfte mitmacht, spring in den Zug (ich meine, zieh dich beim Einsteigen langsam hoch) und komm mich besuchen, ohne Josy, bis sich der Sturm gelegt hat. Hier stehen sechs Zimmer leer, du hättest die Wahl. Sie wird es nicht gern sehen, wo sie im Moment richtig auf Krawall gebürstet ist, aber egal. Demonstrier deine Unabhängigkeit!

Dein Problem, Max, ist nicht Josy. Du hast es selbst sehr schön gesagt, es ist die Langeweile. Wirf das nicht durcheinander. Kleiner Tipp am Rande: Triff keine Entscheidung, solange du nicht wieder auf dem Damm bist. Entzündungshemmer beeinträchtigen das Denkvermögen.

Und noch was: Ich habe mich nicht gedrückt und auf deine Fragen geantwortet, aber wie heißt es so schön, du bist der Kapitän in deinem Leben und tust, was du für richtig hältst.

Du sollst nur wissen, dass ich an deiner Seite stehe, egal, was passiert.

So, ich werde am 16. Mai ganz fest an dich denken.

Lieben Gruß

Pierre-Marie

PS: Josy wieder für mich einzunehmen wird mich viel Zeit kosten, fürchte ich. Im Augenblick ziehe ich es vor, die Gemüter etwas abkühlen zu lassen.

PS 2: Und noch was anderes, vergiss Verdun und den Damenweg. Du sollst die Wahrheit erfahren: Mein Großvater hat nie dort oben gekämpft. Er war sehr wohl im Krieg, aber nicht in der Gegend. Ein Freund hat mir das hier über seinen eigenen Großvater erzählt, es hat mir gefallen, und ich habe es wortwörtlich übernommen und auf meinen Großvater übertragen. Manchmal mache ich mir selbst fast Angst.

Von: Max
An: Pierre-Marie *23. April 2013*

Alter Freund,
es ist nicht schön, wenn man seine Freunde vor ihrer Zeit beerdigt, weißt du das? Der Anblick meines Grabsteins, den ich mir mit Josy teile, hat mich echt fertiggemacht … Dein Humor geht mir ab, und deine Offenheit schnürt mir die Luft ab. Wie gern würde ich dir beweisen, dass ich nicht der Mann einer einzigen Frau bin, wie gern würde ich dir beweisen, dass ich noch reichlich Energie habe! Aber du hast recht, wenn du mich zur Vorsicht gemahnst. Wie soll ich die neue Welt auf nur einem Bein erobern und mit einem Magen, der mit Entzündungshemmern bombardiert wird?

Ich will mich in Geduld üben und den 17. Mai abwarten, um mit einer Schwester aus dem Krankenhaus zu türmen.

Und verschone mich um Himmels willen mit Buchempfehlungen, du weißt genau, dass mir das Angst macht. In meinen Augen gibt es nur einen einzigen brauchbaren Autor auf dieser erbärmlichen Welt: dich. Solange du also nicht dein nächstes Buch ausspuckst, klebe ich vor der Glotze.

Für Josy ist das die richtige Strategie: Lass sie erst mal ein paar Dutzend Grad abkühlen. Ihre Freundschaft zu Lisbeth hat sehr unschöne Formen angenommen. Nach meinem letzten Kenntnisstand wollen sie eine Außenstelle von »Femen« gründen. Kannst du dir die beiden Zicken mit nackten Brüsten in der Altstadt von Le Mans vorstellen?

In einer Viertelstunde muss ich zur Krankengymnastik, darum mache ich jetzt Schluss.

I will survive!

Grüße aus dem Jenseits

Dein Max

Von: Lisbeth
An: Pierre-Marie *24. April 2013*

Dem »großen Schriftsteller und Frauenflachleger« Pierre-Marie Sotto:

Ich frage mich, wozu die zwei kleinen runden Dinger, die neulich in deinem unsäglichen Känguru-Slip gebaumelt haben, gut sein sollen, wenn sie dir nicht einmal den Mut verleihen, einer gedemütigten Frau zu antworten.

Ohne eine Entschuldigung von deiner Seite kann ich nicht ausschließen, meine Datei dieser Tage an eine jener Klatschzeitungen zu schicken, die sich über alle Arten von Bettgeschichten die Hände reiben. Ich könnte sie »Pierre-Marie Sotto hält nicht, was er verspricht« nennen.

Um dir noch etwas auf die Sprünge zu helfen, hier die Formulierung, die unter dem Buchstaben O abgelegt ist: »Oh, oh, lass mir deinen Po.« Wahrlich große Literatur.

In ungeduldiger Erwartung deiner Antwort
Wegbereiterin »zusätzlicher Wonnen«
Lisbeth

Von: Pierre-Marie
An: Lisbeth *24. April 2013*

Lisbeth,
ich weiß nicht, wie weit du zu gehen bereit bist, aber pass auf, was du tust. Begib dich nicht auf das Terrain der üblen Nachrede oder der Verletzung der Privatsphäre, du würdest einige unschöne Überraschungen erleben, das kann ich dir garantieren. Das eine wie das andere sind Straftaten nach französischem Recht, und ich denke nicht, dass deine Rentenansprüche aus dem Bildungssektor es dir gestatten werden, die erforderlichen Rechtsanwaltskosten zu stemmen, und schon gar nicht die Entschädigungszahlung, zu der du im Prozess verurteilt werden wirst.

Bitte lass uns das Spiel lieber beenden. Wir sind doch beide erwachsen, oder?

Im Grunde hätte ich mich nicht darauf einlassen sollen, deine Adaption zu lesen. Josy hat mich gegen meinen Willen dazu gedrängt. Mein Fehler besteht darin, schwach gewesen zu sein. Anschließend habe ich mich in Lügen verstrickt.

Trotzdem ist es starker Tobak, dass du mir meinen »Goncourt« unter die Nase reibst und mich als »großen Schriftsteller« verunglimpfst. Habe ich dir gegenüber jemals damit geprahlt?

Ansonsten will ich zu deinen Wortspielereien und zu deinen Äußerungen bezüglich meiner Unterwäsche und Anatomie nur Folgendes sagen: Beides werde ich nicht kommentieren. Lies dir noch mal durch, was du geschrieben hast, und urteile selbst.

Aber mir ist sehr daran gelegen, dass wir damit aufhören. Du möchtest meine Entschuldigung hören? Hier ist sie. Ich bitte dich um Verzeihung, Lisbeth. Ist es das, was du hören willst?

Pierre-Marie

Von: Pierre-Marie
An: Oliver *26. April 2013*

Lieber Oliver,
und? Isst man gut im *Vollen Mund*? Habe ich dir zu viel versprochen? Ich finde es beruhigend, dass es noch kleine Oasen wie diese gibt, mit einem Küchenchef, der eine ordentliche Speisekarte hat und nicht mehr hermachen will, als diese verspricht, und dem es darum geht, seine Gäste zu verwöhnen. Was mir an dem Abend mit dir aber am besten gefiel, befand sich nicht auf meinem Teller. Du kannst dir nicht vorstellen, wie viel Freude es mir gemacht hat zu lachen. In meiner aktuellen Lebensphase ist das ein Geschenk von unschätzbarem Wert, es ist mehr wert als eine dreiwöchige Kur in Néris-les-Bains. Ich danke dir!

Was so angenehm mit dir ist: Man hat das Gefühl, witzig zu sein. Du hast mich mit deinen Hicksern, deinem Quieken und deinen unterdrückten Schreien regelrecht beschämt. Du konntest dich noch so sehr bemühen, die Geräusche mit deiner Serviette zu dämpfen, die Hälfte der Nachbartische lachte mit, weil es so ansteckend war, hast du das gemerkt?

Ich freue mich wirklich, dass dich meine Abenteuer mit dieser Nymphomanin amüsiert haben, das Problem ist aber, dass wir überführt wurden, mein Lieber. Die Kupplerin (noch nie war dieses Wort so zutreffend) ist mir in den Rücken gefallen, und meine Angreiferin weiß heute, dass die Einladung zu diesem Kongresszentrum getürkt war. Sie ist stocksauer.

Ich will dich daher vorwarnen. Sollte dich jemals im Verlag eine gewisse Lisbeth P. Destivel sehen wollen, lasst sie nicht zu dir vor. Die Frau ist extrem aufsässig. Sobald sie sich deiner Identität versichert hat, ist sie imstande, Hackfleisch aus dir zu machen und dich dann in zermatschtem Zustand zurückzulassen.

Sonst gibt es nichts Neues, keine weiteren Geschichten aus meiner Feder. Ich sage dir Bescheid, wenn es so weit ist.

Lieben Gruß

Pierre-Marie

Von: Oliver

An: Pierre-Marie *26. April 2013*

Mein lieber Freund und Bruder,

du weißt, dass ich für ein gutes Essen immer zu haben bin: Wir wiederholen das Ganze, wann immer du willst, in Valence, Paris, Timbuktu oder anderswo! Was habe ich gelacht! Aber das erlebe auch ich nicht jeden Tag. Ohne jemandem zu nahe treten zu wollen, kann ich doch sagen, dass die meisten deiner Kollegen mit mir eher über ihre Autorenrechte reden als über ihre sexuellen Beziehungen, was sehr schade ist.

Ich notiere mir sorgfältig den Namen besagter Lisbeth und setze sie im Haus auf die schwarze Liste. Vielen Dank für die Warnung. Ich hoffe vor allem, dass du nicht um dein Leben fürchten musst, bitte beruhige mich ... Ein entsprechendes Drama möchte ich nicht erleben, auch wenn Vorfälle dieser Art todsicher den Verkauf ankurbeln würden! Du kannst es dir vorstellen, oder? »Goncourt-Preisträger von heißblütiger Französischlehrerin eiskalt ausgeschaltet!« Schon beim Gedanken daran schnellen die Erlöse in die Höhe!

Spaß beiseite: Trotz allem, was du mir beim Digestif über Vera und deine mysteriöse Mailschreiberin erzählt hast, fand ich dich bestens in Form. (»In was für einer Form?«, fragte mein Großvater immer zurück, wenn ich ihn im Altersheim besucht habe.) Tja, mein Lieber, du scheinst besser drauf zu sein als vor einem Jahr, und das stimmt mich hoffnungsvoll. Der langen Rede kurzer Sinn, mir ist ein kleiner Funke in deinen Augen aufgefallen, der aufgeflackert ist, als du die seltsamen Wochen deiner E-Mail-Korrespondenz erwähnt hast. Wo kam er her? Wovon wird er gespeist?

Mit diesen Bemerkungen will ich schließen in der Hoffnung, dass du bald gute Neuigkeiten hast.

Dir in menschlicher wie literarischer Freundschaft verbunden

Oliver

Von: Lisbeth
An: Pierre-Marie *26. April 2013*

Pierre-Marie,
erster Punkt: Ja, ich akzeptiere deine Entschuldigung. Zwar fehlt es ihr ein wenig an Spontaneität, aber sei's drum.

Zweiter Punkt: Mag sein, dass ich seit dem Tod meines armen Mannes alle möglichen Dummheiten begehe, aber ich bin nicht völlig durchgeknallt. Wenn ich dir Angst eingejagt habe, dann einzig und allein, um eine Reaktion zu provozieren. Das ist mir offenbar geglückt. Sei beruhigt, ich will mich mit dir nicht in einem wie auch immer gearteten Rechtsstreit messen, dazu fehlen mir die Mittel (2674 Euro netto im Monat wiegen wohl nicht allzu schwer im Vergleich zu mehreren hunderttausend Exemplaren, die du verkauft hast und an die du mich freundlicherweise erinnerst).

Dritter Punkt: Die Wunde ist noch frisch, aber ich werde schon wieder auf die Füße kommen, mach dir um mich keine Sorgen. (Wie du siehst, gehe ich sogar so weit, mir vorzustellen, dass du dich um mich sorgen könntest.)

Letzter Punkt: Josy hätte wissen müssen, dass ich absolut nicht dein Typ bin. Das muss ich wohl mit ihr klären, und dann setze ich einen Schlusspunkt unter dieses Kapitel, das überschrieben sein könnte mit: Wie Sotto den Schwanz einzieht.

Schluss, aus und vorbei.

Lisbeth

Von: Pierre-Marie
An: Gloria *27. April 2013*

Liebe Gloria,
du hast den Eingang meiner Mail, die ich dir vor exakt zwei Wochen geschrieben habe, bestätigt, bist mir aber bis heute eine Antwort schuldig geblieben.

Von deinem Bruder Matéo, mit dem ich kürzlich telefoniert habe, habe ich erfahren, dass du dich gerade auf ein wichtiges Casting vorbereitest, weshalb ich plötzlich Angst bekommen habe, einen denkbar schlechten Moment erwischt zu haben. Sollte dies der Fall sein, tut es mir furchtbar leid, und ich bitte dich um Verzeihung. Wie heißt es so schön: Das konnte ich ja nicht wissen.

Sag mir einfach nur, wie es bei dir aussieht. Ich kann gut verstehen, dass du keine Lust hast, dich auf dieses weiß Gott emotionale Feld zu begeben, und ich werde mich in Geduld üben.

Heute will ich dir nur erzählen, dass ich den Briefumschlag geöffnet habe und also Bescheid weiß.

Letzte Nacht ist es passiert. Es hat heftig geregnet, und die Katze hat sich gegen drei Uhr morgens in mein Schlafzimmer geflüchtet. Sie hat mich geweckt, weil sie sich auf meinem Bett im Kreis gedreht hat, um ein gutes Plätzchen zu finden. Ich habe sie ein wenig gestreichelt, dann bin ich aufgestanden, habe mir meinen Bademantel übergeworfen und bin in mein Arbeitszimmer gegangen. Ich durfte nicht darüber nachdenken, musste einfach handeln, der Moment war gekommen. Ich habe den großformatigen braunen Briefumschlag vom untersten Regalbrett meiner Bibliothek genommen, wo er mehr als zwei Monate ausgeharrt hat, und habe ihn aufgemacht.

Eine blaue Sammelmappe aus Pappe, darin zwei Stapel mit länglichen weißen Briefumschlägen im Format 22 × 11. Auf allen dieselbe Handschrift, Veras Schrift, schön, elegant und leicht, dieselbe Schrift, die sie verwendet hat, um mir mehr oder weniger täglich an allen möglichen Stellen kleine Notizen zu hinterlassen: *Ich besorge das Baguette; kannst du die Waschmaschine leeren und die Wäsche zum Trocknen aufhängen; esst mir nicht die Birnen, die sind für das Crumble morgen gedacht.* Auf allen Briefumschlägen dieselbe Briefmarke, auf allen dieselbe Adresse in Marseille (poste restante) und auf allen derselbe Adressat: *Monsieur Vincent Pelletier*. Alle waren geöffnet und gelesen worden.

Ich habe sie nach dem Datum des Poststempels sortiert, fast alle wurden vom Postamt in Dieulefit abgeschickt. Der erste Brief war am Donnerstag, dem 4. September 2008, abgestempelt worden, der letzte am Mittwoch, dem 20. Oktober 2010, acht Tage vor Veras Verschwinden. Ich habe vier Stapel aus je zehn Briefen angehäuft und einen aus den verbliebenen sieben. Macht 47 Briefe in etwas weniger als zwei Jahren, das heißt durchschnittlich fast zwei Briefe pro Monat.

Ich bin mit methodischer Präzision vorgegangen, so wie Eltern möglicherweise vorgehen würden, wenn sie im Leichenschauhaus den verunstalteten Körper des eigenen Kindes identifizieren müssten: *Ja, das ist seine Uhr, ja, das ist seine Zahnspange.* Aber vielleicht habe ich auch losgebrüllt, ich weiß es nicht.

Ich habe aufs Geratewohl einen Brief herausgegriffen. Meine Finger haben so sehr gezittert, dass man meinen konnte, ich wollte das Papier ausschütteln, aber jetzt musste ich den Weg bis zu Ende gehen. Der Brief enthielt vier eng beschriebene Blätter. Er begann mit dem Wort: *Geliebter*. Von meinem Namen angezogen, glitt mein Blick auf der Seite nach unten, wo zu lesen stand: *Pierre-Marie ist ein Engel, aber*

Mehr als diese sechs Wörter habe ich nicht gelesen. Ich hätte es nicht ertragen. Ich habe den Brief zurück in den Briefumschlag gesteckt, bin damit in den Salon gegangen und habe alle Briefe mitsamt dem großen braunen Briefumschlag in den Kamin geworfen, habe das Ganze angezündet und zugesehen, wie es zu Asche verbrannt ist.

So, liebe Gloria.

Ich weiß jetzt fast so viel wie du. Du brauchst deine Mutter nicht mehr zu verraten und brauchst auch dein Geheimnis nicht länger zu hüten. Ich stelle mir vor, was für eine Bürde in den letzten zwei Jahren auf dir gelastet hat, und ich bewundere deine Kraft. Jetzt ist es an dir zu entscheiden, was du mir sagen willst und was nicht. Behalte aber all die Dinge für dich, die mich nur noch mehr verletzen würden, ich glaube, das habe ich nicht verdient.

Vielleicht können wir jetzt wieder wie früher miteinander reden. Ich möchte dich nicht verlieren.

Lieben Gruß

Pierre-Marie

PS: Eine Frage trotzdem. Dass Vera mich verlassen hat, hat mich sehr getroffen, aber ich kann es verstehen. Was ich jedoch nicht verstehen kann, ist, dass sie auch euch verlassen hat: deine beiden Brüder und dich. Oder hat sie euch gar nicht verlassen?

Von: Gloria
An: Pierre-Marie *28. April 2013*

Pierre-Marie,
erinnerst du dich an Salima, meine Lehrerin in zeitgenössischem Tanz an der Hochschule von Lyon? Ich habe oft von ihr erzählt, wenn ich in den Ferien nach Hause kam. Sie hatte eine ganz eigene Art zu unterrichten, eine Art, die ich toll fand. Insbesondere hatte sie die Angewohnheit, ihren Kurs mit einem Sprichwort zu beginnen, das sie uns zuerst auf Arabisch sagte und dann auf Französisch. Eins dieser Sprichwörter habe ich mir eingeprägt: »Was du in deinem Garten verscharrst, wird im Garten deines Sohns wieder ans Licht kommen.« Als ich es hörte, habe ich die ganze Stunde über geweint. Ich habe weinend getanzt. Salima hat gesehen, in welcher Gemütsverfassung ich war, aber sie hat nichts gesagt.

Sie hat mich in Ruhe gelassen. Und am Ende hat sie mir die Hand auf die Schulter gelegt, das war alles.

Warum erzähle ich dir das?

Weil ich der Garten bin, in dem Mama Dinge verscharrt hat.

Wie durch Zufall hast du mir an einem 27. des Monats eine erneute Mail geschickt, und ich habe beschlossen, dir an einem 28. zu antworten: Fast ist es ein Geburtstag, denn heute ist es auf den Tag genau zweieinhalb Jahre her, dass Mama verschwunden ist. Ich war schon immer sehr empfänglich für Zeichen, das ist meine italienische Seite. Glaubst du, heute ist *der* Tag?

Ich möchte dich gerne warnen. Die Wahrheit ist noch trauriger, als du denkst, noch grausamer. Bist du dir sicher, dass du sie hören willst? Wenn du es wirklich gewollt hättest, hättest du die Briefe gelesen, bevor du sie verbrannt hast, oder?

Was ich dir vor allem sagen will, ist Folgendes: Du verlangst das Unmögliche von mir, ich kann keine Auswahl treffen, Pierre-Marie. Wenn ich anfange zu erzählen, werde ich alles preisgeben. Keine Auswahl. Keine Fingerspitzen. Keine Samthandschuhe. Es wird wie ein Dammbruch sein, verstehst du?

Darum denke ich, dass dir das, was du bisher begriffen hast, vielleicht genügt?

Wie dem auch sei, was Matéo gesagt hat, ist richtig: Wir studieren gerade ein Musical ein, bei dem ich eine kleine Rolle ergattert habe. (Es heißt *Fame*, und ich bin superglücklich.) Jetzt habe ich aber erst mal ein paar Tage Pause, bevor es am Freitag weitergeht, denk gut nach und sag mir Bescheid.

Gloria

Von: Pierre-Marie
An: Gloria *29. April 2013*

Liebe Gloria,
am Wochenende waren Ève und die beiden Kleinen zu Besuch. Gestern beim Spazierengehen hatte ich Zoé auf den Schultern, und sie hat mich gefragt: *Opi, bist du stärker als ein Kamel?* Göttlich. Ich wiege fünfmal so viel wie sie, sie hält mich vermutlich für unendlich stark und unverwüstlich. Wenn sie wüsste.

Wenn ich Veras Briefe so schnell verbrannt habe, dann um

sicherzugehen, dass ich sie nicht lesen werde. Hätte ich sie behalten, hätte mich irgendwann die Neugier gepackt. Ich hätte Seite für Seite, Wort für Wort nach dem Gift durchsucht, das mir das Leben versaut hat. Und ich kann mir nicht vorstellen, dass mich deine Enthüllungen mehr quälen könnten als die Lektüre dieser Briefe. Du jagst mir natürlich Angst ein, wenn du sagst, *noch trauriger, noch grausamer*, aber es ist mir trotz allem lieber, wenn ich die Wahrheit von dir erfahre.

Die sechs Wörter, die meine Augen sich genommen haben, haben mir gereicht. Beim Lesen habe ich Veras Stimme gehört, ihren Tonfall, ihren Akzent. Ich akzeptiere, dass sie einen anderen liebt, ich akzeptiere, dass sie mit ihm durchgebrannt ist, aber ich habe keine Lust darauf, dass sie mir das noch reinreibt! Verstehst du?

Natürlich bringe ich dich in eine schwierige Situation. Aber da ich selbst danach frage, brauchst du keine Skrupel zu haben. Vielleicht tut es dir auch gut, nach all den Jahren des Schweigens zu reden. Gern grabe ich mit dir zusammen den Garten um. Zu zweit ist es weniger hart.

Wenn ihr mich vertrieben habt, Vera und du, um eure Geheimnisse zu besprechen, unterm Kirschbaum, am Pool, auf der Terrasse, oder wenn ihr in der Küche bis mitten in der Nacht zusammengesessen habt, dachte ich immer, es ginge um dich, um dich, deine achtzehn, deine neunzehn, deine zwanzig Jahre und alles, was dazugehört: deine Liebesgeschichten vor allem. Ich war mir sicher, du wärst die Hauptperson in eurem kleinen Fortsetzungsroman. Wenn ich heute daran zurückdenke, fällt mir ein, dass ich mich oft gefragt habe: Warum sind sie so ernst? Warum lachen sie nicht mehr, die beiden? Tatsächlich waren Lachanfälle bei euch selten.

Sag mir, was du sagen willst, was du sagen kannst.
Lieben Gruß
Pierre-Marie

PS: Ich habe mir den Trailer von *Fame* aus dem Jahr 1980 angeschaut. Da geht echt was ab! Ich nehme an, du brauchst deine ganze Energie, auch wenn es eine kleine Rolle ist. Sollst du sprechen, singen? Oder nur tanzen?

Von: Gloria
An: Pierre-Marie *29. April 2013*

Pierre-Marie,
in Paris gießt es heute in Strömen. Das kleine Stück Himmel, das ich von meinem Zimmerfenster aus sehe, ist grau wie im November. Meine zwei Mitbewohnerinnen sind bei der Arbeit, ich bin allein in der Wohnung, und ich habe Rückenschmerzen, als hätte ich Rheuma. Mit 26, Scheiße! Aufgrund der Schmerzen war ich vor einem Monat bei einem Osteopathen. Es war meine erste Behandlung bei ihm. Kaum hatte er die Hände auf meinen unteren Rücken gelegt, kam er auf meine Mutter zu sprechen. »Sind Sie wütend auf Ihre Mutter?« Kannst du dir das vorstellen? Ich war völlig perplex und habe nichts dazu gesagt. Er hat hinzugefügt, dass er an der schmerzhaften Stelle eine sehr große Last spürt und ich mich unbedingt von dieser Last befreien muss. Ich bin wie betäubt bei ihm rausgegangen, und nur wenige Tage später erhalte ich deine Nachricht.

Anders als Zoé weiß ich, dass du es mit einem Kamel nicht aufnehmen kannst, trotzdem bist du ein paar Köpfe größer als ich. Wenn wir uns die Last teilen, geht es meinem Rücken vielleicht bald besser. Glaubst du an so was?

Ich weiß nicht, wo ich anfangen soll. Ich habe Angst, Mama könnte plötzlich hinter mir auftauchen, sobald ich den Namen dieses Mannes schreibe: Vincent.

(Ich bin gerade durch alle Zimmer gegangen und habe ins Treppenhaus gelauscht: nichts.)

Ich muss mich beruhigen.

Als Mama mir gegenüber zum ersten Mal seinen Namen erwähnt hat, war ich in meinem letzten Schuljahr. 2006.

Ich weiß nicht, ob du dich an Erwan erinnerst? Ich habe mit ihm zusammen eine Facharbeit geschrieben, er kam oft zu uns nach Hause und … ich habe mich in ihn verliebt. Es war für mich das erste Mal. Ich war völlig von der Rolle, darum habe ich mit Mama darüber gesprochen. Wenn es einen Menschen gab, dem ich mich anvertrauen konnte, dann sie. Ich wollte Tipps von ihr haben, dass sie mich beruhigt, mich zum Lachen bringt, lieb zu mir ist, keine Ahnung. Und genau das hat sie getan.

Dann hat sie mir von ihrer ersten Liebe erzählt, einem Jungen, den sie mit neunzehn kennengelernt hat, als sie allein nach Paris kam. Es war ergreifend. Sie hat ihn als gutaussehenden, ruhigen, intelligenten Jungen geschildert, der sie oft zum Lachen gebracht hat. Er hat Architektur studiert. Sie hat mir ein Foto von ihm gezeigt aus dieser Zeit. Er ist sehr groß, mindestens so groß wie du. Sie sagte, er sei ihr großes »Glück« und auch … ihr großes »Unglück«. Das klang wie Poesie in meinen Ohren.

Wir sind immer wieder auf ihn zu sprechen gekommen. Sobald ich ihr von Erwan erzählt habe, erzählte sie von Vincent, ich denke, sie hat nur darauf gewartet. Mit der Zeit ist mir klar geworden, dass ich das Wort »Unglück« unterschätzt hatte. Mir ist aufgegangen, dass sie ihm immer noch nachweinte. Sehnsucht nach ihm hatte. Dass dieser Mann nicht nur die Liebe ihrer Jugend war, sondern die Liebe ihres Lebens. Ich habe mich gleich ganz schlecht gefühlt, Papas wegen und auch wegen dir.

Irgendwann hat sie mir dann verkündet, dass sie ihn wiedergesehen hat. Sie war ihm in Marseille zufällig auf der Straße begegnet.

Keinen Monat später haben sie sich für ein gemeinsames Wochenende verabredet.

Ich habe sie gefragt, ob du Bescheid wüsstest und ob es dir nichts ausmachen würde. Sie hat einen Finger auf ihre Lippen gelegt und einen auf meine und mir erklärt, sie habe einen geschäftlichen Termin mit einem italienischen Autor vorgeschoben.

Ich fand es schrecklich. Ich meine, ich fand es schrecklich, dass sie dich für so dumm hielt, aber auch, dass sie es mir erzählt hat! Sie wirkte wie ein Schulmädchen, das heimlich was am Start hat. Sie wusste, worauf sie sich einließ, wenn sie Vincent wiedersah, doch sie hat, ohne zu zögern, ihre Fahrkarte gekauft.

Da hat sie angefangen, dich zu belügen, und ich wurde zu ihrer Komplizin. Gegen dich. Ich bitte dich dafür um Verzeihung, Pierre-Marie. Ich fühle mich ganz schlecht, wenn ich nur daran denke.

Weiter ging's mit Briefen, die hinter deinem Rücken geschrieben wurden, Wochenenden in Lyon oder anderswo, und immer unter dem Vorwand, sie müsste übersetzen.

Ja, ihn und Mama habe ich in dieser Straße in Lyon gesehen, in jener Oktobernacht 2008, sie kamen eng umschlungen auf uns zu wie zwei Liebende. Ich dachte, ich müsste vor Scham vergehen. Dann habe ich die ganze Scham auf mich genommen und trage sie noch heute mit mir herum.

Ich weiß nicht, ob du willst, dass ich weitermache.

Ich erzähle dir noch mehr, wenn du magst.

Und ich werde schweigen, wenn du mich darum bittest.

Der Regen schlägt mir aufs Gemüt. Ich schicke dir die Mail, ohne sie noch einmal durchzulesen. Ich habe immer noch Schmerzen in der Lendengegend, werde ein paar Dehnübungen machen.

Gloria

PS: Ich werde in *Fame* »nur« (wie du schreibst) tanzen.

Von: Pierre-Marie
An: Gloria *30. April 2013*

Gloria,
ich danke dir für dein Feingefühl. Du erinnerst mich an eine Krankenschwester, die, während sie die Flüssigkeit in die Spritze zieht, fragt, ob wir bei dem schönen Wetter eine Radtour machen wollen oder ob uns die Umstellung auf die Winterzeit zu schaffen macht. Ihr ist alles recht, um uns abzulenken und wie beiläufig die Spritze anzusetzen. Du hast deinen Osteopathen ins Feld geführt, deine Mitbewohnerinnen, deinen Mitschüler, trotzdem mussten wir irgendwann zu diesem Kerl kommen.

Es ist schon sehr spät. Ich schreibe dir morgen früh.
Pierre-Marie

Von: Pierre-Marie
An: Gloria *1. Mai 2013*

Gloria,
eine schlaflose Nacht, zumindest fast. Ich bin gerädert.

Ich hätte nie gedacht, dass mich deine Mail so sehr mitnehmen würde. Dabei hast du mir nicht viel Neues erzählt. Ich glaube, ich hatte das Wesentliche schon geahnt: ein anderer Mann in Veras Leben und ihre Unfähigkeit, es mir gegenüber zuzugeben.

Diese Vorstellung, auch wenn sie schrecklich ist, kann ich akzeptieren und ertragen. Ich halte mich nicht für unersetzlich. Das Leben hat mich immer wieder zur Bescheidenheit erzogen, in der Literatur wie im Privaten.

Auch kann ich nachvollziehen, dass sie gegangen ist, ohne etwas zu sagen, weil sie die Kraft nicht hatte, sich den vielen hundert Stunden zu stellen, die wir uns gegenseitig zerfetzen würden, den vielen tausend Stunden mit Wortgefechten, in deren Verlauf man sich endlos wiederholt und an deren Ende man nur noch angewidert ist, weil man zu viel gesagt hat. Ich habe mich dreimal scheiden lassen, ich weiß, wovon ich rede.

Ich glaube, es war an einem Abend im Oktober 2009. Jon war einen Monat zuvor ausgezogen, und wir waren allein in unserem Haus zurückgeblieben. Wir saßen beim Abendessen, im Radio liefen die Nachrichten, leise im Hintergrund. Plötzlich erstarrte Vera, ihr Blick war leer, und ungewollt kamen ein paar Worte über ihre Lippen. Vermutlich hatte sie einen Aussetzer. Sie sagte leise, aber gut hörbar: *Ich schaffe es nicht.* Es überlief mich eiskalt, ihre Stimme klang so überzeugend. Ich hatte nicht den Mut, sie darauf anzusprechen, vielmehr tat ich so, als hätte ich nichts gehört, hakte nicht nach. Redete mir ein, sie wollte sagen: *Ich schaffe es nicht, in dieser Stille zu leben, nachdem alle weg sind.* Heute, nach allem, was ich weiß, denke ich, dass sie vor allem sagen wollte: *Du allein reichst mir nicht, Pierre-Marie, und ich schaffe es nicht, es dir zu sagen.*

Ja, das alles kann ich ertragen. Ich gehe in Deckung, verschließe mein Herz, meine Kehle, bezwinge meinen Stolz und füge mich.

Was ich nicht ertragen kann, ist, dass sie mich belogen hat. Zwei Jahre lang.

Nicht nur ein einziges Mal, im Affekt, weil sie aufgrund der Umstände nicht anders konnte. Nicht zufällig, dann hätte sie sich am nächsten Tag entschuldigt, hätte um Verzeihung gebeten, und ihr wäre verziehen worden. Wer hat nicht schon ein-, zwei-, fünfmal gelogen? Nein, sie hat zwei Jahre lang gelogen. Siebenhundertdreißig Tage und siebenhundertdreißig Nächte lang.

Was mich erschüttert, ist die lange Dauer. Die Zeitspanne demütigt mich. Sie vergiftet nicht nur die zwei Jahre, von denen ich künftig alles in Zweifel ziehen werde, was wir geteilt haben, oder vielmehr alles, was ich *geglaubt* habe, mit ihr zu teilen. Nein, sie dehnt sich notgedrungen auch auf alles aus, was davor war. Es ist die reinste Ölpest.

Nein, Gloria, ich will keine Details zu diesen Lügen. Ich will nicht wissen, wo, wann, bei welcher Gelegenheit und auf welche Weise ich betrogen wurde.

Bis gestern, bis zu deiner Mail, hatte ich geglaubt, auf Vera wütend zu sein. Darüber kann ich heute nur lachen, wo ich es wirklich bin. Ja, ich spüre diese Wut, die du so gut kennst und von der du mir erzählt hast. Werde ich dich ein wenig davon entlasten können, indem ich sie mit dir teile?

Es gibt diese Wut, aber es gibt auch die Trauer. Ich trauere um jene Vera, die ich mehr als jede andere Frau in meinem Leben geliebt habe. Trauere um das Verschwinden eines Menschen. Schlimmer noch: um meine Erinnerung an ihn. Grausamkeit pur.

Entschuldige, dass ich dir gegenüber so offen bin, Gloria. Ich werde am Sonntag 61, und du bist 26, und sollte einer von uns den anderen beschützen, dann ich dich, denke ich. Aber ich habe das Gefühl, dass wir in dieser Sache auf einer Stufe stehen.

Eins noch, bevor ich diese Mail beende: Wenn du mir noch etwas sagen musst, was ich wissen sollte, dann sag es. Zahnärzte nutzen bisweilen *eine* Betäubung, um zwei Zähne zugleich zu ziehen. Nur zu.

Und noch etwas: Du bist nicht schuld an dieser Katastrophe. Überhaupt nicht, hörst du?

Pflege deinen Rücken. Lieben Gruß

Pierre-Marie

Von: Gloria
An: Pierre-Marie *1. Mai 2013*

Ich bin weder Krankenschwester noch Zahnärztin! Ich bin Tänzerin. Oder versuche zumindest, eine zu werden, und das ist nicht leicht.

Es ist schrecklich, aber manchmal wünsche ich mir, die Tochter einer anderen Frau zu sein. Wünsche mir eine »normale« Mutter, die mich einmal in der Woche anruft, zu meinen Auftritten kommt, mich während der Ferien für ein paar Tage in ihrem schönen Haus aufnimmt, mir meine Leibspeise kocht und mich fragt, wie es mir geht.

Aber Pustekuchen. Mama interessiert das nicht, sie hat sich zu einem anderen Planeten aufgemacht.

Es stimmt, sie hat dich zwei Jahre lang über ihre Handlungen angelogen, aber sie hat dich vor allem auch acht Jahre lang über ihre Gedanken angelogen. Und sie hat mich in ihre Lügen hineingezogen.

Sonst noch was? Nein. Es bleibt nur die schlichte Wahrheit: Vincent war, ist und bleibt die Liebe ihres Lebens. Damit hat sie dreißig Jahre lang gelebt. Sie hat in der Nacht von ihm geträumt, dreißig Jahre lang. Das hat sie mir gesagt. Ich weiß nicht, warum sie mich ins Vertrauen gezogen hat. Ich habe sie nicht darum gebeten!

Und als sie ihm an besagtem Tag in einer Straße in Marseille über den Weg lief, hat ein Blick genügt, und sie haben ihr Leben dort wiederaufgenommen, wo sie es in jungen Jahren zurückgelassen hatten. Nichts und niemand hätte sie daran hindern können.

Ich weiß, dass sie gekämpft hat, dass sie versucht hat, bei uns zu bleiben, aber von Tag zu Tag gerieten wir mehr ins Hintertreffen. Wir, das heißt du, ich, die hübsche Patchworkfamilie, das ganze trubelige Chaos.

Ich merke, dass es mir guttut, mit dir zu reden, Pierre-Marie. Du hast mir erlaubt, mein Versprechen zu brechen, und auch wenn ich das Gefühl habe, eine schlechte Tochter zu sein, eine »Verräterin«, sage ich mir, wer weiß, vielleicht werde ich jetzt endlich so tanzen können, wie ich es mir erträume. Du musst wissen, seit meinem Studienbeginn haben mich sämtliche Dozentinnen gedrängt, mich zu öffnen, »eine Tür aufzustoßen«. Ich habe bisher nicht verstanden, was sie von mir wollten. Mir war nicht bewusst, dass dieses Geheimnis an meinen Knöcheln hing wie eine Eisenkugel.

Aber wie Papa am Telefon zu mir gesagt hat, ich bin nicht die Mutter meiner Mutter! Ich habe es satt, sie zu beschützen! Habe es satt, für andere ihr Image als »perfekte« Frau aufrechtzuerhalten. Nein, Vera war nicht perfekt. Und du hast recht, wenn du mich daran erinnerst, dass ich für den Schlamassel nicht verantwortlich bin.

Um auf deine allererste Frage zu antworten: Nein, ich weiß nicht, wo sie ist. Sie hat sich seit ihrem Verschwinden nicht mehr bei uns gemeldet, weder bei Diego, bei Matéo noch bei mir. Das übersteigt dein Fassungsvermögen? Meins auch. Ich weiß nicht einmal, ob sie überhaupt noch lebt und ob sie irgendwann wiederauftaucht. Ich weiß nur, dass ich schon zu viele Tränen über sie vergossen habe. Heute will ich nicht mehr, dass sie mir das Leben vermiest.

Ich muss mein Leben leben können, tanzen, leicht und frei sein. Muss meine Flügel ausbreiten können ohne sie.

Und das musst du natürlich auch.

Lieben Gruß

Gloria

Von: Pierre-Marie
An: Gloria *1. Mai 2013*

Liebe Gloria,
nun haben wir die Türen und Fenster weit aufgemacht. Gut so. Und wenn du darauf aufbauen kannst, noch besser. Ich wünsche es dir jedenfalls von Herzen.

Ich will dir gern noch sagen, dass du ein wunderbares Mädchen bist und ich stolz auf dich bin.

Tanz, Liebes. Tanz deine wiedererlangte Freiheit aus dir raus.

Väterliche Grüße, auch wenn ich als Vater erst an zweiter Stelle komme (was ja nicht schlecht ist, es ist immerhin ein Treppchen auf dem Siegerpodest)

Pierre-Marie

PS: Ich stehe in regelmäßigem Mailkontakt mit der Frau, die mir die Briefe geschickt hat. Sollte ich von ihr etwas über Vera erfahren, melde ich mich bei dir, und du sagst mir dann, ob du es wissen willst oder nicht. Ist das für dich in Ordnung?

Von: Pierre-Marie
An: Adeline *2. Mai 2013*

Liebe Adeline,
wo sind Sie?

Werden die kleinen Zeichen, die ich mit nur vier Fingern auf den Bildschirm zaubere (ich habe mit vier Fingern, den beiden Zeigefingern und den zwei Mittelfingern, zwölf Romane geschrieben!), werden die kleinen Zeichen auf Wegen, von denen ich nichts ahne, an Ihrem jetzigen Aufenthaltsort vor Ihren Augen auftauchen, in Paris, zurück in Ihrem Kloster oder schon woanders? Wird diese moderne Hexerei funktionieren? Sind wir die Figuren einer elektronischen Erzählung? Werden wir uns am Ende zusammenschließen und viele kleine Elektronen bekommen?

Zwei Wochen Stille. Aber die letzte Mail ist von mir, das habe ich noch einmal überprüft. Ich mache es wie einst *Wollen wir los, Schatz?*. Wenn ich sagte: *Hm, wir sollten die Soundso einladen, ich würde sie gern wiedersehen*, hat sie mir geantwortet: *Nix da, die sind an der Reihe mit Einladen, das letzte Mal waren wir bei uns*, daraufhin sagte ich: *Das ist doch egal, oder?* Und sie sagte: *Von wegen, das ist nicht egal, sie sind mit Einladen dran.* Sie sind dran mit Schreiben, Adeline! Sie sind an der Reihe. *Wollen wir los, Schatz?* hatte absolut recht! Wäre ich nur bei ihr geblieben!

Ihre Stimme fehlt mir, Adeline. Ja, ja, ich weiß schon, dass ich Ihre Stimme noch nie gehört habe, genauso wenig wie ich Ihr Gesicht gesehen habe. Wenn ich Ihre Stimme sage, meine ich Ihre Art zu reden. Und auch Ihre Art, mich zum Reden zu bringen, mir Dinge zu entlocken. Kurzum: Unsere Vertrautheit fehlt mir. *Wir fehlen mir.*

Was mich in Büchern, Filmen, Theaterstücken reizt und berührt, mehr als die Geschichten selbst, ist das, was sie umhüllt. Die Art, wie man sie mir erzählt, ihre Textur, der Stoff, aus dem sie gewebt sind, ihre Körnigkeit, wie man in der Fotografie sagt. Und diese *Körnigkeit* finde ich in Ihren Worten, Adeline. Ihre Geschichten gefallen mir, und auch Ihre Art, sie mir zu erzählen.

Doch letztendlich entspricht nichts davon der Wahrheit. Die Wahrheit ist weniger gelehrt: Ich mache mir Sorgen um Sie.

Bitte antworten Sie mir.

In den vierzehn Tagen ist einiges vorgefallen. Wollen Sie gar nicht wissen, was? Wirklich nicht?

Okay, ich will versuchen, Sie zu ködern: 1) Ich habe Ihren großen Briefumschlag geöffnet; 2) die Person, die ich befragt habe (Gloria), hat mir geantwortet; 3) ich habe vor zehn Tagen eine Mail erhalten, in der mir jemand gesagt hat, ich könnte sie mal. Und – wollen wir immer noch nichts wissen?

Lieben Gruß

Ich warte.

Pierre-Marie

PS: Au ja, gern will ich 1, 2, 3 … Ochs am Berg! mit Ihnen spielen. Ich werde sogar so langsam zählen und mich so langsam umdrehen, dass Ihnen genug Zeit bleibt, sich zu nähern, ohne dass ich sie dabei erwische.

Von: Adeline
An: Pierre-Marie *2. Mai 2013*

Lieber Pierre-Marie,
wäre ich noch ein paar Tage ohne Nachricht von Ihnen geblieben, hätte ich Ihren Geburtstag zum Anlass genommen, um Ihnen eine Mail zu schicken. Am 5. Mai hätte ich Ihnen ein paar neutrale Sätze geschickt (zum Beispiel *Alles Gute zum Geburtstag, ich hoffe, es geht Ihnen gut, lieben Gruß*) und hätte

aufgeregt auf ein Lebenszeichen von Ihnen gewartet. Aber Sie kommen mir zuvor, und zu allem Überfluss machen Sie mir dazu noch ein Geschenk! Mehrere sogar, denn jedes Wort von Ihnen ist ein Geschenk, was 447 in einem einzigen Päckchen macht. Wollen Sie wissen, welche mir am besten gefallen? In der Reihenfolge ihres Auftretens: *liebe* gefolgt von *Adeline*, denn wenn Sie wütend auf mich wären, hätten Sie andere Wörter gewählt. Dann *Stimme* und *fehlt mir*, gefolgt von *Vertrautheit* und von der grammatikalisch falschen Formulierung, die mich ins Herz trifft. Denn auch *mir fehlen wir* ganz schrecklich, Pierre-Marie! Doch keins dieser Wörter hätte in meinen Augen einen Wert, wenn Sie nicht etwas weiter unten den einfachen, aber erstaunlichen Satz: *Ich habe Ihren großen Briefumschlag geöffnet* geschrieben hätten.

Sie haben meinen großen Briefumschlag geöffnet und beschimpfen mich nicht?

Sie haben meinen großen Briefumschlag geöffnet und sind nicht krank geworden?

Sind nicht im Krankenhaus? Auf der Stelle tot umgefallen?

Sie haben meinen großen Briefumschlag geöffnet, und jetzt machen *Sie* sich Sorgen um *mich*?!

Die Welt steht kopf, ich weiß nicht mehr, was ich sagen oder denken soll. Ich habe es nicht verdient, dass Sie mir verzeihen, und doch scheinen Sie mir zu verzeihen. Haben Sie das Licht gesehen? Die Jungfrau Maria? Oder hat mich nur mein legendäres Pech auf wundersame Weise verlassen?

Ach, Pierre-Marie, ich fühle mich so dumm. Ich versuche, witzig zu sein, aber alles klingt schal. Die Eleganz Ihrer Mail zwingt mich zu großer Demut. Daher will ich einfach das große Glück akzeptieren, dass Sie wieder aus dem Nichts auftauchen, wo ich Sie schon auf immer verloren zu haben glaubte, und ich will versuchen, mit Ihnen jenes zarte Band neu zu knüpfen, das wir Freundschaft nannten.

Wollen wir los, Schatz? hatte Benimm, und ich bewundere sie dafür, denn mir selbst fehlt er. Ich war tatsächlich dran mit Antworten, doch solange Sie den Briefumschlag nicht geöffnet hatten, schien mir ein Schweigen ehrlicher. Werden Sie mir noch glauben, wenn ich Ihnen erzähle, wie mein Alltag aussieht? Womit kann ich meine Aufrichtigkeit beweisen? Fragen Sie mich, was Sie woll'en, ich werde darauf antworten, ohne etwas auszulassen oder zu verdrehen: Ich schwöre es bei Philémon, meinem Engel, meinem kleinen toten Jungen. Das ist das Höchste, was ich bieten kann. Denn auch wenn ich in den Wochen unserer Korrespondenz gelogen oder die Wahrheit ein wenig zurechtgebogen habe, so ist doch das Wesentliche wahr. Und Philémon ist wesentlich.

Ich habe Paris vor einer Woche verlassen. In den engen Wänden meiner Wohnung, in denen ich immer wieder meinem Kummer erlegen bin, allem voran dem, Sie verloren zu haben, bin ich verrückt geworden. Ich bin nicht ins Kloster zurückgekehrt: Seit ich herausgefunden habe, was sich dort vor 54 Jahren zugetragen hat, macht mir das Haus Angst.

Dank meiner Heldentaten am Osterwochenende hat man mir für drei Monate den Führerschein entzogen. Folglich habe ich Paris mit der Eisenbahn verlassen auf der Suche nach einer neuen Bleibe für mein neues Leben. Zurzeit wohne ich in einer Pension auf der Île d'Oléron. Einen Versuch ist es wert, habe ich mir gedacht, als ich plötzlich Lust auf diesen kleinen touristischen Flecken bekam, der sich außerhalb der Saison als wild genug entpuppt, damit ich mir verloren vorkomme, und als zivilisiert genug, um die Pariserin in mir nicht abzuschrecken.

Ich stehe jeden Morgen mit der Sonne auf und gehe am Strand spazieren. Die Luft ist frisch, das Wetter grau und launisch. Ich beobachte Vögel mit langen Zehen, die im Schlick nach Würmern picken. Ich weiß nicht, wie sie heißen.

Ich denke über das Stück Weg nach, das ich mit viel Mühe in meinem bisherigen Leben zurückgelegt habe, und an die denkbaren Wege, die ich künftig einschlagen könnte.

Führen sie an dieser Insel vorbei? Auch denke ich sehr oft an Sie und spüre jedes Mal einen Stich im Herzen, bin eine gebeutelte Seele. Als ich neulich auf einem Deich entlanglief, bot mir ein Angler ein Taschentuch an. Sehe ich aus, als wäre ich erkältet?, habe ich ihn gefragt. Er hat gelächelt und mir dann erklärt, wenn eine Frau allein das Meer betrachtet, hat sie zwangsläufig Liebeskummer. Ich habe nicht protestiert. Sehen Sie, wie erbärmlich das ist, Pierre-Marie: Ich bin ein wandelndes Klischee.

Mein Pensionszimmer ist klein, mit Blumen geschmückt und modern: Ich verfüge über eine Breitband-Internetverbindung, desgleichen über lange ruhige Tage, die nur nach Ihrer Anwesenheit verlangen. Darum sagen Sie es mir.

Sagen Sie mir, was Sie von den Briefen halten. Sagen Sie mir, was Gloria Ihnen eröffnet hat. Sagen Sie mir auch, wer Ihnen gesagt hat, Sie könnten sie mal. Haben Sie eine solche Behandlung verdient?

Eins noch, bevor ich schließe: Die Adeline, die Ihnen Mitte Februar geschrieben hat, ist nicht mehr die Adeline, die Ihnen heute schreibt. Und Sie haben diese Verwandlung bewirkt. Zum Besseren hin. Zum viel Besseren.

Einen scheuen, aber aufrichtigen lieben Gruß
Bis bald?
Ihre neue Adeline

Von: Max
An: Pierre-Marie *2. Mai 2013*

Alter Kamerad,
ich weiß nicht, wie es bei dir ist, aber hier spielt das Wetter verrückt.

Nach dem Tsunami und der Weltuntergangsstimmung, die wir in den letzten Wochen erlebt haben, wird jetzt vor einer Überschwemmung gewarnt: meine liebe Josy gestern Morgen tränenüberströmt in der Küche. Einen derart feuchten 1. Mai hat es nicht mehr gegeben seit der Zeit zwischen dem ersten und dem zweiten Wahlgang bei der Präsidentschaftswahl 2002. Weißt du noch? Chirac gegen Le Pen, und überall Gesichter wie bei einer Beerdigung. Damals hat Josy über Frankreich geweint. Gestern über sich selbst. Wenn du sie gesehen hättest, ich hätte am liebsten bei der Telefonseelsorge angerufen! Der Grund für die vielen Tränen fand sich in ihrem Handy: eine SMS von Lisbeth, die ihr vorwarf, Josy habe sie ins offene Messer rennen lassen, wodurch sie ihr Gesicht verloren habe. Es war eine elend lange Schimpftirade, ich erspare dir die Details, die mit den Worten endete: »Hör auf, deine Eheprobleme auf andere zu projizieren, und kümmere dich lieber um dich, anstatt dich um mich oder Pierre-Marie zu kümmern, dann ginge es allen besser.«

Josy war am Boden zerstört. Sie hat hinter einem Schleier

aus Tränen herausgeschaut, und weißt du, was ich in dem Moment gemacht habe? Ich habe die Arme ausgebreitet.

Wir hatten beide zwölf Tage lang geschmollt, hatten uns nicht berührt, und sie hat mich mit ihren eins fuffzig böse angestarrt. Dann plötzlich habe ich die Arme ausgebreitet, und als Josy sich hineingeschmiegt hat, ist mein ganzer Groll dahingeschmolzen wie Schnee in der Sonne. Einfach so, ich hatte schon Angst, ich würde ebenfalls losheulen. Du kannst dir nicht vorstellen, wie belämmert wir aussahen! Zwei alte Knacker um die sechzig, in Pantoffeln vor dem Spültisch, den wir vor 25 Jahren haben einbauen lassen, die gerade entdeckten, wie sehr sie aneinander hingen. Als würde man im Leben nichts dazulernen. Als wäre man im Renteneintrittsalter nicht schlauer als damals, als wir noch in kurzen Hosen herumliefen, du kannst es dir nicht vorstellen!

Während ich sie an meine Brust drückte, musste ich an die Mail denken, die du mir neulich abends geschickt hast, in der du schreibst, wir würden höchstens mit drei Wochen Abstand das Zeitliche segnen. Nein, mein Lieber, nicht mit drei Wochen: Josy und ich, wir sind wie Romeo und Julia. Wir werden einer auf dem anderen sterben, in derselben Minute. Das denke ich. Und entschuldige, dass ich dir mit Shakespeare ins Gehege komme.

Seit gestern kündigt sich also, wie es im Radio immer heißt, über dem Atlantik eine Wetterbesserung an: Das Azorenhoch schiebt sich heran, und das tut gut!

Nach der Geschichte in der Küche war ich Brot holen und habe die Gelegenheit genutzt, um ihr Maiglöckchen mitzubringen. Nicht eins, nicht zwei. O nein! 37 Stück, eins für jedes Jahr unserer Ehe! (Das rumänische Mädchen an der Ecke der

Rue de l'Ardoise hätte mich am liebsten geküsst.) Bei meiner Rückkehr hatte Josy ihre Tränen getrocknet und Kaffee gekocht, aber als sie meinen riesigen Strauß Maiglöckchen sah, ging der Wasserhahn wieder auf. Ich glaube, ihr Kaffee hat reichlich salzig geschmeckt. Was soll ich sagen? Es waren positive Tränen. Wir haben uns für allen Ärger in der letzten Zeit entschuldigt, für all die bösen Worte, die wir uns ins Gesicht geschleudert hatten, wir haben sogar zum ersten Mal seit langer, langer Zeit über das zweite Kind gesprochen, das wir nie gezeugt haben. Wir sind weit zurückgegangen, Pierre-Marie, irre weit.

Das wollte ich dir heute berichten, mein Freund. Dir und deinem ganzen Chaos mit Lisbeth habe ich es zu verdanken, dass ich meine liebe Josy in dem Bett, das seit Monaten von unserer Seite keine größeren Eskapaden mehr erlebt hat, schön auf Touren gebracht habe. Und weißt du, was das Beste ist? Meine Hüfte hat gehalten.

Lieben Gruß, alter Kamerad. Auch von Josy. Sie wird dir selbst noch schreiben, versprochen.

Max

Von: Gloria
An: Pierre-Marie *3. Mai 2013*

Mein lieber Papa Nummer 2,
ein paar Zeilen nur, bevor ich zur Probe muss, um dir zu sagen, dass ich stolz auf dich bin! Sehr sogar! Ich werde dir heute Morgen nicht noch mehr Honig um den Bart schmieren (keine Zeit!), aber ich weiß, dass ich mich immer auf dich

verlassen kann, dass du meine Entscheidungen verstehst und mir hilfst, wenn ich Hilfe brauche, das bedeutet mir sehr viel.

Und ja, wenn du etwas über Mama in Erfahrung bringst, dann sag mir Bescheid. Auch wenn es traurig ist, will ich es lieber wissen. Schluss mit der Geheimniskrämerei, ja?

Ich will versuchen, das »wunderbare Mädchen« zu sein, das du anscheinend in mir siehst.

Ich muss los und drücke dir einen dicken Schmatzer auf die Daddywangen!

Deine Gloria

PS: Hast du den Pool gefüllt? Ich komme diesen Sommer gern vorbei, um mich kopfüber ins Wasser zu stürzen!
PPS: Kommst du nach Paris, um mich in *Fame* zu sehen? Das Stück ist für September angesetzt. Es wird bestimmt super!
PPPS: Das Leben ist schön!

Von: Pierre-Marie
An: Max *4. Mai 2013*

Lieber Max,
gut gemacht! Ich weiß nicht, was ich an dir am meisten bewundere: dein großes Herz für Frauen oder den ungestümen Hengst in dir.

Und jetzt zitierst du auch noch Shakespeare! Aber mich wundert das nicht. Ich glaube, dass du dir nicht in die Karten schauen lässt und dich gern als Kulturmuffel ausgibst, um deinen Feind in Sicherheit zu wiegen. Wie beim Judo. Ich erinnere mich an einen Abend bei uns (während meiner norwegischen

Phase), als du einem geschwätzigen Schriftstellerkollegen, einem unerträglichen Klugscheißer, das Maul gestopft hast, indem du ihm erklärt hast, dass man ein Pferd an die Kandare nimmt und nicht an die Kadarre. Er hat mindestens dreißig Sekunden lang die Klappe gehalten, das war klasse!

Ich freue mich, dass ihr euch wieder versöhnt habt, Josy und du, ich hatte diesbezüglich aber auch keine Zweifel. Ich warte gern auf ihre Mail. Grüße sie ganz lieb von mir, und sag ihr, ich sei ihr nicht (allzu) böse, dass sie mich so schlechtgemacht hat.

Ich muss Schluss machen, ich höre gerade den Lkw, der mir das Holz für die Terrasse liefert. Die will ich neu machen. Nicolas wird mir dabei helfen. Ich bin gespannt, was wir alles finden werden, wenn wir die alte abbauen. 35 Jahre, in denen alles Mögliche zwischen die Bretter gefallen ist!

Pierre-Marie

(Mach trotzdem langsam mit deiner Hüfte.)

Von: Pierre-Marie
An: Adeline *4. Mai 2013*

Liebe Adeline,
Le Cloître, Paris und jetzt noch eine Insel! Ich komme nicht mehr mit! Wie kommt es zu dieser Reiselust? Wenn Romanfiguren so unvermittelt aufbrechen, gibt es zwei Möglichkeiten: Entweder sind sie auf der Suche oder auf der Flucht. Entweder sind sie Jäger oder die Gejagten. Und Sie?

Dabei sieht es so aus, als seien Sie zwischen all den Vögeln mit langen Zehen, deren Namen Sie nicht wissen, ein wenig zur Ruhe gekommen. Ich wette, Sie haben sich ein Fahrrad geliehen!

Alle Fragen, die ich will! Das ist ein verführerisches und gefährliches Spiel. Ich erinnere mich an eine Kusine, die mir denselben Vorschlag gemacht hat. *Wir stellen uns gegenseitig alle Fragen, die wir wollen, und der andere darf nicht lügen, okay?* Ein hübsches brünettes Mädchen, ziemlich keck. Ich war damals dreizehn, sie fünfzehn. Wir saßen bei mir zu Hause auf dem Dachboden. Ihr Vorschlag hat mir einen gehörigen Schrecken eingejagt, aber ich habe mich nicht getraut, nein zu sagen. Dann hat sie gefragt: *Wer fängt an?* Ich daraufhin: *Fang du an*, und ich habe auf ihre erste Frage gewartet. Mein Herz hat so laut gehämmert, dass ich Angst hatte, sie könnte es hören, und ich war hochrot im Gesicht. Sie hat ein wenig nachgedacht und dann gefragt: *Was ist deine Lieblingsspeise?* Im selben Moment hat meine Mutter uns zum Essen gerufen, und das Spiel war zu Ende. Ich war so von der Rolle, dass ich auf dem Weg nach unten die Leiter hinuntergefallen bin. Tja, heute habe ich fast ein halbes Jahrhundert mehr auf dem Buckel und will mich gern auf Ihr Spiel einlassen.

Trotzdem will ich *Ihre* Fragen zuerst beantworten.

Was Gloria mir erzählt hat? Sie hat mir bestätigt, was ich schon wusste: dass Vera einen anderen Mann liebt, aber sie hat gesagt, dass Vera ihn schon seit langem liebt, seit immer. Auch hat sie mir erzählt, dass Vera mich zwei Jahre lang angelogen und diesen Mann heimlich getroffen hat, indem sie erfundene Arbeitswochenenden vorgetäuscht hat. Das weiß ich seit drei Tagen, und um die Nachricht zu verdauen, habe ich etwas getan, was ich noch nie zuvor in meinem Leben getan habe: Ich habe das Regal unserer Hausapotheke durchsucht und dort eine Schachtel mit Veras Schlaftabletten gefunden. Ich schlucke jeden Abend zwei davon und sage mir, dass Vera auch abwesend noch sehr präsent ist, da sie mir zusammen mit der Krankheit gleich die Arznei liefert.

Was ich von den Briefen halte? Ich habe sechs Wörter darin gelesen und finde, dass sie mir genug Qualen beschert haben. Ich habe sie allesamt verbrannt und Ihren großen Briefumschlag gleich mit. Und ich bin sehr froh, dass ich das getan habe.

Adeline, ich will Ihnen etwas anvertrauen, was weder Gloria noch ihre Brüder, meine Kinder oder die Polizisten wissen, die die Ermittlungen geleitet haben. Etwas, das nur ich weiß und woran ich auch zwei Jahre später noch nicht denken kann, ohne dass es mir das Herz zuschnürt.

Um es zu verstehen, muss ich Ihnen zuerst sagen, was für ein Verhältnis ich zu Geld habe. Sobald ich genug Geld hatte, das war '96 der Fall, als mein Roman *Die Drift* verfilmt wurde (der Film war eher mittelmäßig, aber die Rechte waren sehr einträglich), habe ich das Interesse daran verloren. Darauf bin ich weder stolz, noch schäme ich mich dafür, es ist einfach so. In der Folge hat sich Elin (meine Norwegerin) um das Haushaltsgeld gekümmert, danach hat Vera das übernommen. Seit 2005 habe ich persönlich keinen einzigen Briefumschlag unserer Bank mehr aufgemacht. Vera und ich hatten ein gemeinsames Girokonto, und sie besaß eine Vollmacht für alle meine anderen Konten. Dass sie sich um alles gekümmert hat, war praktisch, mir war es sehr recht. Nach ihrem Verschwinden haben mich die Polizisten gefragt, ob sie in letzter Zeit möglicherweise ungewöhnliche Geldtransfers vorgenommen habe, Abhebungen beispielsweise oder Überweisungen. Arglos habe ich das verneint, es sei alles in Ordnung. In Wahrheit wusste ich es einfach nicht.

Anfang November bekam ich unseren Monatsauszug für Oktober und habe ihn genauestens unter die Lupe genommen. Vera hatte mit ihrer Karte jede Woche 750 Euro in bar abgehoben. Daraufhin wollte ich mir die früheren Monatsauszüge anschauen, habe sie aber nirgendwo gefunden. Darum bin ich zur Bank gegangen und habe um eine Übersicht über unsere Konten gebeten. Ich stellte fest, dass Vera seit Februar 2009 von unseren verschiedenen Konten jede Woche 750 Euro abgehoben hat, seit 21 Monaten also, was eine Summe von 63.000 Euro ergibt.

Es war vollkommen legal. Ich habe niemandem etwas davon gesagt. Sie sind der erste Mensch, dem ich es erzähle. Nicht der Verlust des Geldes trifft mich, sondern die von langer Hand geplante Vorsätzlichkeit und das Gefühl, nicht nur betrogen worden zu sein, sondern auch verraten.

Was ging in ihrem Kopf vor, wenn sie meine Hand auf ihre Brust legte und sagte: *Erzähl mir was*, nachdem sie am selben Morgen 750 Euro abgehoben hatte und am darauffolgenden Wochenende einen anderen Mann treffen wollte? Kritiker behaupten, dass ich *hinter die menschliche Seele schaue*. Das ist ein Witz. Ich schaue hinter gar nichts. Kein Mensch tut das.

Während der Ermittlungen habe ich kein Wort über das gestohlene Geld verloren, ich schämte mich für meine Naivität. Ich wollte nicht so aussehen wie ein Vogel, den man ausgenommen hat, wie ein armer Kerl, den man nach Belieben betrügen und demütigen kann. Ich zog es vor, in die Rolle des Unglücklichen zu schlüpfen, dessen heißgeliebte Frau auf mysteriöse Weise verschwunden ist. Das macht sich besser, oder?

Ich habe die Rolle bis zum Exzess gespielt. Habe mir große Mühe gegeben. War mutig, unermüdlich, vorbildlich. Ich war bei allen Durchsuchungen dabei, bei allen Fahndungen.

Doch insgeheim war ich zutiefst verbittert, was kein Mensch wusste. Die schlimmsten Monate meines Lebens. Es waren meine Enkel, die mich davor bewahrt haben, den Verstand zu verlieren.

Und da ich Ihnen nichts mehr verheimlichen möchte, hier noch etwas: Die Polizisten, die mit den Ermittlungen betraut waren, haben nach Veras Reisepass gefragt. Ich habe ihnen den alten gegeben, der in ihrer Schreibtischschublade lag. Und habe mich gehütet, ihnen zu sagen, dass sie sich vor wenigen Monaten einen neuen hatte ausstellen lassen, den sie mitgenommen hat.

Jetzt ist es an mir, Ihnen Fragen zu stellen, liebe Adeline. Seien Sie beruhigt, ich mache es wie meine Kusine und fange ganz harmlos an:

- Essen Sie Austern auf Ihrer Insel (falls Sie dort noch sind), auch wenn der Mai kein Monat mit r ist?

Etwas schwieriger:

- Mittlerweile weiß ich, dass ich bei dem, was Sie mir anvertraut haben, Wahres von Falschem unterscheiden muss. Es gibt Dinge, von denen ich nicht glaube, dass sie ausgedacht sind. Beispielsweise glaube ich an Philémon. Andere wiederum sind kaum von Bedeutung, aber es würde mich wundern zu erfahren, dass sie erfunden sind, weil sie so schön klingen! So singen Sie in einer Ihrer Mails ganz allein *Sanctus, sanctus!*, schreiben mir gleichzeitig und kippen einige Schnäpse hinunter. Ich sehe Sie dabei leibhaftig vor mir. Bitte sagen Sie mir, dass das wahr ist!

Zunehmend gnadenloser:
- Was ist vor 54 Jahren in Ihrem »Kloster« passiert?

Und zum Abschluss die Superbonusfrage (Sie können die Chance ergreifen oder sich mit dem bisherigen Gewinn zufriedengeben; falls die Antwort falsch ist, erhalten Sie zum Trost ein Synonymwörterbuch und eine DVD, nur dass Sie das wissen):
- Adeline, woher haben Sie die Briefe, die Sie mir in dem großen Briefumschlag geschickt haben?

Und nun wirklich zum Abschluss: Neuigkeiten von meiner arroganten Katze: Sie ist fünf Nächte lang nicht nach Hause gekommen, und jetzt taucht sie heute Nachmittag hier auf, mager, ausgehungert, halb verdurstet und verdreckt. Ich denke, sie war irgendwo eingesperrt. Für sie kann ich nicht sprechen, aber *ich* war glücklich, sie wiederzusehen. Ach ja, das wäre ein weiterer Grund, weshalb sich das Leben lohnt. Der fünfte Grund war, *etwas* wiederzufinden, was man verloren zu haben glaubte, der sechste wird sein, *jemanden* wiederzufinden, den man verloren zu haben glaubte, zum Beispiel seine Katze.

Lieben Gruß

Mit Ihren Schilderungen machen Sie mir Lust auf Ihre Insel.

Pierre-Marie

Von: Adeline
An: Pierre-Marie *4. Mai 2013*

Pierre-Marie,
es ist 3 Uhr 12 in der Nacht, und ich habe gerade Ihre Mail entdeckt, die Sie mir um 0 Uhr 31 geschickt haben. Ich leide nicht oft an Schlaflosigkeit, aber heute war es eine gute Eingebung, meinen Laptop einzuschalten! Ich schreibe Ihnen lieber morgen bei Tageslicht und in etwas ruhigerem Zustand. Im Moment würde ich am liebsten laut schreien: 63.000 Euro!! Vera hat Ihr Konto um 63.000 Euro geplündert!?!? Zum Glück saß ich gerade auf dem Bett, als ich die Mail las, so konnte ich rückwärts umfallen, ohne mir etwas zu brechen. Meine Güte, Pierre-Marie, das ist heftig!

Hier und jetzt, mitten in der Nacht, etwas matschig und benommen, kann ich nicht sagen, was mich am meisten schockiert. Dass Sie so locker sind? Bereitwillig die Augen verschließen, während Vera vor Ihren Augen und hinter Ihrem Rücken peu à peu ein hübsches Sümmchen für sich abzweigt? Ihr Schweigen den Polizisten gegenüber? Ihre Scham?

Mich schockt die geballte Ladung, glaube ich. Und zugleich kommt Licht ins Dunkel, alles passt perfekt zusammen! Um diese Uhrzeit sehe ich mich nicht in der Lage, Ihnen zu erklären, warum mich diese Enthüllung schwindeln lässt, aber das hole ich natürlich nach.

Nach diesem Schock bin ich mir nicht sicher, ob der Schlaf zurückkehrt, aber ich will das Unmögliche versuchen. Auf meinem Nachttisch stapeln sich Bücher, die mich einladen, den Weg zur Weisheit zu beschreiten. *Tantra* zum Beispiel, in dem der Autor seine monatelange Lehrzeit bei einer Inderin, einer Tantra-Meisterin, schildert, um höheres Bewusstsein zu erlangen. Das Buch fasziniert mich, kennen Sie es? Ich würde so gerne atmen können, einfach nur atmen, ohne an etwas anderes zu denken!

Trotzdem werde ich Wasser erhitzen und mich mit einer Mischung aus Baldrian und Orangenblüten betäuben, das kann nicht schaden.

21 Monate. 84 Wochen. 63.000 Euro. Wenn ich über so viel Bargeld verfügen würde, wissen Sie, was ich dann täte, Pierre-Marie?

Ich würde mich sofort zum Himalaja aufmachen und mich in den Tantrismus einweihen lassen.

Ich wünsche Ihnen eine gute restliche Nacht

Adeline

Von: Pierre-Marie
An: Adeline *5. Mai 2013*

Adeline,
danke!

Sie fragen sich, wofür ich mich bedanke? Weil Sie mich mit diesen verfluchten 63.000 Euro zum Lachen gebracht haben! Ich habe Sie vor mir gesehen, im Nachthemd (oder irre ich mich?), wie Sie im Bett nach hinten plumpsen, mit offen stehendem Mund, aufgerissenen Augen, wie diese umwerfende Summe Sie umhaut und Sie in allen Tonlagen der Tonleiter den Betrag wiederholen: *63.000 Euro!!! Dreiundsechzigtausend Euro!!!*

Darüber musste ich lachen. Es ist das erste Mal seit zweieinhalb Jahren, dass ich darüber rede, und dann gleich, um zu lachen. Darum: danke. Sie haben eine Last von mir genommen, eine Gräte aus meinem Hals entfernt, Sie haben sie mit Daumen und Zeigefinger gepackt und, ohne mir Schmerzen zuzufügen, herausgezogen. Ja, Sie sind eine wunderbare Beraterin, das kann ich bestätigen! Auch wenn Sie glauben, es für andere nicht mehr zu sein, bei mir funktioniert Ihre Beratung bestens!

Danke.

(Davon mal abgesehen und unter uns: 63.000 Euro mag nach einem Batzen Geld klingen, aber für viele Menschen ist das ein Monatsgehalt. Wir sind da ganz kleine Fische, Adeline.)

Um diese Uhrzeit, es ist 5 Uhr 30, werden Sie trotz Ihrer Kräutertees vermutlich gerade am Einschlafen sein, während ich schon hellwach bin und Sie jetzt gut zudecke, damit Sie nicht frieren, Ihr Zimmer dann auf Zehenspitzen verlasse, um Sie süßen Träumen von Hunderteuroscheinen zu überlassen, die langsam herabrieseln wie der Schnee im Himalaja. (Toll, Sotto, etwas zurechtgebogen zwar, aber nicht schlecht!)

Ihr wieder zu Kräften gekommener Patient

Pierre-Marie

PS: Vor lauter Verblüffung haben Sie es versäumt, auf meine Fragen zu antworten. Aber seien wir tantrisch und sagen uns, dass wir die Ewigkeit auf unserer Seite haben.

Von: Adeline
An: Pierre-Marie *5. Mai 2013*

Lieber Pierre-Marie,
meine Schlafprobleme mussten sich am Ende den Entspannungsübungen geschlagen geben (im Nachthemd, Sie haben recht – in Schwarz, um genau zu sein), aber viel Schlaf war mir nicht vergönnt. Ich weiß nicht, ob der Schlafmangel oder Ihre Enthüllungen für meine Nervosität verantwortlich sind, wie dem auch sei, ich bin herzklopfend aufgewacht: *O Gott, welchen Tag haben wir heute? Den 5. Mai, stimmt's?* Erlauben Sie mir daher, diese schreckliche Geldgeschichte für einen Moment auszuklammern und meine Mail mit einem sehr konventionellen und sehr aufrichtigen Satz zu beginnen: Ich wünsche Ihnen einen wunderschönen Geburtstag.

Was werden Sie heute tun, um Ihren 61. Frühling zu feiern? Wird ein Teil Ihrer wundersamen Sippe bei Ihnen sein? Oder wird sich Ihre wiedergefundene Katze in eine Prinzessin verwandeln und Ihnen einen Kuchen auf den Tisch zaubern? (Sie wissen schon, wie im Märchen *Eselshaut*: »Rührt den Teig … rührt den Teig.«) Ich hoffe, dass sie Ihnen in Katzensprache zumindest etwas Nettes vormiaut und sich schnurrend auf Ihrem Schoß niederlässt. Wäre ich sie, würde ich das tun. Da ich aber keine Katze bin, ist es für Sie besser, wenn ich mich von Ihrem Schoß fernhalte, Sie würden riskieren, erdrückt zu werden! Übrigens, nachdem es gerade um die Wahrheit geht, fällt mir ein, dass ich eine Frage im Raum stehengelassen habe, hier ist die Antwort, auf die Sie warten: 83. Das war zumindest die Zahl, die meine Waage vor meiner Ankunft hier angezeigt hat. Vielleicht habe ich seitdem ein paar Gramm verloren, denn natürlich habe ich ein Fahrrad (die charmante Frau, die das Gästezimmer vermietet, leiht mir ihrs), und ich radle jeden Tag stundenlang durch Wald und Moor, woher wissen Sie das?

Pierre-Marie, ich habe Ihnen versprochen, auf alle Fragen zu antworten, ob sie rot, weiß, Bonus- oder Superbonusfragen sind, bereit, meinen bisherigen Gewinn aufs Spiel zu setzen. Doch schließen Sie zuerst für einen Moment die Augen und versuchen Sie sich eine große Frau von 1,77 Metern und 83 Kilogramm auf einem alten, vom Meersalz angegriffenen Fahrrad vorzustellen, einem uralten Teil mit drei Gängen, dessen Vorderrad eine leichte Acht hat. Lassen Sie mich nun mit diesem Ding an einer sandigen Küste entlangstrampeln, an der es nonstop bläst, direkt von vorn natürlich. Bedenken Sie außerdem, dass diese große Frau normalerweise pro Tag eine Schachtel Zigaretten raucht, und Sie haben die Antwort auf eine weitere Frage: Ich bin auf diese Insel gekommen, um zu leiden!

Das ist kein Scherz. Nach Philémons Tod, nach der Scheidung von besagtem grässlichen Typen und einer langen Zeit der Depression hatte ich viel Gewicht verloren. Ich befand mich in jeder Hinsicht in einem beklagenswerten Zustand, außer in einem Punkt: Zum ersten Mal seit meiner Jugend hatte ich die Figur einer schlanken Frau. Jahrelang schaffte ich es, das Gewicht zu halten, vor allem, weil ich in der Zeit, als ich mit meiner Mutter in Le Cloître wohnte, viel Sport getrieben habe. Und ich spreche nicht von Gesellschaftstanz, dass das klar ist! Ich meine richtigen Sport: Waldläufe, Schwimmen und sogar Rudern auf dem Loir. Ich war nicht zu bremsen, und die körperliche Anstrengung hat mich in einen

Rausch versetzt. Doch dann haben die Ereignisse der letzten Jahre (von denen ich Ihnen noch berichten werde) meine alten Ängste wieder zum Leben erweckt, und ich habe auf einen Schlag mit dem ganzen Sport aufgehört. Ich habe das Dampfen durch Mampfen ersetzt und Kilo um Kilo zugelegt.

Apropos Depression, Sie sprechen von den Schlaftabletten, die Sie in Veras Hausapotheke gefunden haben. Ich kenne diese fiesen Dinger bestens, und ich verstehe nur zu gut, wofür Sie sie brauchen, aber passen Sie auf, dass Sie es nicht übertreiben. Wenn Sie mich darum bitten, schicke ich Ihnen neue Rezepte für Wundertees, die fast dieselbe Wirkung haben, das verspreche ich Ihnen!

Sie können sich nicht vorstellen, wie ich mich freue, Ihre Mails zu lesen und Ihnen zu schreiben, Pierre-Marie. Auch wenn ich Ihnen dabei Dinge gestehe, die ich bisher vor Ihnen verborgen gehalten habe, ist meine Freude ungetrübt. Was zweifellos an dem Grund Nummer 6 liegt: jemanden wiederfinden, den man verloren zu haben glaubte. Als ich Ihnen im Februar meinen dicken Briefumschlag geschickt habe, hatte ich keine Vorstellung davon, welche wichtige Rolle Sie in meinem Leben einnehmen würden, auch wenn ich im Gegensatz zu Ihnen wusste, dass wir beide unweigerlich miteinander verbunden sind.

Bevor ich weitermache, muss ich Ihnen eine erste wichtige Lüge gestehen. Sie betrifft nicht Mozart und mein *Sanctus, sanctus*, ich singe nämlich tatsächlich allein und laut, vor allem abends, wenn ich eine Flasche aufmache. Nein, die Lüge betrifft mein Alter. Als ich Ihnen sagte, ich sei 34, habe ich mich nicht nur jünger gemacht und aus reiner Koketterie gehandelt. Nein, in Wahrheit hatte ich das Bedürfnis, neun Jahre aus meinem Leben zu streichen. Ich lasse Sie nun selbst rechnen, Sie werden sehen, dass es genügt, die beiden Ziffern zu tauschen, um mein wahres Alter zu erhalten.

Diese neun Jahre, die ich ausradieren wollte, enthalten alle Antworten auf Ihre Bonus- und Superbonusfragen, und die wichtigste von allen: Wie sind mir Veras Briefe in die Hände gefallen?

Sie sind mir nicht wirklich in die Hände »gefallen«, wenn ich ehrlich bin.

Ich habe sie gewollt, diese Briefe! Ich habe sie gesucht, und ich habe sie gestohlen.

Als ich den Packen das erste Mal in den Händen hielt, ging es mir wie Ihnen, ich hatte schreckliche Angst. Aber genau wie Sie wusste ich im Voraus, was ich vorfinden würde und dass »es« mich völlig umhauen würde. Der Moment hat sich mir als Datum fest ins Gedächtnis eingebrannt, so wie bei Ihnen die Erschütterungen des 28. Oktober 2010. Bei mir war es der 17. November 2009. Ein Dienstag in Marseille, ein Tag mit eisigem Mistral, der die Wolken verscheucht hatte. Der Himmel war ganz klar, die Sonne strahlte. Ich weiß noch, dass ich diesen Himmel und diese Sonne vollkommen deplatziert fand … als würden die Götter mich und meinen Schmerz verhöhnen.

In dem Zug, der mich an jenem Tag Marseille entrissen hat, ging es mir wie Ihnen: Ich habe die 47 Briefe von Vera überflogen, aber ich konnte nicht einen einzigen von Anfang bis zu Ende lesen, und ich habe von der Gare Saint-Charles bis zur Gare de Lyon geheult. Ich erinnere mich noch an die Blicke, die mir die Sitznachbarn zuwarfen. Die Situation war ihnen schrecklich unangenehm, aber nicht einer hat es gewagt, mich anzusprechen. Hätte es einer gewagt, ich glaube, ich hätte ihn gelyncht.

Es gibt so viel zu erzählen, mir schwirrt der Kopf.

Ich mache jetzt eine Pause. Ich brauche einen starken Kaffee: Den werde ich in dem kleinen Wettbüro von Saint-Trojan trinken, wohin ich jeden Morgen gehe. Da es nicht regnet, werde ich mich nach draußen setzen und ein paar Zigaretten rauchen, während ich den Gesprächen der Einheimischen lausche. Wissen Sie, dass sie schon um neun Uhr morgens ihren Aperitif zu sich nehmen? Solange ich da nicht angekommen bin, besteht noch Hoffnung!

So, ich bin wieder zurück, bereit, mich der unvermeidlichen Aufgabe zu stellen und das Knäuel zu entwirren. Allerdings habe ich vorhin beim Kaffeetrinken über etwas nachgedacht: Ist es vertretbar, dass ich Ihnen an Ihrem Geburtstag alle meine Wahrheiten gebündelt vor den Latz knalle? Ehrlich gesagt bin ich mir nicht sicher, ob das ein passendes Geschenk ist.

Keine Angst, ich schrecke nicht vor der Herausforderung zurück. Ich bereite mich schon lange darauf vor, seit Sie mir in Ihren Mails zum ersten Mal von Vera erzählt haben. Ich muss nur wissen, ob Sie heute in der Stimmung sind, das alles zu lesen.

Vielleicht machen Sie gerade einen Ausflug? Ich weiß sehr wohl, dass die Schneeschuh-Saison vorbei ist, aber ich stelle Sie mir gern beim Wandern vor und möchte Ihnen den Tag nicht verderben.

Daher schicke ich Ihnen hiermit den Anfang meines Geständnisses (das ist meine Art der Rücksichtnahme), warte auf grünes Licht von Ihrer Seite und gehe derweil hinunter zum Strand. Habe ich Ihnen schon erzählt, dass ich von meinem Zimmer aus Meerblick habe? Diesen Luxus genieße ich jeden Tag, zumal das Fenster nach Osten zeigt. Der gestrige Sonnenaufgang war von bezaubernder Intensität.

Drei Dinge trotz allem noch, bevor ich die Mail beende.

Erstens, mit dem Verbrennen der Briefe haben Sie genau das getan, worauf auch ich Lust hatte. Aber ich hätte das Gefühl gehabt, etwas zu vernichten, das mir nicht gehört. Sie hatten schließlich das gleiche Recht wie ich, von der Existenz der Briefe zu erfahren.

Zweitens, ich habe eine Austern-Allergie. Hier esse ich Wellhornschnecken und Fisch.

Drittens, um Ihnen zu schildern, was sich vor 54 Jahren in Le Cloître zugetragen hat, muss ich Ihnen zuerst erzählen, wie meine Mutter ums Leben gekommen ist, aber das ist nicht die Superbonusfrage. Die Superbonusfrage wäre eher die hier: Wer sind Sie, Adeline? Denn wie ich zwischen den Zeilen bereits angedeutet habe: Adeline Parmelan gibt es nicht ohne die andere Adeline, die diese lange Mail unterzeichnet.

Adeline Pelletier

PS: Was ist Ihre Lieblingsspeise, Pierre-Marie?

Von: Pierre-Marie
An: Adeline *7. Mai 2013*

Liebe Adeline,
wissen Sie, was die gute Nachricht ist? Dass ich Sie weiterhin Adeline nennen kann.

Vielen Dank für Ihre Glückwünsche. Nein, keine größere Feier zu diesem Anlass. Es war ja kein runder Geburtstag! Lediglich ein paar Anrufe meiner Enkel und Glückwunschkarten in meinem Briefkasten. Ich habe mich vor allem über all die Karten gefreut, in denen die kleinen Absender mit Lineal und Bleistift Striche gezogen haben, die ihnen helfen sollten, gerade zu schreiben, und die sie dann mit dem Radiergummi wieder weggewischt haben. Das in Kombination mit ein paar ausgesuchten Rechtschreibfehlern, und ich schmelze dahin.

Meinen sonntäglichen Geburtstag habe ich mit meinem Ältesten, Nicolas, verbracht, der den unschätzbaren Vorzug hat, ein ruhiges Naturell zu besitzen. Wir haben die alte Holzterrasse abgebaut. Ja, ich kann meinen Akkuschrauber auch an einem Sonntag benutzen, da der nächste Nachbar mehr als fünfhundert Meter entfernt wohnt und unsere religiösen Überzeugungen es uns außerdem nicht verbieten, an diesem Tag zu arbeiten. Unter den Brettern haben wir Gegenstände gefunden, die dort seit 35 Jahren lagen, was in etwa Nicolas' Alter entspricht, Münzen natürlich, Kugelschreiber, aber auch Kämme, Ohrringe, Bleistifte und vor allem jede Menge Zubehör zu Brettspielen: alle Arten von Spielfiguren in allen erdenklichen Farben, Magnete, Perlen, Quartettkarten, Plastikmesser eines Puppenbestecks. Zwischendurch sagte Nicolas: *Sieh mal, Papa, an dieses Teil kann ich mich noch gut erinnern*, und er zeigte mir eine Zaubertafel. Auch ich konnte mich gut daran erinnern. Zu Mittag haben wir in der Küche Baguette gegessen und eine Flasche Bordeaux getrunken. Ja, doch, es war ein wunderbarer Geburtstag.

Jetzt muss ich nur noch die neue Terrasse bauen, das mache ich in meinem eigenen Rhythmus in den nächsten Tagen.

Die Frage: *Wer sind Sie?* wollte ich mir für meine nächste Mail aufsparen, aber Sie sind mir zuvorgekommen. Sie haben recht. Es ist an der Zeit, Licht ins Dunkel zu bringen.

So viel habe ich mittlerweile verstanden, Adeline: Wir sind nicht die Helden in unserer eigenen Geschichte.

Wir beide, Sie und ich, kommen erst an zweiter Stelle. Die beiden Hauptpersonen sind verrückter, romantischer, leidenschaftlicher, in jedem Fall spannender als wir. Sie waren in der Lage, sich unsterblich zu verlieben, intensiv zu leben, sich zu trennen (warum, weiß ich nicht), sich Schmerzen zuzufügen, sich nach 27 Jahren wiederzufinden und einen Neustart zu wagen. Sie waren in der Lage, bei uns zu sein, bei Ihnen, bei mir, um uns dann zu verlassen, zu verschwinden, sie schafften es, grausam zu uns zu sein. Sie sind nicht vernünftig. Helden sind nicht vernünftig. Sie geben sich nicht mit Kräutertees zufrieden (Verzeihung) und auch nicht mit Tausend-Euro-Ratespielen um die Mittagszeit oder mit dem Ticken der Uhr, nachdem die Kinder das Haus verlassen haben. Wir sind ihnen unterwegs begegnet, sie wussten uns zu schätzen, ein wenig, für ein paar Jahre, dann haben sie sich von uns abgewandt. Wir haben sie im Leben nur vorübergehen sehen.

Uns bleibt nur, unsere Wunden zu heilen. Aber ich habe schon immer gern Dinge wieder ganz gemacht: kaputte Spielsachen, schlechte Texte, gefährdete Freundschaften. Das gilt auch für Sie, die Beraterin, vertraut mit Orten gefüllt mit Worten. Und es ist an der Zeit, dass Sie Ihre wohltuenden Behandlungen bei sich selbst anwenden, oder?

Was ich sonst noch wissen will, fragen Sie mich? Was müssen Sie für mich noch *entwirren*? Nicht viel. Ich denke, dass ich mittlerweile das Wesentliche weiß. Bei der Lektüre eines

Romans hasse ich es, wenn der Autor nach zwei Dritteln anfängt, das Warum vom Wie zu unterscheiden. Das erweckt bei mir den Eindruck, dass die Pause vorbei ist oder auch die Reise, dass er nun in die Hände klatscht und uns an der Tafel die Spiele erklären will, die wir gespielt haben, oder die Landschaften, die unterwegs an uns vorbeigezogen sind. Und er nimmt dem Ganzen den Zauber.

Dennoch:

Wie lange waren Sie mit diesem Mann verheiratet? Haben Sie mit ihm in Le Cloître gewohnt? Und welche Rolle spielt Ihre Mutter in dem Ganzen? Und weshalb dieses *Warum* anstelle eines *Weil* in Ihrer Mail vom 4. März. Sie schreiben an diesem Montag: … *habe ich mich, wie angekündigt, hübsch gemacht. Für mich ist das eine schwere Prüfung,* warum *ich mich hässlich fühle, auch wenn mir der eine oder die andere das Gegenteil einreden will.* Das ist ein Italianismus, ein Fehler (der einzige), den Vera immer gemacht hat. Das zu lesen war ein Schock für mich, als wäre Vera plötzlich wieder vor mir aufgetaucht und hätte mit gesenktem Kopf und ihrem herrlichen Akzent zu mir gesagt: *Ich bin zurückgekommen, warum du mir zu sehr fehlst.*

Ich überlasse es Ihnen, wie viel Sie mir dazu sagen wollen. Und wie Sie es mir sagen wollen. Vielleicht standen in Veras 47 Briefen ein paar Zeilen, die ich kennen sollte? Nachdem ich sie jetzt verbrannt habe, sind Sie die Einzige, die ihren Inhalt kennt.

Lieben Gruß

Pierre-Marie

(83 Kilogramm sind 23 weniger, als ich auf die Waage bringe, damit beeindrucken Sie mich überhaupt nicht.)

Von: Adeline
An: Pierre-Marie *9. Mai 2013*

Lieber Pierre-Marie,
Ihre Nachricht kam mir vor wie ein Bonbon. Ich habe es auf die Zunge gelegt und es während meiner Spaziergänge am gestrigen Tag langsam im Mund zergehen lassen.

Mal schmeckte es süß, mal bitter, es war wechselhaft wie der Himmel. Ihre Worte haben mich durch den Pinienwald begleitet, wo der Ginster blüht, und auf den grasbewachsenen Dünen entlang der Grande Plage, die sich über die Westküste der Insel erstreckt. Während ich den Drachen am Himmel zusah und ein Wettrennen von Strandseglern verfolgte, stellte ich mir vor, wie Sie an Ihrer Terrasse herumwerkeln. Sie haben sicher recht, in uns lodert es nicht genug, wir sind nicht verrückt genug, um zu Romanhelden zu taugen. Sie mit Ihrem Akkuschrauber, ich mit meinem verrosteten Drahtesel. Sie als Hobbyarchäologe mit Ihren kleinen Plastikschätzen und ich als einsame Vagabundin, die schwer an ihren Sehnsüchten trägt, etwas verloren inmitten der Urlauber aus dem Großraum Paris. Uns fehlt ganz entschieden der Schneid! Und doch, Pierre-Marie, mag ich uns so! Ich werde sehr traurig sein, wenn wir uns eines Tages trennen müssen.

Wie viel Zeit bleibt uns noch, Ihnen und mir, um miteinander zu teilen, was uns noch zu teilen bleibt?

Ihr Ton stimmt mich melancholisch, als wären wir am Ende eines Weges angekommen. Tatsächlich macht mich Ihre freundliche Art schwermütig. Es sieht nicht so aus, als wären Sie böse auf mich oder andere. Sie wirken müde, und ich fürchte, dass Sie noch müder werden, wenn ich den Schlamm aufwühle, in dem Vincent und Vera uns zurückgelassen haben.

Seit heute Morgen suche ich nach etwas Loderndem und Heroischem, das ich Ihnen schreiben könnte. Ich würde Sie so gern entflammen, elektrisieren! Aber dafür müsste ich mir Dinge ausdenken, und ich habe Ihnen nun mal versprochen, nicht mehr zu lügen, auch wenn Sie die Fiktion eindeutig der Realität vorziehen.

Ich habe Vincent 2003 kennengelernt. Die Umstände sind Ihnen bereits bekannt: Ich habe sie Ihnen nur nicht in der richtigen Reihenfolge erzählt, als ich Vincent für den 1,95 Meter großen Romain ausgegeben habe, den es nicht gibt. Es hat in meinem Leben nie einen Banker gegeben, aber der Rest ist absolut zutreffend. Vincent war der Bruder (und ist es noch) einer Freundin, mit der ich damals ständig zusammenhing, als ich noch mit meiner Mutter in Le Cloître wohnte. Der schreckliche Abend, an dem ich inmitten von Mickymausfiguren eingeschlafen bin, hat sich genau so abgespielt, wie ich es Ihnen beschrieben habe, das Gleiche gilt für das, was danach folgte. Zehn Jahre alte Erinnerungen.

Was ich Ihnen aus Zeitgründen nicht mehr schreiben konnte, war, dass Vincent nach dem Abend im Theater endgültig in mein Leben getreten ist. Vincent war ein anständiger Kerl. Er konnte zuhören, er nahm sich Zeit, um denjenigen zu verstehen, der ihm gegenübersaß.

Wer ihm damals gegenübersaß, war eine Frau von 33 Jahren, groß, brünett, einst dick, jetzt aber Sportlerin, einst depressiv, jetzt fröhlich und bereit, ihr Leben nach neun Jahren in Le Cloître wieder in die Hand zu nehmen.

Er war 46, arbeitete in einem Architekturbüro in Paris. Zum zweiten Mal in meinem Leben habe ich meine Mutter zurückgelassen und bin zu ihm ins 9. Arrondissement gezogen.

In den folgenden Jahren waren wir uns nur bei einem einzigen Thema uneinig, dem Thema Kind. Ich ließ einen Geburtstag nach dem anderen verstreichen in der Überzeugung, ich könnte Vincent von meinem Standpunkt überzeugen, bevor es zu spät wäre. Ich wurde 36, 37, 38. Mein Bauch blieb leer, einzig von der Erinnerung an Philémon bewohnt, die immer mehr verblasste und in zunehmend weitere Ferne rückte.

Anfang 2008, als aus meinem Wunsch immer mehr Besessenheit wurde, bekam Vincents Architekturbüro den Zuschlag für ein Großprojekt in Marseille. Er hat sich voller Elan auf das Abenteuer gestürzt, Pierre-Marie! Hätten Sie bloß gesehen, wie er mir erklärt hat, er sei als Bauleiter dieses Projekts gezwungen, die Hälfte der Zeit tausend Kilometer von daheim entfernt zu leben! Wenn das keine Flucht war, was dann?

Nach allem, was ich Veras Briefen entnommen habe, haben sie sich damals gegen Ende des Sommers wiedergesehen. Ob es Zufall war oder nicht, spielt keine Rolle. Es gibt keinen Zufall, nur Gelegenheiten.

Das Jahr 2009 war für mich der reinste Albtraum. Vincent verlängerte seine Aufenthalte in Marseille, vergaß an manchen Wochenenden zurückzukommen, und mir dämmerte mit der Zeit, dass er mich betrog. Dank Ihrer Blindheit, Pierre-Marie, ist Ihnen eins immerhin erspart geblieben: die Demütigung, in den Sachen des anderen herumzuschnüffeln. Ich habe diese Demütigung am eigenen Leib erfahren. Zu einem

Geschöpf zu werden, das im Leben des anderen herumschnüffelt und sich an dem labt, was es findet. Bis ich mir eines Tages den Schlüssel der Zweitwohnung geschnappt habe, die Vincent in Marseille gemietet hatte. Ich wusste sicher, dass er an dem Tag in Paris zu tun hatte, und so bin ich in den Zug gestiegen.

Am selben Abend kehrte ich mit dem Stapel Briefen im Gepäck zurück. Ich schloss die Wohnungstür auf, legte den Schlüssel zurück in seine Jackentasche, aus der ich ihn mir genommen hatte, und saß allein vor dem Spiegel unseres Schlafzimmerschranks, aufgelöst und am Boden zerstört. Im Spiegel sah ich eine alte Frau, von Eifersucht gezeichnet, dick und traurig. Bevor Vincent mich in diesem Zustand antraf, warf ich ein paar Sachen in eine Tasche, schmiss die Briefe dazu, kritzelte eine Nachricht auf ein Stück Papier, setzte mich ins Auto und fuhr zu dem einzigen Ort, an dem ich Zuflucht suchen konnte: Le Cloître. Die Rockschöße meiner Mutter. Wieder einmal.

Bei meiner Ankunft war es ein Uhr nachts. Wie 1994 hat mich meine Mutter hereingelassen, ohne Fragen zu stellen. Sie hat sich einen Morgenrock übergeworfen, das Feuer im Kamin wieder angefacht und mir einen Schnaps angeboten, dann einen zweiten und einen dritten … Sie hat Musik aufgelegt und mich auf dem Sofa weinen lassen. Ich habe kein einziges Wort herausgebracht. Ich konnte nur noch die Briefe aus meiner Tasche nehmen, zu mehr war ich nicht imstande. Ich warf den ganzen Stapel auf den Tisch und zog stockbesoffen los, um mich aufs Bett plumpsen zu lassen.

Am nächsten Tag waren die Briefe vom Tisch verschwunden.

Als ich meine Mutter fragte, wo sie sie hingeräumt habe,

zeigte sie kurzerhand auf das Häuflein Asche im Kamin. In puncto Liebeskummer hatte meine Mutter ihren Anteil gehabt. Sie hatte mich nicht auf die Welt gebracht, um zuzusehen, wie ich mir Nägel in die Finger rammte.

Ach, Pierre-Marie, wenn ich Ihnen das alles per Mail an den Kopf werfe, habe ich das Gefühl, Sie zu foltern. Ich sollte lieber den Mund halten, Sie Ihrer Terrasse überlassen, Ihrem Tausend-Euro-Ratespiel, Ihrem Sohn mit dem ruhigen Naturell und Ihrer abenteuerlustigen Katze. Der einzige Grund, der mich zum Weitermachen motiviert, ist nicht gerade ehrenhaft: Ich habe das Bedürfnis, Sie festzuhalten.

Natürlich bin ich Ihnen die Wahrheit schuldig, aber welchen Preis sind Sie bereit, dafür zu zahlen? Welchen Preis gestehen Sie einer 43-Jährigen zu, die definitiv nicht mehr Mutter werden kann, sich allein auf der Île d'Oléron aufhält und darauf wartet, sich aus einem Kloster zu lösen, in dem sie nicht wie ihre Mutter enden will? Was interessiert Sie das letztendlich?

Der Grammatikfehler, der sich in meine Nachricht eingeschlichen hat und zu dem Sie mich befragen, tut mir unendlich leid. Ich verstehe den Schock, den er bei Ihnen ausgelöst hat. Ich verstehe, welche aberwitzigen Gedanken Ihnen in dem Moment durch den Kopf geschossen sind! Aber es war schlicht ein Fehler, Pierre-Marie. Eine Bewusstseinstrübung. Vielleicht habe ich aber auch, da es keine Zufälle gibt, Veras Stil übernommen und daher denselben Fehler gemacht wie sie? Meine Mutter hatte die Briefe nämlich nicht verbrannt, wie hätte ich sie Ihnen sonst schicken können? Sie musste sterben, damit ich ihre Geheimnisse entdeckte. Sie musste sterben, damit ich von Ihrer Existenz erfuhr, von Ihren

Büchern. Sie musste sterben, damit ich für einen Augenblick zu Ihrer Freundin wurde.

Kann ich es trotz allem noch für kurze Zeit bleiben?

Ich schicke Ihnen ein paar Salzkörner aus Oléron, Pierre-Marie: solche, die man am Rand der Sümpfe findet, aber auch am Rand der Augenlider an manchen Abenden, wenn das Licht der untergehenden Sonne die Dinge in ein unerträglich mildes Licht taucht.

Passen Sie auf Ihre Finger auf, wie schnell geht ein Schlag mit dem Hammer daneben? Und schreiben Sie mir.

Ihre Adeline

Von: Pierre-Marie
An: Adeline *11. Mai 2013*

Liebe Adeline,
haben Sie keine Angst, ich benutze keinen Hammer, ich schraube nur.

Sie schreiben wunderschön, Adeline, manchmal frage ich mich, wer von uns beiden der Schriftsteller ist!

Die *Lügen* bezüglich Ihres Alters und Ihrer Vergangenheit sind für mich keine Lügen. Es sind Kleider, in die Sie sich eine Weile gehüllt haben, weil sie unserer Geschichte dienlich waren. Jetzt sind Sie wieder in Ihre eigenen Klamotten geschlüpft, aber darunter stecken immer noch Sie, unverändert. Und Sie haben das Wesentliche noch nicht angesprochen: Philémon und Ihre Mutter.

Denn diese beiden, die eine, die 42 Jahre lang auf Sie aufgepasst hat, und er, auf den Sie selbst siebzehn Tage lang aufgepasst haben, die eine, die Sie zweimal in Phasen der Trauer aufgenommen hat, und er, der siebzehn Tage lang um sein Leben gekämpft hat, bevor er sie fast ebenso leblos zurückgelassen hat, wie er es war, diese beiden bleiben die Fixsterne Ihres Lebens, die einzigen, nicht wahr?

Ihrem Banker trauere ich natürlich nach. Er hat mich wirklich zum Lachen gebracht! Ihr Bruder Cédric hat mir hingegen weniger gefallen. Gibt es ihn tatsächlich? Da wir gerade das Spielchen der Wahrheit spielen: Es kam mir vor, als hätten Sie mit Ihrem katastrophalen Osterwochenende arg dick aufgetragen. Ich hatte so meine Zweifel, das muss ich zugeben, angesichts einer derartigen Aneinanderreihung von Katastrophen. Das Ganze hat mich an die Ente von Robert Lamoureux erinnert, Sie wissen schon, die am Samstag *immer noch lebte*, obwohl ihr seit Sonntag jeden Tag der Garaus gemacht werden sollte. Aber egal, ich lasse mir gern Geschichten erzählen, und wenn sie gut sind, werden sie echter als die echten, widersetzen sich in jedem Fall besser dem Vergessen. Ich glaube, auf diese Weise erfindet man sich seine Vergangenheit neu.

Veras Lügen hingegen sind weit davon entfernt, mich zu entzücken, sie verletzen mich. Adeline, Sie behaupten, ich sei auf niemanden böse. Aber auf sie bin ich es.

Apropos, ich habe zu Ende gebracht, was ich mit dem Verbrennen der Briefe begonnen habe: Ich habe das Foto, das Sie mir geschickt haben, auf meinem Computer in den Papierkorb verschoben. Den Papierkorb habe ich dann geleert. Mein Computer, der auf keinen Fall einen nicht wieder rückgängig zu machenden Vorgang ausführen will, hat mich gefragt: *Möchten Sie diese Datei wirklich unwiderruflich löschen?* Ich habe ihm für seine Bedenken gedankt und auf *ja* geklickt.

Doch zuvor habe ich mir das Foto ein letztes Mal angeschaut. Ich habe das Bild vergrößert und die beiden Personen herangezoomt, die man rechts hinten sieht, unter den Arkaden, die Frau im beigen Mantel und den großen Mann, der ihr den Arm um die Schulter legt. Je näher man sie heranholt, umso mehr verschwimmt das Bild. Man kann sich nicht sicher sein. Und doch ist man sich sicher. Man hört fast die Worte, die sie miteinander wechseln, und ihre Küsse. Ich bin der Meinung, dass ich dort, in ihrer Intimsphäre, nichts zu suchen habe, sie gehen mich nichts mehr an. Und ich habe auf *ja* geklickt. Ja, *wirklich*, ja, *unwiderruflich*. Tun Sie dasselbe, Adeline. Lassen wir die beiden in Ruhe.

Und sollten wir doch noch einmal an sie denken, dann am besten, um ihnen etwas zugutezuhalten, was nicht unbedeutend ist: Sie haben Ihnen und mir erlaubt, uns zu begegnen. Ohne die beiden wäre das nicht passiert. Auch nicht ohne Ihre Mutter. Denn ich vermute, sie ist es, die Ihnen gezeigt hat, dass Vera die Frau *eines großen Schriftstellers* war.

Gestern ist meine Terrasse fertig geworden. Sie ist mir gut gelungen, und ich bin stolz auf mich. Ich werde heute Nachmittag damit protzen können, denn Nicolas kommt dieses Wochenende mit seiner Frau (die ein ebenso ruhiges Naturell besitzt wie er) und den vier Kindern (ja, auch sie sind ruhig, woher wussten Sie das?). Da wir hier eher ein Wetter wie im Oktober haben, werde ich Ihnen eine Harira kochen. Das ist eine eher pikante marokkanische Suppe mit kleinen Lammstückchen und zehn verschiedenen Gemüsesorten. Die finden sie köstlich, sogar die Kleinen. Ich liebe das Geräusch, wenn mein Messer den Lauch durchschneidet, den Sellerie; liebe den Geruch, den das Fleisch beim Braten verströmt; das

Aroma der Gewürze und das *blubb blubb*, wenn alles lange simmert. Ach ja, da hätten wir den siebten Grund, das Leben schön zu finden: für Menschen kochen, die man gern mag, sich dabei Zeit lassen und Radio hören.

Sagen Sie mir, was noch zu sagen ist, Adeline, aber quälen Sie sich nicht. Erzählen Sie mir weiter von Ihrer Insel und genießen Sie den Aufenthalt.

Pierre-Marie

Von: Adeline
An: Pierre-Marie *14. Mai 2013*

Lieber Pierre-Marie,
Ihre Mail hat mir am Samstag einen gewaltigen Blues beschert.

Ich hatte den Blues, als ich Sie als *pater familias* vor mir sah, strahlend wie die Sonne selbst, am Ende einer fröhlichen Tischgesellschaft thronend, sich ein letztes Glas Boulaouane einschenkend, stolz wie Oskar, diesen großen ruhigen Sohn und diese vier herrlichen Knirpse in die Welt gesetzt zu haben, und noch stolzer, sie alle mit seiner Suppe verwöhnen zu können.

Das Bild hat mich schwer getroffen, ich habe drei Tage gebraucht, um es zu verdauen.

Seit Wochen hält unser Mailwechsel bei mir eine Illusion aufrecht. Aber als ich Ihre Mail las, sprang mir die Wahrheit ins Gesicht: Ich war noch nie (und werde es vermutlich auch niemals sein) Gast an Ihrer Tafel. Diese Erkenntnis hat mich völlig aus der Bahn geworfen, und Sie haben recht, wenn Sie mich ermuntern, *mir mein restliches Leben vorzustellen.* Das heißt mein Leben ohne Sie. Mein Leben *nach* Ihnen.

Meine Trauer wird immer größer: Was wird aus Adeline Pelletier ohne Vincent Pelletier? Was wird aus Adeline Parmelan ohne Viviane Parmelan und ohne ihr Kloster? Was wird aus Adeline ohne Pierre-Marie?

Für Sie besteht auch ohne Vera keinerlei Notwendigkeit, alles neu zu erfinden. Ihr Leben steht auf einem soliden Sockel und auf einer neuen Terrasse, meins ist auf Sand gebaut.

Ich werde niemals so gut schreiben wie in diesen Mails an Sie, das weiß ich. Wenn es mir Freude macht, Sätze in die Tastatur zu tippen, nach Worten zu suchen, dann einzig und allein, weil ich sicher weiß, dass sie von Ihnen gelesen werden (Auslassungszeichen) und Sie mir dann antworten! Wohingegen dem wahren Autor – sagen Sie mir, wenn ich mich täusche – der Adressat reichlich egal ist. Schreiben ähnelt dem Akt der Onanie, oder?

Ich werde mir also etwas Neues suchen müssen, um den kommenden Jahren einen Sinn zu verleihen. Ein paar Routen kenne ich bereits: der Chor, der Tanz, die Kräutertees, die Meditation, eine gewisse Spiritualität, all die kleinen Dinge, von denen ich Ihnen erzählt habe und in denen ich Linderung finde.

Die Liebe?

Die Männer?

Ja, natürlich, ich mache noch kein Häkchen darunter, aber im Moment habe ich viel zu viel Angst, wieder in meine eigenen Fallen zu tappen.

Seit ich von Veras Existenz erfahren hatte, war ich besessen von der Vorstellung, sie sehen zu wollen: Ich musste wissen, wie sie aussieht. War sie brünett wie ich oder von jener blonden Schönheit, bei der sich mir die Haare aufstellen? War sie groß und kräftig oder eher zart und zerbrechlich wie ein Püppchen? Ihre Augen, ihre Haare, ihr Gang, ihr Alter, ich wollte alles über meine Rivalin wissen.

Das Foto habe ich im Februar 2010 in Lyon aufgenommen, wo Vincent und Vera sich üblicherweise trafen. Der Name des Hotels stand in den Briefen, und ich brauchte ihn nicht aufzuschreiben, um ihn mir zu merken. Ich weiß nicht, wie viele Stunden ich an dieser Straßenecke ausgeharrt habe, versteckt in meinem Wagen. Die Oberleitungen der Straßenbahn, die Schienen, die Straßenlaternen, noch heute könnte ich Ihnen einen exakten Plan über die Örtlichkeiten erstellen.

Dort habe ich sie zusammen gesehen. Vincent mit Vera. Vera mit Vincent. Ich habe sie herangezoomt und auf den Auslöser gedrückt, und sie sind im Hotel verschwunden. Ich hatte nicht darüber nachgedacht, was ich anschließend tun würde. Ihnen folgen? Die Tür zu ihrem Zimmer einschlagen und sie überraschen? Ich war völlig am Boden zerstört und fühlte mich vollkommen leer.

Ich ließ den Wagen an und fuhr, ohne anzuhalten, durch die Nacht. Mehrmals war ich versucht, das Steuer plötzlich herumzureißen, aber als ich in Paris ankam, war ich noch heil und etwas ernüchtert.

Ich schämte mich, Vincent hinterherspioniert zu haben. Schämte mich so sehr, Pierre-Marie! Das Foto habe ich auf meinem Computer gespeichert, wie um mich zur Ordnung zu rufen. Solange ich es nicht einsetzte, hatte ich das Gefühl, den Wahnsinn, der mir auflauerte, zu beherrschen.

Das letzte Mal, als ich Vincent sah, standen drei Koffer zu seinen Füßen. Er werde verreisen, sagte er mir, und nicht mehr wiederkommen, über die Wohnung würden wir uns später Gedanken machen. Ich war seit Monaten geschlagen, aber jetzt ging ich endgültig zu Boden.

Seinen Pass hatte er natürlich mitgenommen. Anders als Sie konnte ich nicht so tun, als wüsste ich nicht, dass er beschlossen hatte, alles hinter sich zu lassen und mit einer anderen Frau zusammenzuleben, weit weg von mir. Wo und wie? Das weiß ich bis heute nicht. Denn wie Sie habe ich auf ein Zeichen gewartet, das niemals kam. Anfangs wartete ich gespannt auf seine Telefonrechnungen, seine Kontoauszüge, aber so verrückt es auch klingen mag, sie enthielten keinerlei Hinweis. Keine Ausgaben, keine Anrufe, keine Schulden, nichts.

Als Sie mir von Veras Abhebungen erzählt haben, habe ich begriffen, wie gut die zwei alles organisiert hatten. Mit einer solchen Summe konnten sie sich etwas aufbauen, glauben Sie nicht auch? Auf einer Insel vielleicht, eine Hütte am Pazifik? Vincent hat oft von einem Leben in der Wildnis geträumt.

Um mich aus meiner anhaltenden Lethargie zu lösen, fuhr ich am Wochenende hin und wieder zu meiner Mutter nach Le Cloître. Sie legte mir die Karten und sah in ihnen, dass er nicht wiederkehren würde.

Sie ist diejenige, die den Hang zum Spirituellen an mich weitergegeben hat: zur Astrologie, zu den Karten, den Träumen. Ihrer Meinung nach waren alle Wege recht, um an den Schmerz der anderen heranzukommen und ihnen bei seiner Bewältigung zu helfen.

Sie starb letztes Jahr am 9. Oktober, nachdem sie die Kellertreppe hinuntergefallen war. Sie ist mit dem Kopf gegen die Wand geknallt und hat dem Arzt zufolge das Bewusstsein nicht wiedererlangt. Mein Bruder Cédric hat sie gefunden und mich angerufen.

Diesen Winter habe ich Wochen damit zugebracht, den Wust an Dingen zu ordnen, die sich im Laufe eines Lebens ansammeln. Ich habe ganze Papierberge im Kamin verbrannt. Sobald ich ein Feuer anmachte, flossen die Tränen, und ich wusste nicht mehr, um wen ich heulte: um meine Mutter, Vincent, meinen Vater, Philémon?

Kurz vor Weihnachten fand ich das Bündel Briefe. Wissen Sie, wo meine Mutter es versteckt hatte? Zwischen zwei Büchern von Ihnen: *Schloss im Nebel* und *Die Drift*. Mit der Zeit habe ich begriffen, dass der Pierre-Marie, von dem Vera sprach, der Pierre-Marie auf den Buchumschlägen war, und so bin ich von den Briefen zu Ihren Romanen gekommen, habe die Lektüre in einem Schwebezustand fortgesetzt. Meine Mutter hatte ein paar Sätze von Ihnen unterstrichen, geschweifte Klammern an den Rand gesetzt, mysteriöse Ausrufe- oder Fragezeichen hingeworfen. Hat sie versucht, Vincent und Vera zwischen den Zeilen zu finden? Ich weiß es nicht. Ich jedenfalls hatte, je mehr ich las, je mehr mir die Verbindung zwischen uns bewusst wurde, zunehmend das Bedürfnis, direkt mit Ihnen den Schmerz zu teilen, den wir jeder für sich erlebten.

Lässt sich ein Schmerz teilen, Pierre-Marie? Meiner hat im Laufe unseres Mailwechsels zumindest etwas von seiner zerstörerischen Kraft eingebüßt. Er wurde nach und nach von dem Vergnügen, Ihre Bekanntschaft gemacht zu haben, ersetzt, davon ist heute aber nicht mehr viel übrig. Und ich sage es Ihnen ganz unverblümt, der einzige Mensch, den ich im Augenblick nicht verlieren möchte, ist der Mann der Frau, die mit meinem Mann durchgebrannt ist. Ist das nicht verrückt?

Vermutlich ja.

Ich kann diese Mail nicht beenden, ohne Ihnen zu sagen, dass vor 54 Jahren im Keller dieses feuchten Hauses noch jemand gestorben ist. Der kleine Bruder meiner Mutter. Vor Odette, der verkalkten Alten, von der ich Ihnen berichtet habe, hat mir kein Mensch je von seiner Existenz erzählt. Die Fotos, auf denen er zu sehen war, hat meine Großmutter vernichtet. Nach den Zeitungsartikeln der damaligen Zeit zu urteilen, war er in den Keller gegangen, um mit Werkzeug zu spielen, das dort herumlag. Und da die Geister am Ende immer ans Tageslicht streben, lasse ich Sie raten, wie er mit Vornamen hieß.

Es ist schon spät, und mir schmerzt der Magen, nachdem ich zusammen mit der Wirtin des Gästezimmers dem inseltypischen Aperitif etwas zu sehr zugesprochen habe. Mireille heißt sie. Ich werde Ihnen in den nächsten Tagen von ihr erzählen, wenn Sie es wünschen und noch mehr lachen wollen.

Lieben Gruß
Ihre Adeline

Von: Pierre-Marie
An: Adeline *14. Mai 2013*

Liebe Adeline,
ich könnte mich ohrfeigen! Jeder Esel ist schlauer als ich. Dass ich mich vor Ihnen über die große Tafelrunde auslasse, wo Sie

traurig und allein mit einem speziellen Gäbelchen, möglicherweise sogar mit einem einfachen Zahnstocher die Wellhornschnecken aus der Schale pulen! Wie dämlich von mir! Ich bitte Sie um Verzeihung.

Dennoch sollten Sie wissen (das sei zu meiner Verteidigung gesagt), dass solche Familienessen an einem reichlich gedeckten Tisch für mich mittlerweile die Ausnahme darstellen. Normalerweise besteht mein Abendessen eher aus einer Sardinendose und einem Joghurt, und nur meine arrogante Katze leistet mir dabei Gesellschaft.

Sie haben eine eigenwillige Auffassung von literarischem Schreiben. Nein, ich schreibe nicht für mich. Würden meine Texte nicht verlegt werden, würde ich nicht ein Wort schreiben (außer an meine Freundin Adeline). Ob ein gelungenes Kapitel in einem Roman oder eine Harira-Suppe, beides ist für mich das Gleiche: ein Geschenk, das ich denen machen möchte, die es lesen oder essen werden. Ich versuche nur, mich nicht allzu ungeschickt anzustellen, wenn ich sie damit *verwöhne*.

Apropos, ich halte an meinem Urteil über Sie fest, ob es Ihnen gefällt oder nicht! Jemand, der Sätze schreiben kann wie: *Ich habe Angst, den Mann der Frau zu verlieren, die mit meinem Mann durchgebrannt ist*, sollte niemandem gegenüber literarische Komplexe haben. Ich musste dabei an Georges Brassens' Lied *A l'ombre des maris* denken, das ich immer wieder gern höre. Zuerst habe ich gelacht, doch dann habe ich überlegt, was es wirklich bedeutet, und mir hat sich die Kehle zugeschnürt. Auch ich möchte Sie auf keinen Fall verlieren, Adeline. Und warum sollten wir uns verlieren? Wir haben unsere Geheimnisse miteinander geteilt, ohne größere Schäden davonzutragen. Wir haben unsere Geheimfächer geöffnet, unsere Keller (er hieß Philémon, der kleine Bruder Ihrer Mutter, stimmt's?), wir haben die Erde in unseren Gärten umgegraben, um Verscharrtes ans Licht zu holen. Aber nichts scheint unserer Verbundenheit etwas anhaben zu können. Als könnten wir dank unserer Einträchtigkeit alles in uns aufnehmen.

Am Donnerstag, also übermorgen, kommen die Zwillinge aus Bergen. Ich hole sie in Lyon vom Flughafen ab. Die beiden bleiben eine Woche, aber ich werde Zeit für Sie haben, Adeline, keine Bange.

Ihr Pierre-Marie

Von: Adeline
An: Pierre-Marie *15. Mai 2013*

Pierre-Marie,
so viel zum Thema Katastrophe, das Wort ist absolut angezeigt: Gestern Abend musste ich Hals über Kopf nach Paris fahren, weil mich die Hausmeisterin kontaktiert hat. Ich habe einen Wasserschaden in der Wohnung, der Horror. Seit heute Morgen wate ich durch Pfützen, und die Unternachbarn haben eine Stinkwut. Sie hatten ihr Wohnzimmer gerade frisch gestrichen. Mit anderen Worten, ich bin hoffnungslos überfordert und quasi kurz vorm Absaufen!! Ich versuche, schnellstmöglich das Allernotwendigste zu erledigen, um das Notwendige kümmern wir uns später. Ich hasse solche Sachen. Genau *jetzt* wäre es gut, wenn ich Vincent erreichen könnte. Diesen Blödmann!

Habe ich Ihre Unterstützung aus der Ferne? Es ist albern, aber genau in solchen Situationen brauche ich einen Mann in meinem Leben (und sei er auch nur virtuell)!

Lieben Gruß

Adeline, Ihr triefendes Huhn

Von: Pierre-Marie
An: Adeline *15. Mai 2013*

Liebe Ertrinkende,
o ja, Männer fehlen einem ganz schrecklich, wenn man es nicht schafft, das Gurkenglas zu öffnen oder, schlimmer noch, das Glas mit Quittengelee.

Ich würde Ihnen gern helfen, aber ich bin in Sachen Wasserschaden nicht sonderlich kompetent. Ich kann zwar welche auslösen, aber nicht beheben. Drehen Sie vorsichtshalber die Hauptwasserzufuhr ab und holen Sie Hilfe (aber Vorsicht, Klempner sind ganz groß im Anbaggern).

Kopf hoch!

Pierre-Marie

Von: Josy
An: Pierre-Marie *16. Mai 2013*

Pierre-Marie,
heute ist ein komischer Tag, bestimmt ist das der Grund, weshalb ich endlich den Mut finde, dir zu schreiben. Ich habe Max in seinem Zimmer in der Uniklinik zurückgelassen, er ist

bis zum Hals mit Wundsalbe zugepinselt und nicht sehr zuversichtlich. Er hat schon bei der ersten Hüfte dermaßen gelitten, der Arme. Ich wollte dableiben, um sicherzustellen, dass er nicht allein ist, wenn er die Augen aufschlägt, aber er hat darauf bestanden, dass ich nach Hause fahre. Weißt du, was er zu mir gesagt hat? *Du kannst das nicht für mich durchstehen. Wenn ich Angst habe oder Schmerzen, kannst du nichts daran ändern. Mach du das, was bei dir nötig ist.*

Im ersten Moment war ich ziemlich verärgert. Ich weiß ja, dass nicht ich auf dem OP-Tisch liege! Ich wollte nur diesen schmerzhaften Moment mit ihm teilen, um ihn zu unterstützen. Das ist doch meine Aufgabe als Ehefrau, oder?

Na ja, ich bin dann nach Hause gefahren, ganz allein und in einer eigenartigen Stimmung, und habe mich gefragt, was Max mir sagen wollte mit seinem »das tun, was bei mir nötig ist«. Der Kühlschrank ist gut gefüllt, das Haus in tadellosem Zustand, die Rechnungen sind bezahlt, und es regnet seit Tagen dermaßen, dass ich den Garten nicht wässern muss, was soll das?

Ich habe mich in den Schaukelstuhl auf der Glasveranda gesetzt und nachgedacht. In dem Moment fielst du mir ein, Pierre-Marie. Dir schreiben: Genau das sollte ich seit Wochen tun! Und Lisbeth sollte ich natürlich schreiben. Denn auch wenn es dir nicht gefällt, so sitzt ihr mit dieser Geschichte doch im selben Boot. Zwei langjährige Freunde, mit denen ich mich verkracht habe.

Nachdem mir diese Erkenntnis durch den Kopf geschossen war, bin ich noch eine Stunde reglos in meinem Schaukelstuhl sitzen geblieben, habe den Regentropfen zugesehen, die an den Verandafenstern herunterliefen. Mein Kopf war ganz leer, als hätte man mir eine Narkose verpasst. Dann plötzlich bin ich aufgesprungen und habe den Computer eingeschaltet. Nun gut, ich beginne mit dir.

Ich habe im Übrigen nicht viel zu sagen. Was mir auf dem Herzen liegt, passt in wenige Sätze:

1 – Ich bitte dich um Verzeihung.

2 – Du hattest recht, mich daran zu erinnern, dass ich nicht über das Leben anderer bestimmen kann und noch weniger über ihre Gefühle.

3 – Wenn Max im Sommer wieder auf dem Damm ist, würde er gern ein paar Tage zu dir fahren, ohne mich, denke ich. Er hat es mir nicht direkt gesagt, aber ich habe es gespürt. Er braucht seinen ältesten Kumpel. Und muss etwas frische Luft tanken, fernab von seiner Klette zu Hause!

Ich selbst werde die Zeit nutzen, um Céline zu besuchen, ohne ihn, da er die elf Flugstunden nach Mayotte nicht überstehen würde. (Ja, nach Martinique und Französisch-Guayana wird sie dort in zwei Wochen eine neue Stelle antreten.) Ich würde gern etwas Zeit mit meiner Großen verbringen, nur wir zwei. Seit sie um die Welt tingelt, hatten wir das nicht mehr!

Das soll für heute genügen, aber ich hoffe, du kannst erkennen, was es einen Dickschädel wie mich kostet, eine solche Mail zu verfassen.

Gleich im Anschluss will ich Lisbeth schreiben. Und ich höre auf, überall um mich herum ein Durcheinander anzurichten, versprochen.

Wenn du willst, schicke ich dir morgen eine kurze Mail, um von Max' Gesundheitszustand zu berichten.

Ich hoffe, dir geht es gut und das Gras in deinem Garten

steht nicht so hoch wie hier. (Mähen ist bei der aktuellen Sintflut unmöglich.)

Ganz liebe Grüße

Josy

Von: Pierre-Marie
An: Josy *16. Mai 2013*

Liebe Josy,
würde der gute Max nicht auf dem Schmerzensbett liegen (grüß ihn ganz lieb von mir, sobald er aufwacht), wäre heute ein idealer Tag, einer dieser Tage, an dem alles bestens läuft: Knoten lösen sich auf, alle Nachrichten sind positiv, das Herz ist beschwingt.

In einer Viertelstunde fahre ich zum Flughafen Saint-Exupéry, um die Zwillinge abzuholen, was allein schon ausreichen würde, um diesen Tag zu einem glücklichen zu machen. Ich bin so gern mit ihnen zusammen und liebe es, wenn sich die Leute nach den beiden hübschen Mädchen umdrehen, die Französisch sprechen wie du und ich, aber sofort ins Norwegische wechseln, wenn sie miteinander reden. Und wenn sie mich zwischen sich nehmen und mich von beiden Seiten unterhaken, dann bin ich genauso stolz wie Brad Pitt auf den Treppenstufen in Cannes.

Und jetzt kommt zur Krönung dieses Tages deine Mail.

Also, Josy, wir werden jetzt nicht die Nummer abziehen: *Ich bitte dich um Verzeihung, nein ich, nein ich*. Reicht es dir, wenn ich das Ganze einfach als Kurzschluss bezeichne? Der Strom floss bestens zwischen euch beiden, zwischen Lisbeth und dir, er floss ebenso gut zwischen uns beiden, zwischen dir und mir, aber bei der Verbindung zu dritt hat es geknallt. Wir haben wohl die Kabel vertauscht. Meiner Meinung nach ist es am besten, die nächsten Jahre kein Wort mehr darüber zu verlieren, bis wir darüber lachen können.

Als Antwort auf deine drei Sätze:

1) Ja, ich verzeihe dir von ganzem Herzen und bitte dich ebenfalls um Verzeihung.

2) Kein Mensch bestimmt über die Gefühle anderer. Manchmal habe ich das Gefühl, es bei meinen Romanfiguren zu versuchen, aber stell dir vor, auch sie haben einen eigenen Willen und lassen mich eiskalt abblitzen.

3) Au ja! Ich würde mich wirklich sehr freuen, Max in diesem Sommer einige Zeit für mich allein zu haben. Ich stelle mir schon jetzt vor, wie wir über die Frauen im Allgemeinen und dich im Besonderen lästern werden, völlig ungestraft!

Oh, ich muss los, wenn ich meine Mädels nicht verpassen will.

Lieben Gruß

Pierre-Marie

Von: Adeline
An: Pierre-Marie *16. Mai 2013*

Lieber Pierre-Marie,
nein, der Klempner war kein Aufreißer-Typ. Lediglich Rumäne oder Albaner, das habe ich nicht rausgekriegt. Er hat jedenfalls die defekte Rohrleitung in der Küche ausgetauscht, und mehr habe ich von ihm auch nicht erwartet. Ich selbst habe

gestern Abend um 23 Uhr zum letzten Mal den Putzlappen ausgewrungen, dann habe ich mich aufs Sofa fallen lassen, wo ich in Embryonalstellung bis zum ersten Pariser Vogelzwitschern, das heißt dem Hupen eines ungeduldigen Autofahrers *(idiotus vehiculum)* auf dem Boulevard, geschlafen habe.

Beim ersten Augenaufschlag habe ich eine Entscheidung getroffen, die ich bisher vor mir hergeschoben habe: Sobald sie trocken ist, werde ich mich von dieser Wohnung trennen. Das ist ziemlich kompliziert, denn der Mietvertrag ist allein auf Vincent ausgestellt. Haben Sie für Vera ein Aufgebotsverfahren für verschollene Personen eingeleitet, wie ich es getan habe? Zurzeit warte ich noch auf das entsprechende Schriftstück vom Kommissariat im 9. Arrondissement, um die nächsten Schritte einzuleiten. Ich nehme an, es wird ein langer, steiniger Weg, und die bevorstehenden behördlichen Schikanen machen mich schon beim Gedanken daran fertig. Als hätte ich mit dem Tod meiner Mutter, dem Verkauf des Klosters, den drängenden Fragen meines Bruders und allem anderen nicht genug zu tun.

Ich werde heute nicht die Zeit für eine ausführliche Mail haben. Müllsäcke voller nasser Sachen stapeln sich in der Diele, die muss ich runterbringen, und außerdem muss ich mich um die Versicherung kümmern.

Pierre-Marie, darf ich Ihnen meinerseits eine Superbonusfrage stellen? Ich erinnere mich noch gut, was Sie mir vor mehreren Wochen bezüglich der anderen Nordfranzösin (was ist eigentlich aus ihr geworden?), die Sie gedrängt hat, nach Le Mans zu kommen, geschrieben haben: »Es wäre ein großer

Fehler, wenn wir uns kennenlernen würden. Die Magie zwischen uns besteht in diesen Wörtern auf dem Bildschirm.« Denken Sie heute im Lichte aller Geständnisse, die wir uns gegenseitig gemacht haben, immer noch, eine leibhaftige Begegnung würde »diese Magie zerstören«?

Ich nehme an, Sie sind mit der Ankunft Ihrer norwegischen Zwillinge beschäftigt. Denken Sie über meine Frage nach, und lassen Sie sich Zeit mit Ihrer Antwort.

O ja, ich liebe Gewürzgurken und Quittengelee: ganz allgemein alles, was man mit den Fingern oder auf einer Scheibe Brot essen kann.

Lieben Gruß

Adeline

Von: Pierre-Marie

An: Adeline *20. Mai 2013*

Liebe Überlebende,

ich bin glücklich, Sie auf dem Trockenen zu wissen!

Nein, ich habe dieses – wie es so schön heißt – *Aufgebotsverfahren für verschollene Personen* bisher nicht beantragt und folglich auch kein entsprechendes Schriftstück erhalten. Ich verstehe die Notwendigkeit, die dieser Antrag für Sie besitzt, aber ich kann nicht umhin, es irgendwie lustig zu finden, dass man den Nachweis für ein Scheitern erbringen muss. Werden wir bald Menschen erleben, die ihr Zeugnis über die vorzeitige Beendigung ihrer schulischen Laufbahn hochhalten oder ihr Diplom einer unglückseligen Ehe oder etwas globaler gesehen die Bescheinigung für ein beschissenes Leben?

Ich wünsche Ihnen, dass Sie alle behördlichen Schikanen rasch und ohne allzu sehr Schaden zu nehmen, hinter sich bringen. Was Ihre Wohnung angeht, seien Sie nicht zu impulsiv, eine kleine Zweitwohnung in Paris ist nicht zu verachten (hier spricht das Landei).

Ihre Superbonusfrage bringt mich aus dem Gleichgewicht. Ja, natürlich ist seit März viel Wasser die Seine hinuntergeflossen (mithin sogar in Ihre Wohnung), ja, wir haben uns gut gehütete Geheimnisse anvertraut, aber ich glaube, der Moment für eine Begegnung ist noch nicht gekommen.

Das war meine spontane Reaktion, als ich Ihre Mail am Donnerstag las. Allmählich verstehe ich, welche zwei Gründe mich zu dieser Reaktion verleitet haben.

Der erste ist in der Tat, dass ich Angst habe, wir könnten uns unser Spielzeug kaputtmachen. Ich habe Angst, unsere Stimmen, unsere Körper könnten zu … gegenwärtig, zu real sein, entsprächen nicht dem, was wir am anderen mochten. Und hinterher wäre es nicht mehr möglich, alles zurückzudrehen und füreinander wieder heil zu sein.

Der zweite Grund ist der, dass wir schon Ende Mai haben und der Sommer unmittelbar bevorsteht. Im Sommer füllt sich mein Haus, das sonst eher von Geistern bevölkert wird, mit wahrem Leben. Es ist ein Kommen und Gehen, viel Trubel. Weniger als früher, viel weniger als früher, aber trotzdem kommt es dem früheren Zustand ziemlich nahe. Wenn dann der September kommt, lasten die Leere und die Stille besonders schwer auf mir. Das habe ich schon zweimal erlebt. Ich fürchte mich vor dem dritten Mal, und ich gebe zu, dass ich den Raureif und die Umstellung auf die Winterzeit mit anderen Augen sähe, hätte ich zu Herbstbeginn die Perspektive, endlich Adeline kennenzulernen, die Beraterin, die Vertraute, die Sängerin des *Sanctus*, die Schnapstrinkerin, die Kräuterteespezialistin, die Leserin, die Lügnerin, die Erfinderin, die Mama des als Säugling verstorbenen Philémon, die nächtliche Fotografin, die Briefdiebin, die Frau, deren Mann mit meiner Frau durchgebrannt ist, die Vollwaise, Besitzerin eines Zippos … (Hier kann ich kaum auf Auslassungszeichen verzichten.)

Genau das denke ich, aber es ist sehr egoistisch. Wenn Sie mir sagen, dass Ihr Sommer eher zum Verzweifeln sein wird, dass Sie sterben werden, wenn wir unser Kennenlernen auf den Herbst verschieben, dann höre ich auf Sie.

Sagen Sie es mir.

Pierre-Marie

PS: Die Zwillinge schlafen, lesen, machen Sport und trinken meinen 2000er Bordeaux. Ich koche Ihnen Kalbsragout und Rindereintöpfe (das gibt es bei ihnen in Bergen nicht).
PS 2: Ach ja, was die andere Nordfranzösin angeht, so war sie es natürlich, die mir gesagt hat, ich könnte sie mal. Sie fragen, ob ich das verdient habe. Die Antwort ist ja.

Von: Adeline
An: Pierre-Marie *27. Mai 2013*

Lieber Pierre-Marie,
in meiner aktiven Zeit als Beraterin haben alle möglichen Menschen die Schwelle meiner Praxis übertreten. Ich hatte es mir zur Angewohnheit gemacht, in einem Heft den ersten

Eindruck festzuhalten, den ein Klient auf mich machte. Manche hatten ein polterndes Auftreten (die Tür hielt einigen von ihnen nicht stand), andere traten leise ein, schüchtern, zögerlich oder auf Zehenspitzen. Ich notierte auch die ersten Worte, die sie von sich gaben, oder ihren Händedruck. Ich kann mich noch an eine siebzigjährige Frau erinnern, gebeugt und zerbrechlich, die mir fast die Finger zerquetscht hat, als Sie laut »Guten Tag, Schwester!« sagte, wie in der Schule.

Die meisten, die zu mir kamen, waren leidend, verloren, hatten Schmerzen oder suchten Trost, den sie sonst nirgendwo fanden. Aus unterschiedlichen Gründen schafften sie es nicht, die verschiedenen Aspekte ihrer Persönlichkeit in Deckung zu bringen, woraus eine Kakofonie an Gestik, Mimik, Tics und Gestotter entstand. Ihr Körper äußerte sich ganz deutlich, ohne dass sie es ahnten, und meine Arbeit bestand größtenteils darin, die Kommunikation zwischen ihren verschiedenen Teilen wiederherzustellen, damit sie nicht länger gegeneinander arbeiteten. Auch kam es vor, dass ein Klient auf einem Bein, mit Krücken, einem Gips oder einer Schiene in meine Praxis humpelte. Ich sagte dann: »Oh. Sind Sie gestürzt?« Und man erzählte mir von verfehlten Treppenstufen, rutschigen Badewannen, herumliegenden Spielsachen, Versuchen, einen Bus noch zu erwischen, allen möglichen Schicksalsschlägen, die keine waren. Niemand stürzt, fällt oder stolpert durch Zufall, sondern fast immer in einem Moment, in dem er sich innerlich ohne Halt und destabilisiert fühlt.

Warum erzähle ich Ihnen das alles, Pierre-Marie? Weil ich kürzlich, just nachdem ich Ihnen geschrieben hatte, eine Stufe verfehlt habe. Ja, als ich meine Müllsäcke nach unten brachte, habe ich mich vor der Hausmeisterwohnung flachgelegt und dabei einen lächerlichen Schrei ausgestoßen. Bilanz: zwei zerrissene Säcke, nasses Zeug überall verstreut und ein ramponiertes Knie. Wäre ich eine meiner Klientinnen, würde ich spöttisch grinsen und mich fragen, welchen Fauxpas ich begangen haben könnte, über welches Knie ich was auch immer brechen wollte. Leider bin ich für die Selbstbehandlung nicht geeignet. Ich kann Ihnen nur sagen, Pierre-Marie, dass Sie recht haben: Für ein Kennenlernen ist es noch zu früh, ich bin genauso wenig bereit, den Schritt zu machen, wie Sie. Es ist zu riskant! Ich muss ganz offensichtlich erst ein Gleichgewicht erreichen, das mir im Augenblick abzugehen scheint, und vier oder fünf Monate reichen dafür bestimmt nicht aus. Auch wenn mir ein trauriger, staubiger, einsamer, tränenreicher, unschöner, behördenlastiger Sommer droht, spielt es keine Rolle. Ich wünsche mir daher nicht mehr als das: Lassen Sie uns mit dem Schreiben weitermachen. Setzen wir den Austausch kleiner schwarzer Buchstaben fort, dehnen wir das Vergnügen gegen alle Vernunft aus, sind Sie bereit?

Bleiben wir in diesem virtuellen Raum ebenso lodernd und heldenhaft, wie Vera und Vincent es in der Wirklichkeit waren. Wir haben nicht ihren Mut, aber wir haben uns trotz allem eiskalt revanchiert: Angesichts unseres Briefwechsels wiegen ihre 47 Briefe nicht mehr so schwer. Passen Sie auf sich und Ihre unglaublichen norwegischen Zwillinge auf! Genießen Sie die Zeit, Pierre-Marie. Füllen Sie Ihren Pool, Ihre Rotweingläser und Ihr Haus mit allem, was Sie wollen. Ich werde mich um das Gegenteil bemühen: die Wohnung zu leeren, Le Cloître, meinen Kopf. Sobald ich ganz leicht geworden bin, suche ich mir einen Ort, an dem ich mich niederlassen kann. Einen ruhigen, trockenen, angenehmen Ort, ganz für mich, an dem ich stolz sein und aufrecht stehen kann. Was halten Sie von Joyeuse in der Ardèche? Von Vivans im Tal der Loire? Von La Force in der Dordogne?

Lieben Gruß

Ihre Fußkranke

Fünf Monate später

Von: Adeline
An: Pierre-Marie *9. Oktober 2013*

Pierre-Marie,
ich weiß, dass Sie in Frankfurt sind, aber haben Sie wie ich heute Morgen einen Anruf von der Gendarmerie erhalten? Wenn ja, sagen Sie mir, wie es Ihnen damit geht.

Ich für meinen Teil habe den Eindruck, in eine andere Dimension katapultiert worden zu sein. Geben Sie mir ein Zeichen, sobald Sie zurück sind (morgen Abend, soweit ich weiß).

In dringender Erwartung Ihrer Mail schicke ich liebe Grüße
Adeline

PS: Entschuldigen Sie meine Beharrlichkeit, aber es muss sein: Heute vor exakt einem Jahr ist meine Mutter gestorben, am 9. Oktober. Als ich Ihnen im Sommer sagte, dass die Zahl 9 in meinem Leben eine wiederkehrende Rolle spielt, haben Sie mich für verrückt erklärt. Halten Sie an dieser Einschätzung fest?

Von: Pierre-Marie
An: Adeline *9. Oktober 2013*

Adeline,
ja, heute Abend um 22 Uhr hat die Gendarmerie von Dieulefit

angerufen. Sie haben den ganzen Tag versucht, mich zu erreichen, aber mein Handy war ausgeschaltet. Der Anruf kam beim Abendessen mit meinen deutschen Gastgebern. Ich habe mich zum Telefonieren ein paar Schritte vom Tisch entfernt, und da ich nach einer Viertelstunde nicht wieder zurück war, sind sie mir nachgekommen, um zu hören, was passiert ist.

Ich stehe unter Schock.

Als ich das Wort *Guyana* hörte, musste ich daran denken, dass ich Vera und Vincent *irgendwo in Venezuela* wähnte. Ich habe nicht weit danebengelegen. Aber ich verband die Vorstellung mit Stränden und Nichtstun, mit Straßencafés und Musik, nicht mit einem Todeskampf im Dschungel.

Ja, ich kehre morgen nach Frankreich zurück.

Lieben Gruß

Pierre-Marie

Von: Adeline
An: Pierre-Marie *11. Oktober 2013*

Pierre-Marie,
wie geht es Ihnen?

Ich habe gerade zwei Stunden mit Vincents Schwester Béatrice telefoniert. Weder sie noch ich können begreifen, was passiert ist. Wenn die Gendarmerie sich wenigstens klar geäußert hätte! Haben Sie verstanden, ob weitere Nachforschungen angestellt werden, um die Überreste zu finden? Mir ist klar, dass man nach drei Jahren keine allzu große Hoffnung haben sollte, aber trotzdem?

Ich kämpfe mit widersprüchlichen Gefühlen, die in mir

einen Drehwurm auslösen. Zum Glück muss ich in meinem kleinen Badezimmer Fliesen verlegen. Es ist das erste Mal, dass ich so etwas mache: Und es ist nicht gesagt, dass das Resultat sauber und ordentlich ausfällt …

Lieben Gruß

Adeline

Von: Max

An: Pierre-Marie *12. Oktober 2013*

Pierre-Marie,

entschuldige, dass wir dich mit unserem Anruf auf dem falschen Fuß erwischt haben. Josy und ich hatten gezögert, ob wir dich anrufen sollen, uns ist natürlich klar, dass du seit drei Tagen mit Nachrichten und Anrufen bombardiert wirst, aber wir wollten dich trotzdem persönlich sprechen, und sei es nur für eine Minute. Angesichts der Umstände wollten wir deine Stimme hören und wollten, dass du unsere hörst.

Ich bin gestern im *Ouest-France* auf den Artikel gestoßen.

Wenn ich es richtig verstanden habe, wurde die Passagierliste gefunden? Und Veras Name war von Hand darauf vermerkt, neben zwei weiteren Passagieren, stimmt das?

Stell dir vor, dass wir von dem Absturz dieser kleinen Touristenmaschine gelesen hatten, weil sich unsere Tochter Céline damals, im November 2010, in der Nähe aufhielt, in Guyana, und wir seit zwei Wochen nichts mehr von ihr gehört hatten. Darum haben wir im Internet in die Lokalzeitung geschaut, und du kannst dir vorstellen, dass wir fast in Ohnmacht gefallen sind, als darin das spurlose Verschwinden der kleinen

Cessna in einem riesigen Waldstück erwähnt wurde. In Wahrheit ging es ihr blendend, sie hatte nicht einmal etwas von dem Absturz mitbekommen.

Wenn wir gewusst hätten, dass Vera in der verfluchten Maschine saß …

Es ist schrecklich, von diesem Drama in einem Waldstück am Ende der Welt zu erfahren und von ihrem Tod sowie dem ihrer unglücklichen Begleiter.

Wenn wir etwas für dich tun können, sag Bescheid.

Wir nehmen an, dass vielleicht irgendwo eine Trauerfeier stattfindet, eine Messe, keine Ahnung. Wenn dem so ist, würden Josy und ich gern daran teilnehmen und dir zur Seite stehen.

Ganz liebe Grüße von uns beiden
Max und Josy

Von: Adeline
An: Pierre-Marie *12. Oktober 2013*

Pierre-Marie,
konnten Sie letzte Nacht schlafen?

Ich nicht. Das gebe ich gerne zu: Ich habe jede Stunde die Glockenschläge der Kirchturmuhr gehört. Und jedes Mal musste ich an Sie und Ihre Warnungen denken: »Adeline, überlegen Sie es sich gut, bevor Sie dieses Haus in der Nähe der Kirche kaufen! Glauben Sie mir, diese verfluchten Glocken machen einen *Höllenlärm*!« Aber seltsamerweise sind sie mir nicht auf die Nerven gegangen. Sie haben mir heimlich Gesellschaft geleistet, während ich versucht habe, mir den guyanischen Dschungel vorzustellen und das Martyrium der sieben Verunglückten. Doch in Wahrheit gelingt es mir nicht. Es ist zu weit weg. Oder zu kinematografisch, als dass ich es glauben könnte. Vielleicht wird es real, wenn die Gendarmerie uns Fotos vom Rumpf schickt? Ich habe bisher nicht im Internet danach gesucht. Und Sie?

Ich denke an Sie auf meiner mit Sonnenlicht gefluteten Terrasse. Je mehr ich darüber nachdenke, umso mehr beglückwünsche ich mich dazu, mich für diesen Ort entschieden zu haben. Nachher fahre ich noch nach Mercuès, um am Lot spazieren zu gehen. Hier färben sich die Erlen und Eschen allmählich rot.

Lieben Gruß
Adeline

Von: Pierre-Marie
An: Adeline *12. Oktober 2013*

Adeline,
ich bin ins Netz gegangen und habe ein Foto des Flugzeugrumpfs gefunden. Die kleine Cessna hat sich in den Bäumen verfangen und zeigt mit der Nase nach unten, sie sieht aus wie ein Spielzeug. Es ist gut vorstellbar, dass der Pilot und die Passagiere unter diesen Umständen den Crash überlebt haben, dass sie sich aus der Kabine befreit haben und losgezogen sind, um im Wald Hilfe zu suchen. Was dann folgte, will ich mir lieber nicht so genau vorstellen.

Lieben Gruß
Pierre-Marie

Von: Adeline
An: Pierre-Marie *13. Oktober 2013*

Pierre-Marie,
Sie haben mir einmal geschrieben, wir seien nicht die Helden in unserer eigenen Geschichte. Daran muss ich in diesen Tagen oft denken. Dabei frage ich mich, ob ich lieber eine leidenschaftliche Heldin wäre und tot oder eine einfache Frau, aber lebendig.

Ich ziehe ganz klar die zweite Variante vor. Auch ohne Kind. Ohne Mann. Sogar ohne Mama und Papa.

Das hier kann ich nur Ihnen schreiben: Trotz der schrecklichen Ereignisse, von denen wir gerade erfahren haben, wache ich jeden Morgen staunend und voller Lebenslust auf. Frage mich: Was wird heute passieren? Meistens passiert nicht viel, aber ich gebe mich mit wenig zufrieden. Dem Kaffeeduft, der Farbe des Himmels, einem Lied im Radio.

Okay, ich lasse Sie an der Überraschung des heutigen Tages teilhaben: Beim Auspacken meiner Kartons habe ich die Ausgabe Ihrer *Melodie der Dämmerung* wiedergefunden, die ich verlegt zu haben glaubte. Ich habe sie neben das Exemplar mit der Widmung gestellt, das Sie mir geschickt haben, auf ein Regalbrett, das von nun an für Sie reserviert ist. Mir gefällt die Vorstellung, Sie in meiner Nähe zu haben, doppelt.

Zum Ausgleich schicke ich Ihnen doppelte Grüße
Adeline

Von: Oliver
An: Pierre-Marie *13. Oktober 2013*

Lieber Pierre-Marie,
wie du dir vorstellen kannst, hat sich die Nachricht in den Gängen des Verlags wie ein Lauffeuer verbreitet. Du weißt, wie sehr wir dir hier zugetan sind. Alles, was dich trifft, trifft auch uns.

Das ganze Verlagsteam ist in Gedanken bei dir, das soll ich dir ausrichten.

Ich will dir noch sagen, dass ich mich mit Freude an ein paar Abende mit köstlichem Essen bei euch erinnere. Es ging immer fröhlich und entspannt zu. Ich sehe uns bei Tisch viel lachen und dich und mich zu vorgerückter Stunde im Wohnzimmer genüsslich einen Cognac schlürfen, während Vera in der Küche bleibt und sich mit ihrer Ältesten (Gloria, oder?) unterhält. Auch kann ich mich daran erinnern, dass die beiden noch miteinander schwätzten, wenn wir uns um zwei Uhr morgens schlafen legten, was ich ganz hinreißend fand.

Ich bin traurig. Bisher bestand wenigstens eine kleine Chance, eine winzige Chance, dass wir sie noch einmal wiedersehen, dass sie eines Tages wiederauftaucht. Damit ist es jetzt vorbei.

Ich weiß nicht, in welchen Zustand dich dieses Ende stürzt. In solchen Fällen scheitert meine Vorstellungskraft, noch dazu, wenn derart dramatische Umstände im Spiel sind.

Wenn du seitens des Verlags irgendetwas brauchst, was auch immer, zögere nicht eine Minute, und solltest du möglicherweise mich brauchen, nicht einmal eine Sekunde.

Ich nehme an, dass für die Opferfamilien eine Zusammenkunft vorgesehen ist für eine gemeinsame Stunde der Trauer. Sollte es jedoch eine öffentliche Gedenkfeier geben, eine Würdigung, dann lass es mich bitte wissen. Ich wäre dann gern an deiner Seite.

In großer Anteilnahme
Lieben Gruß
Oliver

Von: Pierre-Marie
An: Adeline *14. Oktober 2013*

Liebe Adeline,
haben Sie die Mail einer gewissen Madame Sallefranque erhalten, deren Sohn im Flieger saß? Ihre Idee, die Angehörigen am 26. Oktober in Nantes zusammenzubringen und eine Messe lesen zu lassen, scheint mir sehr naheliegend, da vier der sechs Opfer aus Loire-Atlantique stammen. Das verkürzt die Anreise für alle außer für uns.

Nach langem Zögern habe ich mich dazu durchgerungen, die Reise anzutreten. Trotz der Verärgerung, die ich Vera gegenüber empfinde, kann ich mir nicht vorstellen, keine Gedenkfeier zu haben. Ich mag noch so ein überzeugter Atheist sein, das widerstrebt mir.

Ich werde also dabei sein, werde wie alle anderen in der Kirche brav aufstehen und mich wieder hinsetzen. Ich werde mich sogar bekreuzigen. Wenn der Pfarrer gut ist.

Und Sie? Kommen Sie auch?
Lieben Gruß
Pierre-Marie

PS: Gestern habe ich ein kleines Spielchen gemacht: Ich habe alle unsere Mails aneinandergehängt, angefangen von der allerersten Ende Februar bis zu dieser hier. Ist Ihnen bewusst, dass Sie mir bis zum heutigen Tag 62-mal geschrieben haben und ich Ihnen 61-mal? Und wenn ich meinen Computer nach der Anzahl der Zeichen frage, die dafür nötig waren (so werden Texte im Verlagswesen berechnet), sagt er mir 852.640, was meinem dicksten Roman entspricht (*Wie ein Fluss*). Ihre längste Mail stammt vom 4. März. Meine vom 10. März. Ihre kürzeste Mail ist die vom 8. August (sie beschränkt sich auf *Ja, ich!*). Meine ist die vom 9. August (sie lautet nur *Donnerwetter!*). Na und?, werden Sie sagen. Nichts und. Ich wollte unsere Buchstaben nur mit ein paar Zahlen versehen.
PPS: Während ich darauf warte, dass eine Avenue nach mir benannt wird oder eine einfache Straße oder wenigstens eine Mehrzweckhalle in Dieulefit, gebe ich mich mit einem Bücherregal bei Adeline Parmelan zufrieden. Danke.

Von: Adeline
An: Pierre-Marie *15. Oktober 2013*

Pierre-Marie,
ja, natürlich habe ich die Mail von Hélène Sallefranque erhalten. Ich finde es bewundernswert, dass sie die Initiative ergreift und uns schreibt, dass sie uns zwingt, unsere persönliche Trauer nach außen zu tragen und zu teilen. Ihr Schmerz, der zwischen den Zeilen durchscheint, schnürt mir die Kehle zu, aber ich zögere überhaupt nicht: Ich werde nach Nantes fahren. Vincents Schwester habe ich schon informiert, sie

kommt mit ihrem Mann und ihren Kindern. Ich nehme an, Sie selbst werden von Ihrer großen Sippe begleitet.

Es ist ein komischer Gedanke, dass Sie unsere Korrespondenz in Zahlen messen … Ich habe *Wie ein Fluss* aus meinem Sotto-Regal gezogen, habe es in der Hand gewogen und war bass erstaunt. Haben wir uns wirklich so viel geschrieben? Wenn Sie das sagen, glaube ich Ihnen! Seltsam ist vor allem, dass ich trotz dieser Buchstabenflut nicht das Gefühl habe, Sie wirklich zu kennen. Sie bleiben ein Mysterium für mich, Pierre-Marie. Ein unergründliches und faszinierendes Mysterium.

Lieben Gruß

Adeline

PS: Heute Abend lädt das Bürgermeisteramt von Espère zu einem Umtrunk ein, um die neuen Einwohner der Gemeinde willkommen zu heißen. Und wissen Sie was? Zu diesem Anlass werfe ich meinen Spachtel und meine mit Farbflecken übersäte alte Hose in die Ecke und mache mich hübsch!

PPS: Muss man sich auch für Bestattungen »hübsch machen«, auch wenn es nichts zu bestatten gibt?

Von: Pierre-Marie

An: Adeline *15. Oktober 2013*

Liebe Adeline,

ich kann von diesem schönen Namen gar nicht genug kriegen: *Espère, sei voller Hoffnung*. Sie hatten Zweifel, jemals an meiner Tafel Platz nehmen zu dürfen, als wäre es eine übergroße

Ehre. Werde ich eines Tages die Ehre haben, Sie in Espère zu besuchen? Ich bin … voller Hoffnung.

Ja, man muss sich hübsch machen, sobald sich ein Anlass bietet, und sei es ein Begräbnis. Lange habe ich geglaubt, es sei unwichtig, auf sein äußeres Erscheinungsbild Wert zu legen, bis mich meine Töchter und meine Frauen vom Gegenteil überzeugt haben. Nur zu, Adeline, machen Sie sich für heute Abend hübsch, aber reißen Sie mir nicht den erstbesten Espèraner (?) auf. Ich erinnere mich, dass ich Sie vor ein paar Monaten noch für Ihren imaginären Banker gecoacht habe. Heute, ich habe keine Ahnung, warum das so ist, sehe ich derlei nicht mehr so gern.

Dann wird es also der nächste Samstag werden, der 26. in Nantes, da das Datum allen zuzusagen scheint. Seitens meiner *Sippe*, wie Sie sagen, werden Veras drei Kinder kommen. Gloria steigt am fraglichen Tag in den TGV von Paris, und die beiden Jungs kommen am Abend vorher im Wagen ihres Vaters. Auch Ève wird da sein, Jon sowie Laura und ihr Mann. Alle vier reisen im Auto von Lyon aus an. Ob von Veras Familie jemand aus Italien kommt? Keine Ahnung. Vera war Einzelkind, und ihre Eltern leben nicht mehr.

Ich selbst komme am Freitag, dem 25., allein mit dem Zug.

Pierre-Marie

Von: Adeline
An: Pierre-Marie *16. Oktober 2013*

Liebster Pierre-Marie,
ich liebe Ihre kleinen eifersüchtigen Spitzen … und um Sie ein

wenig zu ärgern, werde ich nichts von meinem gestrigen Abend im Festsaal erzählen. Es reicht, wenn Sie wissen, dass ich »schwer« Eindruck gemacht habe und dass mich der stellvertretende Bürgermeister die ganze Zeit über angestarrt und sich zu der »beeindruckenden Entwicklung« seiner Gemeinde gratuliert hat. Sollten Sie eines Tages (wie Sie es anregen) hierherkommen, wird die lokale Presse Ihren Besuch hemmungslos ausschlachten. Denken Sie nur! »Einwohnerin von Espère empfängt Goncourt-Preisträger!«

Scherz beiseite, ein Besuch von Ihnen würde mich sehr glücklich machen. Und natürlich auch absolut wahnsinnig. Ich darf Sie daran erinnern, dass es im Augenblick nur ein einziges Schlafzimmer gibt. Und das Sofa im Wohnzimmer misst nur 1,60 Meter in der Länge – das habe ich gerade überprüft.

Pierre-Marie, ich habe eine Ultrabonusfrage: Sollten wir uns dafür schämen, dass wir über andere Dinge reden als über Vincents und Veras Tod, den Absturz, der uns mit fast dreijähriger Verspätung einholt?

Noch einmal – das kann ich nur Ihnen sagen. Seit die Gendarmerie vor einer Woche bei mir angerufen hat, bin ich vor allem erleichtert. Für mich war Vincent schon lange tot, und unser Mailaustausch hat den Trauerprozess nur noch beschleunigt. Ich nehme an, dass ich auf der Trauerfeier am 26. meine letzten Tränen vergießen werde.

Leider ist meine Anwesenheit am 25. morgens in Paris dringend erforderlich, dort erfolgt die Wohnungsübergabe (es ist geschafft, es gibt Nachmieter), darum steige ich gleich in Montparnasse in den Zug. Wie stellen Sie sich vor, dass es weitergeht?

Ganz liebe Grüße
Adeline

PS: Ich habe mein Badezimmer fotografiert, nachdem die Fliesen getrocknet waren. Ich schicke Ihnen das Foto anbei, erwarte Ihre Bewunderung.

Von: Pierre-Marie
An: Max und Josy *17. Oktober 2013*

Max, Josy,
da ihr so freundlich wart, mich danach zu fragen, hier die Antwort: Eine Messe zu Ehren der Opfer des Flugzeugabsturzes von November 2010, zu denen Vera gehört, wird am Samstag, dem 26. Oktober, um elf Uhr in der Kirche Sainte-Croix, Boulevard du Petit-Port in Nantes gelesen.

Es würde mich sehr berühren, wenn ich euch beide dort antreffen würde, aber fühlt euch zu nichts verpflichtet.

Ganz, ganz herzliche Grüße
Pierre-Marie

Von: Pierre-Marie
An: Oliver *17. Oktober 2013*

Oliver,
da du so freundlich warst, mich danach zu fragen, hier die Antwort: Eine Messe zu Ehren der Opfer des Absturzes von November 2010, zu denen Vera gehört, wird am Samstag, dem

26. Oktober, um elf Uhr in der Kirche Sainte-Croix, Boulevard du Petit-Port in Nantes gelesen.

Es würde mich sehr berühren, dich dort zu sehen, aber fühl dich zu nichts verpflichtet.

Gerührte Grüße

Pierre-Marie

Von: Pierre-Marie

An: Adeline *18. Oktober 2013*

Liebe Fliesenlegerin,
um es gleich vorwegzusagen: Der Anblick Ihres Badezimmers hat mir den Atem verschlagen! Wenn ich mir nicht sicher wäre, dass Sie nicht mehr lügen, würde ich glauben, ein Profi hätte das gemacht. Es ist mir ein unglaublich großes Bedürfnis, es so schnell wie möglich in echt zu sehen. Eine Frage nur bezüglich des »Kamelhaargelb«, mit dem Sie die Wände gestrichen haben: Ist das die endgültige Farbe?

Warum sollten wir uns schämen, über andere Dinge als Vera, Vincent und den Absturz zu sprechen? Oder an etwas anderes zu denken? Ich nehme mir das Recht heraus, mit Ihnen über Fliesen zu reden, so viel ich will und wann immer mir danach ist. Vor wem sollten wir uns schämen? Es gibt keinen höchsten Richter, Adeline. Das Königreich ist hier. Alles ist da.

Das hat mich vorhin nicht davor bewahrt, als ich Freunde über die Trauerfeier am nächsten Samstag unterrichtet habe, plötzlich von Gefühlen übermannt zu werden. Sie haben mich überraschend gepackt, als ich die Opfer erwähnte und schrieb:

zu denen Vera gehört. Die Sehnsucht, die ich überwunden zu haben glaubte, war wieder da. Ich habe unsere erste Begegnung in Brive vor mir gesehen, unsere verrückten Jahre mit Kind und Kegel, unsere Liebe.

Aber die Trauer hat nicht lange angehalten. Ich bin wieder zu Späßen aufgelegt und blicke auf morgen.

Ich weiß nicht, wie Sie bezüglich Nantes empfinden, aber was dort auf dem Spiel steht, ist in meinem Kopf nicht mehr so klar. Vera zu ehren, zum letzten Mal, ganz klar, aber da ist auch der beschwingte und ergreifende Gedanke: Ich werde Sie kennenlernen.

Pierre-Marie

PS: Dieser stellvertretende Bürgermeister stößt mir unangenehm auf.

Von: Adeline
An: Pierre-Marie *18. Oktober 2013*

Pierre-Marie,
ich möchte Sie darüber in Kenntnis setzen, dass mein Badezimmer, laut dem, was der Hersteller auf dem Farbeimer vermerkt, in »Nougat« gestrichen ist. Kein Zweifel: »Nougat«. Außer Ihnen kann ich in der ganzen Sache daher kein Kamel erkennen.

Ach, Pierre-Marie, glauben Sie, dass wir uns streiten werden, wenn wir uns sehen? Ich traue mich kaum, daran zu denken, dabei habe ich im Hinblick auf unsere Begegnung paradoxerweise schon meine Garderobe in Augenschein genommen.

Schwarz drängt sich naturgemäß auf. Schade: Ich hätte Ihnen gern mit meiner Lieblingsbluse (in Giftgrün), die mein Dekolletee sehr schön zur Geltung bringt, die Ehre erwiesen. Herrje, bin ich blöd! Sie stehen ja mehr auf den weiblichen »Po«! Ist das ausschließlich zu verstehen oder zeigen Sie nicht doch auch Interesse für etwas schwerere Brüste?

Ich habe Schiss, Pierre-Marie. Sie wissen (fast) alles über mich, aber Sie haben keine Vorstellung von meinem Äußeren, von meiner Augenfarbe, meiner Frisur. Ich frage mich, ob ich Ihnen nicht langsam ein Foto schicken sollte, damit Sie sich an mein Gesicht gewöhnen können, das würde uns einen peinlichen Moment ersparen, oder?

Ich muss schließen, der Handwerker, der meine zwei Fenster austauschen soll, ist da.

Lieben Gruß

Adeline

PS: Der stellvertretende Bürgermeister von Espère, Gilles Moustier, ist tatsächlich charmant. Und ein Charmeur.
PPS: Vera wird Ihnen immer fehlen. Ihr Abdruck auf Ihnen ist schwerer zu entfernen als jede wasserfeste Farbe.

Von: Pierre-Marie
An: Adeline *19. Oktober 2013*

Adeline,
ich wurde schon einmal mit einem Kamel verglichen, aber von meiner Enkelin Zoé, die zum Ausdruck bringen wollte, wie stark ich bin. Sie wollte sich nicht über mich lustig machen.

Im Gegenzug nehme ich Sie beim Wort: Ja, schicken Sie mir ein Foto (damit haben Sie nicht gerechnet, geben Sie es zu!).

Ich habe die Ankunftszeit meines Zugs rausgesucht. Ich werde am kommenden Freitag um 18 Uhr 11 in Nantes ankommen. Ich hoffe, es wird regnen und wir können unter dem Regenschirm *Nantes* von Barbara singen.

Lieben Gruß, Adeline

Pierre-Marie

PS: Gilles Moustier mag auf den ersten Blick Charme haben, aber er wird Sie sehr enttäuschen. Lassen Sie die Finger von ihm.

Von: Adeline
An: Pierre-Marie *20. Oktober 2013*

Lieber Pierre-Marie,
hinsichtlich des Fotos: Bevorzugen Sie eine Ganzkörperaufnahme? Ein Brustbild? Ein Porträt? Einen Abzug aus dem Fotoautomaten? Mich allein oder in Begleitung? Am Strand oder in den Bergen? Beim Verzehr eines Tellers mit Tagliatelle? Wie ich auf die Gesundheit meiner Schwiegermutter anstoße? Eine Grimasse ziehe? Niese (das habe ich auch im Angebot)? Im Pyjama vielleicht?

Nein, warten Sie, ich habe eine bessere Idee: Ich schicke Ihnen das hier (siehe Anhang)! Das hat meine Mutter gemacht. Sie, Gott hab sie selig, war nicht sonderlich begabt, und ich konnte ihr noch so oft predigen, dass man Menschen nicht fotografiert, wenn ihnen die Sonne direkt ins Gesicht scheint, sie blieb stur. Von allen misslungenen Fotos gefällt mir das hier am besten.

Was meinen Zug angeht, er kommt um 16 Uhr 09 an. Am Freitag, dem 25. In Nantes. Regen wäre gut, auch wenn ich Barbaras gequälte Stimme vor der Feier nicht gern hören würde, ich habe Angst, zusammenzubrechen. Außer *Sie* singen und es erwischt mich in Ihren Armen …

Erzählen Sie mir jetzt lieber etwas Albernes, Witziges, Anzügliches, würden Sie das für mich tun? Ich weiß nicht, ob es an den alten Fotos auf meinem Schlafzimmerfußboden liegt, aber ich habe einen Kloß im Hals und Tränen in den Augen.

Lieben Gruß

Adeline

Von: Pierre-Marie
An: Adeline *22. Oktober 2013*

Liebe Lügnerin,
hätten Sie mir das nicht früher sagen können! Wie konnten Sie das acht Monate lang vor mir geheim halten? Mehr als sechzig Mails! Ich weiß nicht, ob ich eher sauer oder glücklich bin! (Glücklich natürlich.)

Groß. Dick. Brünett. Meinetwegen, aber Sie haben mir das Wesentliche vorenthalten, dass Sie nämlich … Nein, das sind keine Auslassungszeichen, das sind Zeichen der Verblüffung! Die Sie sich lautlos und kopfschüttelnd ausgesprochen vorstellen müssen: Sie sind wirklich …

Egal jetzt, ich mache das Gatter weit auf und lasse alle Auslassungszeichen heraus, es ist mir vollkommen egal … Lasst sie frei!

Sie haben mich ganz schön an der Nase herumgeführt mit Ihrem *geltenden Schönheitskanon*, Ihren Geschichten vom *Nilpferd*, von Ihrer *Körperfülle* und dass Sie *alle Hände voll zu tun haben*, um sich hübsch zu machen …

Ich betrachte dieses Foto, auf dem Sie in die Sonne blinzeln (Glückwunsch an Ihre Mutter!), und muss über mich lachen, weil ich Ihnen Tipps gegeben habe, wie Sie den fiktiven Banker verführen könnten. Mit Ihrem hübschen Gesicht können Sie ohne jegliche Hilfe von außen alle Banker, Militärs, Apotheker, Apothekerinnen, Basketballspieler, Studenten, Verkäufer von Elektrogeräten, Handelsvertreter, Minister, Jockeys, Geiger … verführen. Einfach alle, im Grunde … Ich frage mich sogar, ob ein Prix Goncourt …

Oh, was für eine Geheimniskrämerin …

Ich fass es nicht …

Pierre-Marie (der den Mund nicht mehr zukriegt …)

PS: Ich habe eine Weile gebraucht, um Ihnen zu antworten, weil sich meine Finger auf der Tastatur verheddert haben.

Von: Lisbeth P. Destivel
An: Pierre-Marie Sotto *22. Oktober 2013*

Pierre-Marie,
ich hoffe, du hast keinen Herzinfarkt bekommen, als du meinen Namen in deinem Eingangsordner entdeckt hast. Sei ganz beruhigt, ich will dich deiner (allzu) geschätzten Einsamkeit

nicht lange entreißen. Nach nahezu sechsmonatiger Stille und obwohl unsere letzten Mails eher heftig waren, wollte ich dich lediglich darüber informieren, dass ich das Theaterprojekt bezüglich der *Wiederkehr des Tiers* weiterverfolgt habe. Nur weil es dem Autor an Taktgefühl fehlt, muss die Kunst ja nicht darunter leiden, oder? Also habe ich meinen Stolz hinuntergeschluckt und als das brave Mädchen, das ich bin, das Projekt zum Abschluss gebracht.

Gestern Abend hat die letzte der drei Aufführungen stattgefunden. Das Jugendzentrum platzte aus allen Nähten, und wir bekamen vier Vorhänge, Standing Ovations. Viele haben mir gratuliert. Da ich nicht zu den Leuten gehöre, die sich mit falschen Lorbeeren schmücken, habe ich stets auf deinen Namen und die Qualität deines Buchs verwiesen. (Sollten die Verkaufszahlen in der Region Le Mans plötzlich in die Höhe schnellen, weißt du, warum.)

Dem Publikum hat die Geschichte im Großen und Ganzen gefallen, vor allem die modernen Dialoge haben es ihm angetan. Du hättest das Gelächter im Saal hören müssen, als die Krankenschwester zu Monsieur Digne ins Zimmer tritt und ausruft: *He Alter, ratzt du etwa?* Es war gran-dios!

Ich will die Gelegenheit auch gleich nutzen, um dir mitzuteilen, dass ich in der Zwischenzeit jemanden kennengelernt habe. Richard ist ein toller Mensch, ein Lebemann, geschieden und unkompliziert.

Du kannst also ganz beruhigt sein.

Lisbeth

PS: Ach ja! Ich bin auf der Suche nach einer neuen denkbaren Theateradaption. Derzeit erwäge ich, mich an *Eine Frau an ihrem Fenster* heranzuwagen, es sei denn, mir fällt noch etwas Besseres ein.

Von: Adeline
An: Pierre-Marie *22. Oktober 2013*

Lieber Pierre-Marie,
seit der Geschichte mit der Wandfarbe meines Badezimmers habe ich geahnt, dass Sie an Sehstörungen leiden, jetzt nehme ich aber eher an, dass Sie grauen Star in fortgeschrittenem Stadium haben! Oder aber, was noch wahrscheinlicher ist, Sie sehen das Leben weiterhin ausschließlich so, wie Sie es sehen wollen? Wie könnten Sie mir sonst eine solche Mail schreiben? Nun setzen Sie Ihre Brille ab, schieben Sie den Geschichtenerzähler zur Seite und schauen Sie sich das Foto genauer an: Ich schneide eine Grimasse, habe die Hand vor den Augen, und die Beleuchtung tut ein Übriges, um den Rest zu verdecken! Eigentlich wollte ich Ihnen eine Enttäuschung ersparen, aber was mache ich jetzt, nachdem Sie mich zur Prinzessin stilisiert haben? Damit sich die Waagschale wieder nach unten senkt (das trifft es voll und ganz), schicke ich Ihnen anbei ein anderes Bild. Mein sechsjähriger Neffe (Béatrice' Sohn) hat es kurz nach dem Aufstehen geknipst. Es ist unscharf, ich weiß. Und er hält die Finger vor das Objektiv. Aber man kann darauf sehr gut erkennen, dass ich nichts von einer Sophia Loren habe. Und auch nichts von einer Barbara.

Pierre-Marie, ich bin ich, sonst nichts. Und mich werden Sie in vier Tagen vor sich haben. In Schwarz gekleidet, mit einem Schirm ausgestattet und (vermutlich) ein paar verdächtigen »kamelhaarfarbenen« Spuren an den Fingern.

In vier Tagen ... vielleicht sogar in ... drei?

Ich habe nämlich überlegt, ob ... (ich setze mich jetzt meinerseits über alle Ihre Ratschläge zu Auslassungszeichen hinweg) ... wir nicht angesichts der Tatsache, dass wir ... im Abstand von zwei Stunden am Bahnhof von Nantes ankommen ... vielleicht ...

Und Sie?

Adeline

PS: Nach achtmonatiger Korrespondenz zwei Stunden in einem Café zu warten kommt mir wie eine Kleinigkeit vor.
PPS: Es war grausam von Ihnen, mich so lange auf eine Antwort warten zu lassen: Ich habe zwei Tage lang bereut, Ihnen das Foto geschickt zu haben.
PPPS: Zum Glück gab es gerade ein Volksfest in Espère.
PPPPS: Aus Trotz habe ich mich an Gilles Moustier rangemacht und ihn ins Bett gekriegt.

Von: Pierre-Marie
An: Adeline *23. Oktober 2013*

Liebe Adeline,
machen Sie sich mit den Fotos keinen Stress. Meine Meinung steht fest. Nicht einmal Ihr Neffe hat es geschafft, Sie hässlich erscheinen zu lassen.

Gilles Moustier in Ihrem Bett? Davon glaube ich nicht eine Silbe. Wie soll er auch in Ihr Bett gekommen sein, dieser

Mann, wo es ihn vermutlich gar nicht gibt. Auch ihn haben Sie sich ausgedacht! Ganz nebenbei gesagt, ist *Gilles Moustier* als Name ganz schön gut. Fast könnte man an ihn glauben. Glückwunsch!

Kokett, verlogen, rückfällig, ich weiß nicht, ob ich noch sehr große Lust habe, Sie in Nantes kennenzulernen. Aber gut, wenn Sie mir ein Café in Bahnhofsnähe nennen, in dem Sie übermorgen zwei Stunden auf mich warten wollen, dann will ich aus Anstand gern dort vorbeischauen.

Pierre-Marie

PS: Ach ja, Sie wollten eine lustige Geschichte hören? Heute Morgen gehe ich zum Zahnarzt und treffe im Wartezimmer auf… unseren Dr. Dr., meinen Ex-Schwiegersohn! Wir geben uns die Hand, tauschen ein paar Belanglosigkeiten aus und vertiefen uns etwas peinlich berührt jeder in eine Zeitschrift. Wir sitzen uns gegenüber. Wir sind allein im Zimmer. Plötzlich merke ich, dass er mich anstarrt, dass er mir etwas sagen will. Ich ermuntere ihn mit Blicken, und er sagt – wörtlich: *Wissen Sie, dass ich Sarkozy gewählt habe?* Ich hatte nicht die Zeit, ihm zu antworten. Die Tür ging auf, und der Zahnarzt rief ihn auf. Beim Hinausgehen hat er mich mit einem vielsagenden Lächeln bedacht. Ich weiß nicht, warum.

Von: Adeline
An: Pierre-Marie *23. Oktober 2013*

Pierre-Marie,
ich erwarte Sie im Café des Plantes, Ausgang Nord, auf dem

kleinen Platz vor dem Eingang zum Park. Ich habe noch nie einen Fuß in dieses Café gesetzt, aber im Internet sieht es gut aus.

Ich werde mich ganz nach hinten setzen mit einem Zitronentee und einem (guten) Buch. Ab etwa achtzehn Uhr werde ich vermutlich nicht mehr mitkriegen, was ich lese, aber egal, ich tue so als ob. Um 18 Uhr 10 werde ich aufstehen und zur Toilette gehen: Ich hoffe, dass es dort einen Spiegel gibt, damit ich meine Haare wieder in Ordnung bringen kann. Ab 18 Uhr 15 werde ich die Straße im Auge behalten. Jeder Mann mit etwas lichtem Haar, der dort auftaucht, wird in meiner Brust eine Neutronenbombe zünden. Wenn Sie um 18 Uhr 20 noch immer nicht da sind, gönne ich mir einen zweiten Zitronentee. Um 18 Uhr 30 gehe ich davon aus, dass Ihr Zug Verspätung hat. Mein Handy wird vor mir liegen, neben dem Buch, auf das ich mich nicht mehr konzentrieren kann: Werden Sie mir eine SMS schicken, um mich darüber zu informieren, dass Sie in Angers feststecken? Um 18 Uhr 45 bestelle ich mir einen Weißwein. Einen trockenen. Und wenn Sie auch um neunzehn Uhr noch nicht da sein sollten … einen Schnaps.

Ich habe in einem Hotel, das auf halber Strecke zwischen Bahnhof und der Kirche liegt, in der die Trauerfeier stattfindet, ein Zimmer reserviert. Mir hat der Name gefallen: *L'Abat-Jour,* Lampenschirm. Zwei Sterne und erschwingliche Zimmerpreise, aber ich nehme an, dass Sie etwas Edleres gefunden haben?

Sagen Sie Bescheid, wenn Sie meine Handynummer haben wollen.

Lieben Gruß
Adeline

PS: Sollte Ihnen der Zahnarzt für unser bevorstehendes Treffen ein neues strahlendes Lächeln schenken? (Ich selbst war jedenfalls beim Friseur.)
PPS: Gilles Moustier, ja, auf den Namen war ich mächtig stolz. Schön, dass Sie das zu schätzen wissen.
PPPS: Ich hätte eigentlich gedacht, dass einen der Sarkozismus vor heftigen Zahnschmerzen bewahrt.

Von: Pierre-Marie
An: Adeline *24. Oktober 2013*

Liebe Adeline,
laut dem Routenplaner von Google Maps braucht man 41 Sekunden, um am Bahnhof von Nantes zu Fuß vom Nordausgang zum Café des Plantes zu gelangen.

Wenn der Zug pünktlich ist und ich drei Minuten veranschlage, um vom Bahnsteig zu diesem Nordausgang zu kommen, müsste ich logischerweise um 18:14:41 Uhr die Tür zu dem Café aufstoßen.

Ich werde einen dunklen Mantel tragen und einen bunten Schal, und ich werde einen dieser schrecklichen und doch so praktischen kleinen schwarzen Rollkoffer mit Teleskopgriff hinter mir herziehen.

Ich werde Sie sofort erkennen und auf Sie zugehen. Ich schlage vor, dass wir uns die Hand geben.

Sie werden mich fragen, ob ich eine angenehme Reise hatte. Ich werde ja sagen und Ihnen womöglich etwas Lustiges erzählen, was ich im Zug erlebt habe. Anschließend werde ich Sie fragen, ob Sie eine angenehme Reise hatten.

Ich denke, es wird uns Spaß machen, uns an diese Vorgaben zu halten.

Den Rest denken wir uns dann aus.

Ich freue mich auf unser Treffen.

Ach ja, das wäre der zehnte Grund, das Leben schön zu finden: zu einem Treffen zu gehen, das einem Herzklopfen beschert.

Je näher der Termin rückt, umso schwerer fällt es mir, mir den eigentlichen Grund für meine Reise nach Nantes ins Gedächtnis zu rufen: das gemeinsame Gebet am Samstag für diejenigen, die von uns gegangen sind.

Bis morgen, liebe Mailschreiberin. Das hier ist meine letzte Nachricht, bevor wir uns sehen.

Egal, was ab jetzt passiert, ich will Ihnen sagen, dass es eine schöne Reise war.

Danke

Pierre-Marie

Von: Adeline

An: Pierre-Marie *24. Oktober 2013*

Lieber Pierre-Marie,

auch für mich wird diese Nachricht die letzte sein, die ich Ihnen schicke, bevor ich nach Cahors düse, wo ich um die Mittagszeit in den Zug nach Paris steigen werde. Heute Abend werde ich zum letzten Mal in dieser Wohnung im 9. Arrondissement übernachten, in der ich mit Vincent gewohnt habe. Sie ist leer, ich habe vor, auf dem Boden zu schlafen. Vielleicht muss ich mir zur Strafe eine schlechte Nacht antun? Um Buße zu tun für die Wut, die ich ihm gegenüber empfunden habe, und vielleicht auch für die Schuldgefühle, die ich empfinde, weil ich mindestens ebenso Ihretwegen wie seinetwegen nach Nantes fahre.

Ich gebe Ihnen meine Nummer: 064431811.

Mein Koffer ist gepackt. Ich habe zwei Stunden damit zugebracht, ihn zu packen, zu leeren und wieder zu packen. Am Ende habe ich nur das Mindeste eingepackt: einen Toilettenbeutel zum Platzen voll mit Kosmetika, drei dunkle Outfits, zwei farbige, flache Schuhe, um damit durch Nantes zu laufen, hochhackige Schuhe, um mit Ihren eins zweiundneunzig mithalten zu können, eine Jeans, um den Wohnungsputz abzuschließen, ein Reisekopfkissen, drei Bücher, um mir im Zug die Zeit zu vertreiben und die Wartezeit im Café zu verkürzen.

Ihr Ablaufplan gefällt mir, ich werde ihn genauestens befolgen. Ich hoffe, ich werde nicht zu feuchte Hände haben, wenn Sie mir die Hand geben, starke Gefühle lösen bei mir stets peinliche Temperaturanstiege aus.

Gestern habe ich mir mehrmals die »Roadmap« durchgelesen, die Hélène Sallefranque uns für die Trauerfeier geschickt hat. Die Worte »Gebet für die Verstorbenen« haben mir den Rest gegeben.

Die Zeit rennt, Pierre-Marie. Jetzt schalte ich meinen Laptop aus. Ein Teil von mir sagt: »Das war's, es ist vorbei«, während ein anderer Teil von mir, der lebendigere, sagt, dass es jetzt erst losgeht. In dieser Kirche werden wir am Samstag für diejenigen beten, die von uns gegangen sind. Vielleicht hören wir sogar das *Sanctus* aus dem *Requiem*? Aber ich werde insgeheim für uns beten, für diejenigen, die bleiben. Wobei, es wird gar kein Gebet sein. Eher ein Lied. Eine Melodie, zu der ich mich inspirieren lassen werde, die ich leise vor mich hin summen werde (»sotto voce« sozusagen) und die nur Sie hören können. Es wird bestimmt etwas sehr Unschickliches sein, eine Art »Schubidubidu«, im Takt zu meinem Herzschlag. Und wissen Sie was? Es wird das Gegenteil von Unglück sein. Werden Sie mitsingen, Pierre-Marie?

Bis morgen

Lieben Gruß

Adeline

»Ich habe selten so gelacht und war gleichzeitig sehr emotional berührt.«

Christine Westermann

Charlène ist eine lebenslustige Frau, sie trinkt und raucht und trägt das Herz auf der Zunge. Sie ist Anfang sechzig, beide Kinder sind aus dem Haus, ein Ersatz für den verstorbenen Gatten ist leider noch nicht gefunden. Um dieses Problem zu besprechen, ruft die Mutter ihre Tochter an, und wir hören ihr dabei zu. Dating, Fernsehserien, der Hund … Aber es geht auch um ernstere Dinge – die Leere etwa, die sie manchmal umgibt, oder ihre schwere Krankheit. Trotzdem bringen einen die Anrufe fast immer zum Lachen. Charlène ist selbstsüchtig, politisch unkorrekt, unhöflich, vorwurfsvoll und widersprüchlich. Dann wiederum ist sie besorgt, zärtlich, zerbrechlich. Unmöglich, ihr lange böse zu sein …

Z D Deuticke Zsolnay

Aus dem Französischen von Anne Braun. 128 Seiten
Gebunden. Bedrucktes Vorsatzpapier. wwww.deuticke.at